FANPRO

Chris Hartford

In Ungnade

Das Goldene Zeitalter – Vierter Band

Great-Game-Zyklus – Erster Band

Ein CLASSIC-BATTLETECH©-Roman
aus der Zeit des Sternenbundes

Originalausgabe

Über den Autor

Chris Hartford spielt und liest *BattleTech* seit 1986 und schreibt schon viel zu lange Regeln und Quellmaterial für das Spiel, angefangen 1981 mit *ClanTroops*. Er hat ganz oder teilweise mehr als 50 *Classic-BattleTech*-Produkte verbrochen, von denen die letzten *Handbook: House Marik* und *Historicals: Brush Wars* waren. Außerdem hat er für *MechWarrior: Dark Ages, Mage Knight, Heavy Gear, Gear Krieg* und die White-Wolf-Serien *Vampire, Dark Ages, Orpheus* und *Exalted* geschrieben, und war einer der Autoren des *Crimson-Skies*-Grundspiels. *In Ungnade* ist sein erster Roman.

Wenn er nicht gerade schreibt, vergnügt sich Chris mit Computer- und Brettspielen. Außerdem ist er interessiert an Musik, Film und Geschichte. Sein Auskommen verdient er als Vollzeit-Datenanalytiker bei einer führenden Forschungsfirma. Er wohnt zurzeit in London, reist aber viel.

Widmung

Für Christoph Nick, den persönlich kennenzulernen ich nie Gelegenheit hatte, dem ich aber so viel verdanke.

FanPro
Band 31016

Titelbild: Swen Papenbrock
Redaktion: Catherine Beck / Dirk Scharfenstein
Satz und Layout: Tobias Hamelmann
Umschlaggestaltung: Ralf Berszuck
Druck und Bindung: CPI Moravia Books s.r.o., Pohorelice

Besuchen Sie unsere Website *http://www.fanpro.com*

Printed in the EU 2007.

1. Auflage

ISBN 978-389064-475-2

Danksagungen

Werner Fuchs, für die Chance zu diesem Buch, und dafür, dass er zusammen mit Sarah Nick und Catherine Beck auf dem Worldcon in Glasgow einen seltsamen Engländer ertragen hat; Michael Diel für Ratschläge und Vorschläge; Herb Beas, Alison Ryder-Hill, Daren Moss, Christoffer ›Bones‹ Trossen und Oystein Tvedten für Anmerkungen und Vorschläge; Randall Bills und Loren Coleman für generelle Ratschläge zum Schreiben eines Romans; Béa und Gilles Friedli, plus inzwischen dem kleinen Guillaume, dafür, dass sie mir die Schweiz gezeigt haben und für die ›Leihgabe‹ von Rheans Chalet; Claire und Pascal für die Gastfreundschaft in Paris, und natürlich meinen Eltern, die mich zum Lesen ermutigt haben.

»Es heißt, die Kugel, die dich umbringt, hörst du nicht. Ich habe sie jedenfalls nicht gehört. Im einen Moment war ich noch glücklich und zufrieden und hatte alles, was ich mir im Leben je gewünscht habe, und im nächsten war überall nur noch Blut und Flammen, Chaos und Zerstörung, und alles, was ich versucht hatte, aufzubauen, fiel in sich zusammen. Ich wünschte nur, es wäre vorbei gewesen, als sie mich umgebracht haben.«

— *Tagebucheintrag*

Prolog

**Hegemonialer Kongress, Genf,
Region Schweiz, Terra
Terranische Hegemonie**

9. Juli 2571

Rauchfäden hingen in der Luft, und der beißende Gestank nach Schießpulver verpestete jeden Atemzug. Lautes Knallen hallte durch den Gebäudekomplex, als die Kanonen feuerten. Zweibeinige Kriegsmaschinen stampften durch den Park, gefolgt von rumpelnden Panzern. Die Blaskapelle war irgendwie … fehl am Platz. Andererseits konnte man dasselbe über die Kriegsmaschinen sagen, deren Parade sich die Avenue de la Paix entlangzog. Ob die Gründer des Völkerbunds die Ironie wohl zu schätzen gewusst hätten?

Albert Marik, Generalhauptmann der Liga Freier Welten und Co-Autor des soeben unterzeichneten Dokuments, kicherte und zog an seiner Zigarre. Er genoss den herben Geschmack, dann blies er sorgfältig einen Rauchring, der langsam über die Terrasse trieb, bis ihn der Wind zerriss. Ein zufriedenes Lächeln zupfte an seinen Mundwinkeln.

Es war geschafft.

Die sechs Fürsten der wichtigsten interstellaren Reiche hatten sich endlich auf einen Plan geeinigt, die Menschheit zu einen – oder doch zumindest den größten Teil der Menschheit – und das sogenannte ›Zeitalter der Kriege‹ zu beenden, währenddessen Bomben und Granaten die Hauptwerkzeuge der Diplomatie gewesen waren. Die Funktion des Krieges als Werkzeug der Politik zu beenden, war schon lange Alberts Ziel gewesen, ein Ziel, das er mit Ian Cameron teilte und das sie beide leidenschaftlich verfolgt hatten, seit sie diese Gemeinsamkeit entdeckt hatten. Ian würde den Ruhm ernten, denn schließlich war er das neue Oberhaupt dieses ›Sternenbunds‹, aber Alberts Rolle als dessen Mitbegründer war unter den Regierungen der Inneren Sphäre wohlbekannt, die er seit Jahren auf diesen Tag hin bedrängt und umworben hatte. Es war noch keine Stunde her, dass sich die sechs Fürsten im Salle du Conseil versammelt und den Sternenbund gegründet hatten – manche nannten ihn immer noch die Spanische Kammer, José Maria Serts sepiafarbener Gemälde wegen, die auch ein halbes Jahrtausend nach dem Ende seiner Nation noch die Wände schmückten. ›Wir schwören einander die Treue, bei unserem Leben, unserer Überzeugung und unserer heiligen Ehre.‹

Albert gönnte seinem Freund den Platz im Scheinwerferlicht. Schließlich ging es ihnen um Frieden und Wohlstand, nicht um persönlichen Ruhm. Außerdem würde die Aufgabe, unter den sechs Mitgliedsstaaten für Ordnung zu sorgen, etwa so einfach werden wie einen Sack Flöhe zu hüten, wie seine Tochter Marion es ausgedrückt hätte. Albert nahm noch einen Zug. Nein, er war nicht im Mindesten eifersüchtig. Ein trockenes Grinsen breitete sich auf seinen Zügen aus, und sein Blick glitt über die Menge.

Die meisten hier kannte er, politische Würdenträger aus allen Enden des bekannten Weltraums, auch wenn er weder Zeit noch Anlass gehabt hatte, sich mit ihnen zu unterhalten. Das bedauerte er. Menschen faszinierten ihn, ihre Sichtweisen, Meinungen und Eigenheiten. Doch selbst seine Ausdauer hatte Grenzen. Albert war kein junger Mann mehr. Erst drei Wochen vor dieser Versammlung hatte er seinen dreiundneunzigsten Geburtstag gefeiert, und bei allen Wunderleistungen der modernen Medizin hatten auch diese Möglichkeiten ihre Grenzen.

Er war dankbar, dass er die Geburt des Sternenbunds noch miterleben durfte, die Verwirklichung seines Lebensziels, auch wenn er Zweifel daran hegte, ob es dazu kommen würde. Vor allem jedoch zweifelte er daran, dass er sonderlich lange Gelegenheit bekommen würde, die Vorteile dieser Vereinigung zu genießen oder sich mit ihren Problemen auseinanderzusetzen. Das würde wohl Marion zufallen.

Instinktiv suchte er sie am anderen Ende des Saals, eine große Gestalt mit kastanienbraunem Haar in einem eleganten, ärmellosen violetten Kleid. Der Marik-Adler prunkte in der Stickerei der Korsage. Sie plauderte mit einem Gecken in der Ausgehuniform der Vereinigten Sonnen, und ihre entspannte Eleganz stand in deutlichem Kontrast zu seiner überladenen Zurschaustellung. Es war nicht Prinz Alexander Davion, der sich auf der anderen Seite der Terrasse mit Kanzlerin Ursula Liao der Konföderation Capella unterhielt, aber eine gewisse Ähnlichkeit war erkennbar. Es musste wohl sein ältester Sohn sein, Vincent. Marion schien das Gespräch kein Vergnügen zu bereiten, aber es war unwahrscheinlich, dass Vincent davon etwas mitbekam. Als sie den Blick ihres Vaters bemerkte, entschuldigte sich Marion. Sie schien mühelos über die Terrasse zu schweben, obwohl sie selbst schon lange nicht mehr jugendlich war. Sie war fast siebzig, auch wenn die meisten sie auf etwa fünfzig geschätzt hätten. *Die Wunder der modernen Medizin und eines aktiven Lebensstils.* Sie hatte schon Urenkel, aber sie lief noch jeden Tag zwölf Kilometer, um fit zu bleiben, umgeben von einem Stab Leibwächter, die alle einen Marathon laufen konnten.

»Ein arroganter Idiot«, flüsterte sie Albert ins Ohr, als sie sich herabbeugte, um ihren Vater auf die Wange zu küssen. Mit ihren 185 Zentimetern Körpergröße ragte sie hoch über ihn auf.

Albert, der es gerade auf einen Meter sechzig brachte, wurde von Freund und Feind ›der Zwerg‹ genannt, und verglichen mit ihm war sie eine Riesin. »Beschwert sich über Handelsungleichgewichte und finanzielle Erpressung.«

Albert hob die Augenbrauen. Um seinen Plan zu verwirklichen, hatte die Liga die widerspenstigen Crucier hart rangenommen und mit ihrer wirtschaftlichen Macht in das Bündnis gezwungen. *Sinnt Alexander etwa auf Rache?* Er verwarf den Gedanken.

»Vincent scheint auch zu glauben, die Sonnen würden Camerons Favorit werden.« Sie deutete mit einer Kopfbewegung hinüber zu einer anderen Gruppe um Ian Cameron, den Generaldirektor der Terranischen Hegemonie und nun auch Ersten Lord des

Sternenbunds. »Und er hat angedeutet, der Sternenbund wäre die Idee *seines* Vaters gewesen.« Sie zuckte mit einem trockenen Grinsen die Achseln.

»Was er glaubt, ist uninteressant. Es kommt darauf an, was die Menschheit glaubt und tut. Frieden, Wohlstand und Zusammenarbeit, das sind die Errungenschaften, die wir heute feiern.«

»Zusammenarbeit, vielleicht. Wohlstand, möglicherweise. Aber Frieden? Unter Umständen in der Inneren Sphäre, aber nicht für die ganze Menschheit.«

»Ja, Ian hat mir von seinem nächsten Schritt erzählt. Er wird sich damit nicht beliebt machen.«

Marion runzelte die Stirn. »Das ist eine Untertreibung. Wie lange hat es gedauert, die Innere Sphäre zu einen? Und das ist nur gelungen, indem du und Ian zusammengearbeitet und die anderen friedlich überzeugt habt. Zum größten Teil.« Ein Lächeln spielte über ihre Lippen, als ihr Blick zurück zu Vincent Davion zuckte. »Aber diese nächste Phase ist eine idiotische Provokation. Du musst ihm das ausreden.«

»Glaub mir, ich habe es versucht. Er ist entschlossen, die Peripheriestaaten in den Sternenbund zu holen, ganz gleich, wie sehr sie sich widersetzen. Ich persönlich gebe ihm weniger Chancen als einem Schneeball in einem Hochofen. Vielleicht bei den Randwelten, aber ganz sicher nicht beim Konkordat, dem Magistrat oder der Außenweltallianz. Die wurden alle drei hauptsächlich mit dem Ziel gegründet, der Vorherrschaft Terras zu entkommen, auch wenn das in gewissem Sinne für uns ebenso gilt. Sie werden sich nicht freiwillig wieder unterordnen.«

»Nicht freiwillig. Das bedeutet Krieg.« In ihrer Stimme war keine Spur von Zweifel.

Ein Kellner in schwarzer Livree kam mit einem Tablett Champagnergläser vorbei. Marion nahm zwei herunter und reichte eines ihrem Vater. Sie nahm einen Schluck von der sprudelnden Köstlichkeit, Albert hingegen betrachtete sein Glas nur.

»Ich will es wirklich nicht hoffen, aber ich fürchte, Alexander, Ursula und Hehiro werden einen Krieg unter dem Mantel des

Sternenbunds als Möglichkeit betrachten, ihren Einfluss zu erweitern.« Er deutete mit kurzen Kopfbewegungen zu den Fürsten der Vereinigten Sonnen, der Konföderation Capella und des Draconis-Kombinats, die alle inmitten eines Pulks von Würdenträgern Hof hielten. »Ian sieht es anders: als Erziehungsmaßnahme für Kinder, die zu störrisch sind, einzusehen, was gut für sie ist.«

»Wir werden mitmachen müssen. Wir können nicht zulassen, dass die anderen daraus politisches und militärisches Kapital schlagen. Und ebenso wenig können wir den Zusammenhalt des Sternenbunds gefährden, indem wir unsere Mitarbeit verweigern. Was wir auch machen, es ist verkehrt.« Sie schnitt eine Grimasse.

»Meine Tochter, die Pragmatikerin. Ja, ich bin ziemlich sicher, die Centrellas und Calderons werden sich kategorisch weigern. Avellar? Ich kenne ihn eigentlich nicht, aber ich vermute, er hat eine ähnliche Ader. Amaris ist auch ein Pragmatiker. Er wird vermutlich erkennen, woher der Wind weht, und sich anschließen. Soll heißen, ja, es wird wohl Krieg geben. Aber ich hoffe, dass die Diplomatie zumindest eine Chance erhält.«

Marion nickte nachdenklich. »Direktor Cameron – ich meine, Erster Lord Cameron – wirkt jetzt bereits am Ende seiner Geduld. Er verlangt einen Gipfel nächstes Jahr, aber ich glaube kaum, dass es bis dahin ruhig bleibt. Verflucht, es würde mich überraschen, wenn wir es bis Silvester schaffen, ohne dass es irgendwo kracht.«

Albert grunzte und zog noch einmal anhaltend an der Zigarre. »Verdammt, Marion. Ich hatte erwartet, mich freuen zu können, wenn wir das hier geschafft haben. Ich freue mich auch, dass wir so weit gekommen sind, aber langsam gewinne ich den Eindruck, wir werden es nie schaffen, und das ist zum Kotzen.« Nach einem letzten Zug drückte er die Zigarre auf der weißen Steinbalustrade aus, die die Terrasse eingrenzte. Er wendete sich von der Menge fort und schaute hinaus über die Armillarkugel und die botanischen Gärten des Arianaparks zum Genfer See und auf die Berge dahinter. Der Mont Blanc war gerade noch zu erkennen. In einen dünnen Wolkenschleier gehüllt, ragte er über seine Gefährten auf. »Ich vermute, du wirst Gelegenheit haben, dich sehr an diese Aussicht zu gewöhnen, zumindest bis Ian seine neue Hauptstadt baut. In der Nähe von Seattle, sagt er.«

»Es gibt schlimmere Gegenden. Hier zumindest wird Brion nichts dagegen haben, für mich zu arbeiten. Er hat sich entschlossen, das Haus draußen in Troistorrents zu kaufen. Er sagt, es liegt günstig für Skiausflüge hoch zu den Portes du Soleil. Und wenn man vom Teufel spricht ...« Sie deutete hinüber zu einem jungen Paar, das sich gerade aus der Menge löste. Er war kaum zwanzig, groß, mit kastanienbraunem Haar wie seine Großmutter, sie ein paar Jahre älter, klein und schlank, mit langen, dunklen Haaren, und trug ein kleines rothaariges Bündel im Arm, das sich fest um ihren Hals klammerte.

Der junge Mann verbeugte sich vor dem Generalhauptmann, dann küsste er Marion auf die Wangen.

»Entschuldige, Oma, Rhean hat nach der Unterzeichnung einen Wutanfall bekommen und brauchte eine Pause.« Das rothaarige Bündel in den Armen seiner Frau schaute hoch, als es seinen Namen hörte. Als es seine Urgroßmutter und seinen Ururgroßvater sah, breitete sich ein Grinsen auf dem Gesicht des kleinen Mädchens aus. Seine linke Hand löste sich vom Hals der Mutter und es streckte den Arm aus, forderte eine Umarmung. Die dreijährige Rhean war vorwitzig und verwöhnt. Ihre Eltern, in Alberts Augen selbst kaum mehr als Kinder, waren viel zu nachgiebig, statt für Disziplin zu sorgen und der Kleinen klarzumachen, wer das Sagen hatte.

Er blinzelte überrascht, als er feststellte, dass die kleine Furie ihm die Arme um den Hals geschlungen und sich hoch in seine Arme gezogen hatte. Jetzt standen die jüngste und der älteste der Mariks gemeinsam auf der Terrasse und schauten hinaus über den See. Rhean kicherte aufgeregt und deutete auf die Parade, die immer noch durch den Park zog.

»Glückwunsch, Albert«, stellte eine Frauenstimme fest und sprach seinen Namen französisch aus. »Der Abschluss langjähriger Mühen.«

Er drehte sich um, zum Missfallen des sich heftig windenden Mädchens, das weiter den Mechs zusehen wollte. Viola Steiner-Dinesen, der Archon des Lyranischen Commonwealths, trug ein langes, elegantes Abendkleid aus pulverblauer Seide mit goldener Stickerei. Sie streckte die Hand aus.

Albert schüttelte sie vorsichtig, während er mit dem anderen Arm die kleine Rhean festhielt. »Der Abschluss langjähriger Mühen für eine Menge von uns, und der Beginn langjähriger neuer.«

»Das ist wohl so. Ich schätze, das werden wir unseren Kindern und Enkeln vererben.« Die Lyranerin lächelte und zerzauste dem Kind die Haare. »Und unseren Ururenkeln. Eine enorme Last an Pflichten und Verantwortung, wenn diese große Anstrengung nicht vergebens gewesen sein soll.«

Plötzlich verlegen, versteckte Rhean das Gesicht an Alberts Schulter und lugte erst nach einigen Sekunden vor. »Du brauchst keine Angst zu haben, Kleines.« Der Archon lächelte. »Ich heiße Viola. Ich bin eine Bekannte deiner Urgroßmutter und deines Ururgroßvaters.«

»Sag Hallo, Rhean«, forderte Albert sie auf.

»Lo«, antwortete ein leises Stimmchen von seiner Schulter. »Bist du eine Prinzessin? Papi hat mir eine Geschichte über eine Prinzessin vorgelesen.«

Der Archon lachte. »Eine Prinzessin? Ja, ich vermute, das könnte man sagen, Liebling, aber bei uns im Lyranischen Commonwealth sagt man dazu Archon.«

»Arsch-shon«, wiederholte das kleine Mädchen und hatte Schwierigkeiten mit dem unbekannten Wort.

Viola lächelte. »Du bist auch eine Prinzessin«, stellte die Lyranerin fest.

Rhean zog eine Schnute. »Ich will keine Prinzessin sein«, erklärte sie entschieden und schüttelte den Kopf.

»Was möchtest du dann sein? Lass mich raten. Eine Piratin?«

Ein Kopfschütteln.

»Eine Polizistin?«

Wieder ein Kopfschütteln.

»Ich gebe auf. Was möchtest du sein, mein Engel?«

Das Kind drehte sich um und deutete hinab auf die Militärparade. Ihr Finger zeigte geradewegs auf einen unverwechselbaren Kampfkoloss, der mit wuchtigen Schritten über die Straße stampfte und im Takt die massigen Kanonenarme bewegte. »Ein *Warhammer*.«

Teil 1:

Wachstumsschmerzen

»Die meisten Menschen erinnern sich gern an ihre Kindheit zurück. Mir ist es ausgesprochen unangenehm. Nicht, dass ich das Kindsein genießen konnte. Pflichten und Privilegien wetteiferten um meine Aufmerksamkeit, und weder die einen noch die anderen boten mir die Gelegenheit zu einer ›normalen‹ Kindheit. Trotzdem begleiteten mich die Freunde, die ich in diesen Jahren gewann, das ganze Leben. Ebenso wie die Feinde.«

— *Tagebucheintrag*

»Die meisten MechKrieger erinnern sich noch daran, wie sie zum ersten Mal in den Krieg zogen. Ich auch, aber ich erinnere mich ebenso an das erste Mal, als jemand, der mir nahe stand, in den Krieg zog. Damals war es für mich noch nichts weiter als ein Spiel. Sie reisten zwar ab, aber sie würden wiederkommen, und in Zeiten interstellarer Reisen war es nichts Ungewöhnliches, jemanden Wochen oder sogar Monate nicht zu sehen. Ich verstand nicht von dem Schrecken, einen geliebten Menschen einschiffen zu sehen, oder einer von denen zu sein, die ihre Familie zurücklassen mussten, um auf irgendeinem fernen Planeten ihr Leben zu riskieren.«

— *Tagebucheintrag*

1

Wohnung des Generalhauptmanns,
Atreus City, Atreus
Marik-Commonwealth, Liga Freier Welten

19. März 2575

»Verdammt!« Glas klirrte.

Die siebenjährige Rhean blickte mit großen, erschrockenen Augen vom Schachbrett auf, eine Hand nach ihrem weißen Turm ausgestreckt, und schaute hinüber zu ihrer Urgroßmutter auf der anderen Seite des hellen Wintergartens. War eines der zahlreichen Fenster in dem hell erleuchteten Raum zerbrochen, oder eine der zahllosen Lampen?

Uroma – Generalhauptmännin Marion Marik – stand an ihrem Schreibtisch und zitterte vor Wut. Gut sechs Meter entfernt lagen die Splitter eines Weinglases. Das konnte sie unmöglich fallen gelassen haben. Rheans Blick glitt von ihrer Urgroßmutter hinüber zu dem Wasserfilm auf einem der riesigen schrägen Fenster, die das unverwechselbare Zeichen dieses Büros waren. Regen? Die Flüssigkeit tropfte vom Fenster auf den Boden. Drinnen? Allmählich wurde ihr klar, was geschehen war. Der Aufschrei, die Flüssigkeit, das zerbrochene Glas. Das Weinglas musste an dem kugelsicheren Fenster abgeprallt sein. Rhean hatte ihre Uroma noch nie zuvor die Fassung verlieren sehen. Sie schluckte. Die Erwachsenen ermahnten sie ständig, sich zu beherrschen, und jetzt hatte Uroma einen … Wutanfall.

Eine Seitentür öffnete sich, und Mister Almes kam herein, Uromas großer Leibwächter mit seinem schwarzen Anzug und kurz geschorenem dunklem Haar. Mister Almes machte Rhean Angst. Er hatte eine Waffe und schien nie zu lachen. Aber er schien keine Sorge vor einem Angriff zu haben.

Almes betrachtete die Scherben und zog eine Augenbraue hoch. »Ich rufe ein Zimmermädchen.«

Uroma winkte ihn weg, und er verschwand wieder auf dem Gang.

Marion beachtete das kleine Mädchen nicht, hatte ihr wöchentliches Schachspiel in der Aufregung vergessen. Sie streckte die Hand aus und warf einen Schalter auf dem Schreibtisch um. »Ich will Ian sehen, sofort.«

Am anderen Ende der Gegensprechanlage bestätigte jemand. Einen Moment blieb Marion in Gedanken versunken stehen. Dann erinnerte sie sich wohl ihres Gastes und zwang sich zu einem Lächeln. »Dein Großvater kommt bald, Schätzchen, aber wir haben ein paar Minuten zu tun. Bleib bitte still.«

Rhean starrte sie mit großen Augen und geschürzten Lippen an. Sie nickte, dann runzelte sie die Stirn. Sie bekam ihren Großvater Ian Marik kaum zu Gesicht. Er schien wenig Zeit für seinen zweiten Sohn und dessen Kinder zu haben. Stattdessen widmete er all seine Zeit Onkel David, seinem ältesten Sohn und Erben. Opa Ian würde Uromas Nachfolger werden, und Onkel David der von Opa Ian. Das erlaubte es ihrem Vati, sich nach der Akademie seinen Hobbys zu widmen, dem Skifahren und der Wirtschaft, statt Soldat zu werden wie Onkel David. Deshalb hatte sie drei Brüder, Quentin und die Zwillinge Arthur und David, ganz zu schweigen davon, dass Mutti wieder schwanger war, hoffentlich endlich mit einer Schwester, und Onkel David hatte keine Kinder. Sie wünschte sich, sie hätte auch Vetter und Cousinen gehabt. Mutti war ein Einzelkind, aber Vatis Schwester Therese hatte im selben Jahr, in dem die Zwillinge geboren worden waren, ein kleines Mädchen bekommen. Die kleine Marie war nur ein paar Tage alt geworden, aber aus irgendeinem Grund war Opa Ian darüber nicht richtig traurig gewesen. Er hatte sich keine Mühe gegeben zu verstecken, wie wenig er von seinem Schwiegersohn hielt. Onkel William war ein Liao, und aus irgendeinem Grund war Opa darüber unheimlich wütend. Rhean verstand nicht, was so wichtig an seinem Familiennamen war. Er machte ihn doch nicht zu einem schlechten Menschen? Therese und William lebten jetzt auf Terra und arbeiteten beim Ersten Lord Cameron.

»Ich lese so lange in meinem Buch, Uroma«, sagte sie und hob den schmalen Band auf. Sie mochte Bücher und las schon Geschichten, die eigentlich für Zehnjährige geschrieben waren. Vati nannte sie deswegen frühreif, und darauf war sie ziemlich stolz.

Marion kam um den Schreibtisch und betrachtete das Buch. Sie nickte. »Das kenne ich. Vor vielen, vielen Jahren, als ich in deinem Alter war, habe ich es selbst gelesen.« Sie lächelte, lehnte sich mit dem Rücken an den Schreibtisch und verschränkte die Arme. »Keine Sorge, es dauert nicht lange.«

Wie auf Stichwort öffneten sich die beiden Flügel des Haupteingangs, und ihr Opa kam herein. Rhean lugte über den Buchrand zu dem großen, kräftig gebauten Mann mit dem sauber gestutzten Kinnbart hinüber, an dem sie als Baby immer gezogen hatte. Er blickte herüber und lächelte. Rhean fühlte, wie ihre Wangen heiß wurden, und sie duckte sich hinter das Buch. Sie tat so, als wäre sie völlig davon gefesselt.

»Nachrichten von Terra, vermute ich? Ich habe gehört, es ist ein Kurier angekommen.«

Seine Mutter grunzte. »Sie sagen nein.« Sie runzelte die Stirn.

»Natürlich sagen sie nein. Das hast du seit der Unterzeichnung vorhergesagt.«

»Ja ja. Aber ich habe erwartet, dass Ian die Beherrschung verliert und sich auf sie stürzt, nicht, dass sie ihm den Stinkefinger zeigen und sagen ›Zwing uns doch, wenn du kannst‹. Sie wissen genau, dass sie nicht gewinnen können, aber bei Gott, was für ein Propagandacoup.« Sie deutete auf einen Sessel.

Ian setzte sich, und sie kehrte hinter den Schreibtisch in ihren hohen Ledersessel zurück.

»Jetzt werden sie die Opfer sein. Das wird übel.«

»Ian ist entschlossen, das zu verhindern. Er hat Mitchell DeGrason beauftragt, sich um die Medien zu kümmern. Er soll die Peripherie als Schurkenstaaten hinstellen und Unterstützung für den bevorstehenden Krieg schaffen.«

Ian strich sich über den Bart. »Das wird nicht gut ankommen. Das Büro für Sternenbundangelegenheiten ist keine Propagandamaschine, und seinen Trauzeugen zum Pressesprecher zu ernennen, könnte Widerstand wecken. Ian sollte besser aufpassen, dass er diese Entscheidung nicht noch bereut. Du weißt, was manch einer am Hofe über Vetternwirtschaft sagen wird.«

»Seit der Proklamation war völlig klar, dass es dazu kommen wird.«

Rhean wusste, dass ihre Urgroßmutter die Pollux-Proklamation meinte, das Ultimatum, das sie und die anderen Lordräte des Sternenbunds kurz nach Weihnachten in die Peripherie geschickt hatten.

»Die Kanzlerin und ich haben die anderen Lordräte gewarnt, aber sie lassen sich nichts sagen. Kurita will beweisen, dass der Beitritt zum Sternenbund ihn nicht entmannt hat, und Davion ist auf die Rüstungsaufträge der SBVS scharf.«

»Und das VII. Corps? Wird der Erste Lord dich gegen Canopus in Marsch setzen?«

Ein Dutzend Regimenter der Freien Welten und fast drei Mal so viele Sternenbundtruppen bildeten unter Uromas Befehl das VII. Corps der SBVS. Rhean kannte auch die Namen aller Regimenter und ihre Insignien, sowohl für die Marik-Einheiten wie für die der Sternenbund-Verteidigungsstreitkräfte.

»Noch nicht. Wir sind in Alarmbereitschaft versetzt und sollen an der Grenze aufmarschieren, aber noch sollen wir sie nur halten. Die Magestrix wird kaum einen Präventivangriff starten. Mitchell Calderon traue ich das allerdings zu, allein schon, um Alex Davion in den Hintern zu treten. Die Hauptstreitmacht der SBVS wird dort zuerst eingreifen, aber ich mache mir keine Illusionen, der Erste Lord könnte darauf verzichten, uns in Marsch zu setzen. Es ist nur eine Frage des Wann.«

»Na, zumindest bleiben uns ein paar Monate, um Crystalla zuzureden. Sie ist eine Pragmatikerin.«

Marion hob einen Compblock vom Schreibtisch und reichte ihn ihrem Sohn.

Als er den Text auf dem Datenschirm las, hob er die Augenbrauen. »Ah ja.« Er lachte. »›Was kann er uns anbieten, das wir nicht jetzt schon kaufen können?‹ Doch, das klingt nach Crystalla. Vielleicht sollte ich nach Canopus fliegen und das wirtschaftliche Argument vertiefen?«

»Ich dachte, Humphreys würde sich gut als Leiter der Delegation eignen. Und ich werde Brion mitschicken.«

»Der Junge ist ein Versager«, gab Ian zurück, und eine verbitterte Schärfe schlich sich in seine Stimme.

Marions Blick zuckte warnend zu Rhean, deren Vater Brion war. Das Mädchen gab weiter vor, in ihr Buch vertieft zu sein und nichts von dem mitzubekommen, was die Erwachsenen redeten. Marion betrachtete ihren Sohn mit gerunzelter Stirn. Sie sprach mit Stimme kühler Stimme. »Mein Enkel ist ein fähiger Ökonom und hat in Genf einige diplomatische Erfahrung gesammelt. Mir ist bekannt, dass dir seine Berufswahl nicht gefällt, aber wir Mariks dürfen uns nicht darauf beschränken, Generäle und Politiker zu werden. Ich bin sicher, David wird die Verwaltungs- und Finanzkenntnisse seines Bruders schätzen lernen, wenn er deine Nachfolge antritt.«

Ian nickte, aber seine Augen wurden schmal. »Wenn du es sagst, Mutter.«

»Keine Bange, Jungchen.« Sie klang amüsiert. Opa Ian war mindestens fünfzig. »Du wirst reichlich zu tun haben, hier meinen Platz auszufüllen. Ich werde mit dem 7. und den Kriegsvorbereitungen reichlich zu tun bekommen, also musst du mich im Parlament vertreten. Und sobald ich zur Front abreise, bekommst du auch die volle Exekutivgewalt. Ich werde nicht zulassen, dass dieser Krieg die Liga schwerer belastet als nötig.«

Einen Moment saßen beide schweigend da und dachten nach. Dann strand Ian auf. »In einer Stunde ist eine Abstimmung angesetzt, also sollte ich mich besser vorbereiten. Ich lasse den Nationalen Nachrichtendienst eine aktuelle Bewertung des Magistrats erstellen. Die Delegation wird jede Hilfe brauchen, die sie bekommen kann.« Er verbeugte sich knapp vor seiner Mutter. »Wir sehen uns dort, Generalhauptmännin.«

»Ian.« Sie nahm den Compblock und las.

Ian kam die wenigen Schritte zu Rhean herüber, dann beugte er sich herab und küsste sie auf den Kopf. Das Mädchen schaute überrascht hoch und sah ihren Großvater aus dem Zimmer gehen. Als die Tür hinter ihm ins Schloss fiel, drehte Rhean sich zu ihrer Urgroßmutter um, die ihr genau in die Augen schaute. Sie schluckte.

»Du wirst gegen die Peripherieler kämpfen, Uroma?«

»Bald, ja.«

»In deinem Mech.«

»Ja.«

Rhean stand auf und reckte sich zu voller Länge. Sie war groß für ihr Alter, und mager, wodurch sie noch größer wirkte. Sie verbeugte sich mit großer Geste. »Generalhauptmännin, darf ich Sie begleiten?« Es hätte besser ausgesehen, wenn sie eine Hose angehabt hätte statt des rosafarbenen Rocks, aber sie hasste es zu knicksen. Sie wollte förmlich auftreten, wie Opa Ian.

Uroma erhob sich von ihrem Platz und kam zurück an den Schachtisch. Um ihre Lippen spielte ein Lächeln. In zwei Metern Entfernung blieb sie stehen und erwiderte Rheans Verbeugung, dann bedeutete sie ihr, sich zu setzen. Marion ließ sich auf den Hocker nieder, auf dem sie gesessen hatte, bevor der Kurier eintraf, und betrachtete das Schachbrett. Sie räusperte sich und antwortete mit ihrer Offiziers-Stimme: »Die Generalhauptmännin bedauert, aber sie muss den Antrag der jungen Dame von Marik leider abschlägig beantworten. Die junge Dame ist wohl noch etwas zu klein, um die Pedale des Mechs zu erreichen, und …«

»Opa Albert hatte einen Spezialmech, den er steuern konnte.«

»Den hatte er, ja, aber er war erwachsen. Du musst erst noch weiter zur Schule gehen und wachsen.«

»Aber ich verpasse die ganzen Kämpfe!«, protestierte Rhean nachdrücklich.

Marion lächelte sie an, doch ihr Lächeln reichte nicht bis zu den Augen. »Leider glaube ich nicht, dass dieser Krieg schnell vorüber sein wird. Du könntest deine Chance noch bekommen, um mitzukämpfen, aber nur, wenn du in der Schule und an der Akademie gute Zensuren holst.«

»Aber es dauert noch Jahre, bis ich zur Akademie darf. Und Princefield ist so weit weg.«

»Überstürz es nicht, Liebes. Das geht noch schnell genug.« Sie deutete auf das Brett. »Dein Zug.«

»Tradition ist ein zweischneidiges Schwert: Sie kann uns helfen, unsere Ängste und Erwartungen in den Griff zu bekommen, und dadurch unserem Leben Form geben, aber sie kann auch beengend und bedrückend sein, und uns zwingen, Dinge zu tun, die wir normalerweise sicher nicht tun würden. Ich wusste schon mit jungen Jahren, dass ich, solange kein großes Unglück geschah, eine der Militärakademien der Liga besuchen und die Familientradition vorbildhafter Militärlaufbahnen fortsetzen würde. Von Druck keine Spur …«

— Tagebucheintrag

2

Princefield, Oriente
Großherzogtum Oriente, Liga Freier Welten

19. Juli 2580

Das Mädchen, das all seine Mitstudenten als Frieda Moran kannten, hastete den prunkvollen Korridor hinab. Seine weiße Kadettenuniform bot einen scharfen Kontrast zu den schwarzen Marmorwänden mit ihren Schmuckfriesen und Statuen. Eine Strähne des langen braunen Haars wehte lose um ihren Kopf, als sie durch den Gang lief. Sie rannte nicht – das wurde an der Akademie nicht gerne gesehen –, aber sie bewegte sich doch erheblich schneller als von den Schülern erwartet. Sie schlidderte um eine Ecke und wäre fast mit einer Gruppe anderer Kadetten zusammengestoßen, die für die erste Stunde des Morgens ebenfalls spät dran waren und Mühe hatten, im Dunkel vor Sonnenaufgang wach zu werden. Der Geruch von Stiefelwichse hing in der Luft, ein Zeichen, dass der Reinigungsstab trotz der frühen Stunde seine Runde erledigt hatte. Der Boden, über den tagtäglich Hunderte von Füßen wanderten, glänzte, von den Reinigungskräften auf Hochglanz poliert. *Und von den Kadetten,* dachte sie trocken und erinnerte sich an eine Erfahrung kurz nach ihrer Ankunft an der Akademie.

Sie war recht jung für eine Kadettin, auch wenn ihre Körpergröße diesen Nachteil teilweise aufwog, und hatte sich schnell bei manchen ihrer Mitkadetten unbeliebt gemacht, die glaubten, ihre adlige Herkunft gäbe ihnen ein besonderes Vorrecht, andere herumzukommandieren, vor allem jene, die nicht aus Adelsfamilien stammten, sondern die Nachkommen von Wirtschaftsführern waren, wie ihre angeblichen Eltern. Zugegebenermaßen hatte ihr eigenes Auftreten nicht gerade geholfen: Sie war entschlossen gewesen, auf eigenen Füßen zu stehen, und hatte keine sonderlichen

Anstrengungen unternommen, Freunde zu finden. Die meisten Neuzugänge wurden von den älteren Semestern drangsaliert, herumgeschubst und als Dienstboten behandelt, wenn nicht schlimmer, aber bei manchen in ihrem eigenen Jahrgang hatte sie den Eindruck erweckt, so tief auf der Hackordnung zu stehen, dass selbst andere Neulinge sie ungestraft anpöbeln durften. Die ersten Tage hatte sie sich das noch gefallen lassen und sich geschworen, nicht Hilfe suchend zu den Erwachsenen zu laufen, aber dann hatte Lambert Allison es zu weit getrieben.

Als Enkel des Großherzogs von Oriente stand für Allison fest, dass er eines Tages herrschen würde, und er spielte sich jetzt schon als Oberhaupt der Akademieneulinge auf. Viele von ihnen hatten seine selbsternannte Autorität akzeptiert, und selbst ein paar Studenten der höheren Klassen behandelten ihn mit Respekt. *Obwohl Speichelleckerei dafür wohl die passendere Bezeichnung war*, dachte sie. Als Frieda sich geweigert hatte, einen seiner ›Befehle‹ auszuführen, hatte eine Reihe von Umstehenden den Atem angehalten. Für wen hielt sie sich, dass sie einem so hochrangigen Adligen den Gehorsam verweigerte?

Sie war einfach gegangen, allerdings hatten Lambert und ein paar aus seiner Clique sie etwas später gestellt und ihr deutlich gemacht, dass sie zu gehorchen hatte. Und sie hatten versucht, die Lektion handgreiflich zu unterstreichen.

Es hatte nicht lange gedauert, bis ein älteres Semester auf der Bildfläche erschienen war und die Prügelei beendet hatte, aber da hatte einer von Lamberts Schlägern schon eine blutige Lippe und ein blaues Auge kassiert und ein anderer sich stöhnend auf dem Boden gewunden, nachdem sie ihm das Knie in die Weichteile gerammt hatte. Diese Erfolge hatte sie allerdings weitgehend dem Überraschungsmoment zu verdanken. Sie selbst war auch nicht unbeschadet davongekommen und hatte mit blutender Nase auf den Knien gelegen. Der ältere Kadett hatte sie und die Schläger zur Bestrafung vor den Kommandanten der Akademie geschleppt – Lambert hatte sich selbst nicht an dem Kampf beteiligt. Obwohl Schlägereien offiziell untersagt waren, wurden sie von der

Akademieleitung geduldet, als ›charakterbildende Maßnahme‹ und Möglichkeit für die jungen Kadetten, sich auszutoben. Der ältere Kadett – sie erinnerte sich noch an seinen Namen, Davies, ein schneidiger Vierzehnjähriger, und bei der Erinnerung an ihn wurden ihr die Wangen warm – hatte das Ganze natürlich für eine alltägliche Disziplinarmaßnahme gehalten. Kommandant Pagliarulo hatte es besser gewusst. Er war über ihr Geheimnis informiert und ebenso über die Notwendigkeit, es zu wahren, im Gegensatz zum größten Teil des Lehrstabs, und diese Prügelei hatte ihn vor ein Dilemma gestellt.

Weder sie noch die Schläger hatten zugegeben, was geschehen war, auch wenn ihre unübersehbaren Verletzungen ein offenes Abstreiten unmöglich gemacht hatten. Sie hatte in den Augen des Kommandanten gesehen, wie er nach einer Möglichkeit gesucht hatte, das abzuhandeln, ohne sie erkennbar zu bevorzugen. Ihr Schweigen und das ihrer Angreifer hatten ihm keine andere Wahl gelassen, als sie alle gleich zu bestrafen. Sie hatten jeder einen Korridor zugeteilt bekommen, mit dem Befehl, ihn eine Woche von Hand zu polieren.

Eines musste sie Lambert lassen: Obwohl er selbst der Bestrafung entkommen war, hatten er und seine Clique ihren Kumpels geholfen, die Strafe abzuleisten. Sie hatten Teams gebildet, um die Arbeit schneller zu erledigen, und dafür gesorgt, dass ihre Korridore fast mit denen mithalten konnten, die der professionelle Reinigungsstab versorgte. Er hatte Charisma und war loyal, beides wichtige Qualitäten bei einem Herrscher, und falls es ihm gelang, seine Arroganz und Selbstgefälligkeit abzulegen, hatte er das Zeug, einmal ein guter Großherzog zu werden. Frieda ihrerseits hatte keine derartige Hilfe gehabt, aber natürlich auch kein Verlangen nach einer Führungsposition, und sich mehrere lange Abende und frühe Morgenstunden um die Ohren geschlagen, um die Aufgabe zu erledigen. Ein Teil ihrer Klassenkameraden hatte ihr geholfen, aber nachdem jemand in ›ihren‹ Korridor uriniert hatte, waren die meisten von ihnen vor der jetzt doppelt unangenehmen Aufgabe zurückgeschreckt.

So findet man heraus, wer ein echter Freund ist, dachte sie, als sie ins Klassenzimmer und an ihren Platz rutschte. Sie hatte sich kaum gesetzt, als der Dozent eintraf. Die gesamte Klasse stand auf und salutierte, ein Präzisionsdrill, den die Kadetten in den letzten sechs Monaten perfektioniert hatten. Der Offizier ließ sie sich wieder setzen und die Bücher an der Stelle aufschlagen, wo sie beim letzten Mal aufgehört hatten. Frieda warf einen Blick zum Nebentisch, wo Madeleine Bonnington, Comtesse von Atematwa, saß, eine der wenigen, die ihr über die gesamte Strafe geholfen hatten. Maddy rollte die Augen, dann schaute sie nach vorne zum Instrukteur und tippte auf ihre Uhr. Die zierliche Blondine tat so, als würde sie eine Haarsträhne hinters Ohr schieben – sie selbst hatte einen Kurzhaarschnitt –, und hastig versteckte Frieda ihre widerspenstige Strähne. Vorerst musste das genügen. Sobald die Klasse vorüber war, konnte sie sie feststecken.

Ihre Freundin nickte. Dann trat sie gegen den Stuhl vor sich und setzte eine Unschuldsmiene auf. Colin Eastwick, ein Händlersohn von Hamilton, drehte sich mit wütender Miene zu ihr um. Die beiden stritten sich ständig, aber Frieda betrachtete sie beide als ihre Freunde. Colin war einer der anderen gewesen, die zu ihr gestanden hatten. Er klopfte ebenfalls auf seine Uhr, und Frieda verzog das Gesicht. Sie schaute auf die andere Seite des Klassenzimmers, wo Allison saß und mit einem leicht süffisanten Gesichtsausdruck ihre gehetzte Miene zur Kenntnis nahm. Sie schenkte ihm ein süßes Lächeln, dann kehrte ihr Stirnrunzeln zurück, als der Dozent mit dem Unterricht begann.

* * *

»Lambert schon wieder?«, fragte Colin nach der Stunde in der Cafeteria, als sie sich Brötchen und großzügige Portionen Aufschnitt und Käse holten. Princefield ernährte seine Schüler gut, nahm sie allerdings auch hart ran, sodass sie kaum eine Chance hatte, viel zuzunehmen. Colin legte zwei gekochte Eier auf seinen Teller und griff nach einem Becher Joghurt.

Madeleine hielt die Hand auf, und er warf ihr den Becher zu, bevor er sich einen zweiten griff. Den bot er Frieda an, aber sie schüttelte den Kopf.

»Vermutlich«, antwortete sie vorsichtig, während sie sich Frühstücksflocken in eine Schüssel löffelte und Milch hinzugab. Das Aroma der Speisen ließ ihren Magen knurren. »Es würde zu ihm passen.« Jemand hatte kaltes Wasser über die bereitliegende Uniform gegossen, während sie unter der Dusche war, so dass sie hastig nach passenden trockenen Sachen für die Frühklassen hatte suchen müssen. Wer zu spät oder in nicht makelloser Uniform erschien, wurde hart bestraft. Dass es ihr gelungen war, einem Tadel zu entgehen, ärgerte Lambert vermutlich, auch wenn er es zufrieden schien, ihr Schwierigkeiten gemacht zu haben.

Die drei setzten sich ans Ende des langen Esstisches und stürzten sich aufs Frühstück. Sie hatten nur zwanzig Minuten bis zur nächsten Klasse, und bis zum Mittagessen waren es noch fünf Stunden. Nach einem Monat dieser überhastet hinuntergeschlungenen Frühstücksrationen waren sie witzelnd zu dem Schluss gekommen, dass schnelle, zeitsparende Nahrungsaufnahme ebenso zum Grundlehrplan der Akademie gehörte wie die Fähigkeit, im Stehen zu schlafen, eine Begleitfähigkeit der gehobenen Tischmanieren, die höheren Semestern beigebracht wurden.

Frieda schaufelte sich die gezuckerten Frühstücksflocken in den Mund und spülte sie mit Orangensaft hinunter, während sie mit der Linken aus Käse, Aufschnitt und Brötchenhälften ein hastiges Butterbrot zusammenstellte. Diese Fähigkeit hatten weder Colin noch Maddy bisher entwickelt. Ihre Versuche während der ersten Wochen der Freundschaft, Friedas beidhändiges Essen nachzuahmen, waren regelmäßig in unappetitlichem Scheitern geendet. Die Instrukteure staunten ebenfalls über ihre ausgezeichnete Hand-Auge-Koordination und prophezeiten, dass ihr das in den kommenden Monaten sehr hilfreich sein würde, wenn die Ausbildung in den Mechsimulatoren begann.

»Schlagen wir zurück, Fred?«, fragte Maddy um das gekochte Ei herum, das sie Colin vom Teller gemopst und ganz in den Mund gesteckt hatte. Sie war es gewesen, die Frieda diesen Spitznamen verpasst hatte, und ganz gleich, wie viele andere sie Frieda oder Moran nannten, sie hielt ihn durch. Frieda störte das nicht weiter. Ein falscher Name war so gut wie der andere, soweit es sie betraf. Maddy wurde leicht rot, als ihr bewusst wurde, wie sie mit einem ganzen, seitlich im Mund steckenden gekochten Ei aussah, und kaute. Friedas Blick suchte in der Halle nach Lambert, der auf der anderen Seite des Raums Hof hielt. Seine Anhänger lachten gerade laut über etwas, vermutlich über den Streich, den er ihr gespielt hatte.

»Nein, ich werde nicht auf sein Niveau sinken«, erklärte sie. Sie schob die leere Schale beiseite und nahm einen Bissen Brot, den sie einen Moment nachdenklich kaute. »Jedenfalls noch nicht.«

»Warum nicht? Der Arsch hat es verdient. Schütt Juckpulver in seine Tarnschminke oder piss in sein Bett. Das macht Col für dich, nicht wahr?«

Sie zwickte den Jungen in die Seite, der sich an seinem Fruchtsaft verschluckte und mit hervortretenden Augen nach Atem rang. Maddy schlug ihm auf den Rücken. »Du sollst den Saft trinken, nicht inhalieren, du Schwachkopf.«

»Entschuldigung, kennen wir uns?«, entgegnete Frieda trocken. »Ich hatte mal eine nette, wohlerzogene Zimmergefährtin namens Madeleine. Bist du ihr böser Zwilling?« Dass die zierliche Madeleine mit dem Engelsgesicht das boshafteste Mitglied ihrer kleinen Gruppe war, war allgemein bekannt, aber das ging selbst für sie zu weit. Die Blondine täuschte eine halbherzige Rückhandohrfeige an, der Frieda mühelos auswich. Beide Mädchen lachten und widmeten sich wieder dem Essen.

»Aber ernsthaft, nein. Genau das erwartet er jetzt, also reagieren wir gar nicht. Es wird viel befriedigender werden, ihn zu erwischen, wenn er nicht damit rechnet.« *Und Gott sei ihm gnädig, falls er mich bis zur Abschlussfeier belästigt. Dann wird das Geheimnis gelüftet, und er hätte Grund, sich ernsthaft leid zu tun.* Sie zwang sich zu einem Lächeln. »Abgemacht?«

»Abgemacht«, antworteten die beiden anderen im Chor.

»Es ist ganz schön hart. Am einen Tag glaubst du noch zu wissen, welchen Weg dein Leben nimmt, und am nächsten zwingt das Schicksal dich in eine völlig andere Richtung. Ich habe es damals gelassen aufgenommen und war beinahe erregt über diesen Umschwung und die sich neu ergebenden Möglichkeiten, aber könnte ich heute noch einmal an diesen Tag zurückreisen, würde ich mir raten, abzuhauen und mich irgendwo zu verstecken.«

— *Tagebucheintrag*

3

Troistorrents, Kanton Wallis,
Region Schweiz, Terra
Terranische Hegemonie

19. Dezember 2581

Die drei Kadetten stampften lachend durch den knirschenden Schnee den Hang hinauf. So weit von der Stadt entfernt war die Straße nicht beheizt, aber der schlimmste Schneefall war geräumt. Frieda hätte den Wagen rufen können – dank der Führungsdrähte und der Steuerautomatik hätte er die drei auch ohne Fahrer zum Chalet gebracht, selbst wenn ihre Tante Therese dem System keinen Meter weit traute –, aber selbst mit den Skiern auf der Schulter war es nur ein Fußweg von wenigen Minuten. Außerdem wusste man im Chalet, dessen Lichter in der anbrechenden Dämmerung immer heller strahlten, dass sie kamen. Dafür sorgten die in ihre Skikleidung eingenähten Peilsender. Dadurch konnten sie sich darauf verlassen, dass sie ein heißer Willkommenstrunk erwartete, sobald sie ›daheim‹ eintrafen.

Sie hatte sich etwas anstrengen müssen, das Chalet ihres Vaters samt Personal benutzen zu dürfen, aber Frieda dachte nicht daran, sich während des einmonatigen Besuchs auf Terra einen Abstecher in das Haus nehmen zu lassen, in dem sie einen großen Teil ihrer Kindheit verbracht hatte. Die anderen Studenten, für die diese Reise zu den Militärakademien von Sandhurst, Westpoint und St-Cyr größtenteils der erste Besuch auf der Mutterwelt der Menschheit war, wollten sich London, New York und Paris ansehen – am Freitag hatten sie St-Cyr besichtigt, und dementsprechend lockte an diesem Wochenende das benachbarte Versailles, aber für Frieda, die Terra praktisch ihr ganzes Leben einmal im Jahr besucht hatte, war ein Besuch ›zu Hause‹ verlockender.

Die Urlaubsscheine waren nicht schwer zu beschaffen gewesen, auch wenn sie dafür ein paar Beziehungen hatte spielen lassen, von denen Maddy und Colin nichts ahnten. Die beiden wären ausgeflippt, hätten sie geahnt, dass der Befehlshaber der SBVS, General Carlos Dangmar Lee, persönlich ihre Gesuche genehmigt und mit der Akademie geklärt hatte, wofür sie sich bei Gelegenheit bei Onkel William würde bedanken müssen. Den Widerstand ihrer Familie zu brechen war schwieriger gewesen. Sie war noch nie als ›Demoiselle Frieda‹ in Troistorrents gewesen und hatte ziemliche Angst, einer der Angestellten könnte sich verplappern. Einen Zwischenfall hatte es bereits gegeben, den sie jedoch zum Glück hatte unter den Teppich kehren können.

»Ist das da neben deinem Vater, für wen ich sie halte, Fred?«, hatte Maddy kurz nach der Ankunft gefragt und auf ein Holo auf dem Bücherschrank gedeutet. »Ist das wirklich die Generalhauptmännin?«

Frieda war erstarrt, und ihre Gedanken hatten sich überschlagen. Dass man ihr äußerlich nichts davon hatte anmerken können, war ein Beweis für die Kraft ihres dreizehnjährigen Nervenkostüms gewesen. »Ja, bei irgendeinem Empfang auf Atreus.« Zum Glück war es ein formelles Bild gewesen und kein Familienholo. »Ich hab' dir ja gesagt, er ist eine große Nummer in der Wirtschaft.«

»Und ich dachte, ich kenne alle wichtigen Familien in dem Bereich«, hatte Colin gemurmelt. »Aber mein Vater hat kein Bild mit Marion Marik.«

Ihre Freunde anzulügen war Frieda nicht leicht gefallen, aber es musste sein. Einerseits der Sicherheit wegen. Das war der Preis, den sie dafür zahlen musste, nicht vierundzwanzig Stunden täglich von einer Leibwache umgeben zu sein. Außerdem wollte sie die Akademie hinter sich bringen, ohne sich auf den Namen und Einfluss ihrer Familie zu stützen. Das war eher Lambert Allisons Stil.

Ihr Atem kondensierte zu einem weißen Nebel, als sie die müden Beine weitertrieb, über einen zugefrorenen Bach, in den sie mit sechs oder sieben einmal hineingefallen war – ein Erlebnis, an das sie sich jetzt erinnerte, obwohl er momentan kaum mehr als eine

Furche im Boden war. Danach ging es den letzten Hang hinauf. Wie üblich stritten sich hinter ihr Colin und Madeleine. Es ging um eine der Abfahrten und darum, wer von ihnen besser Skifahren konnte. Die ständigen Streitereien waren typisch für die beiden. Ein einziges Mal, seit Frieda die beiden kannte, waren sie vierzehn Tage lang nicht aneinandergeraten, und das war ausgesprochen – seltsam gewesen. Manchmal waren sie die besten Kumpel, aber gelegentlich schwiegen sie sich auch tagelang nur an. Entweder sie würden einander irgendwann umbringen oder heiraten.

Vorausgesetzt, der Krieg riss sie nicht vorher auseinander. Es war jetzt dreieinhalb Jahre her, dass die Generalhauptmännin mit dem VII. Corps der SBVS ins Magistrat Canopus einmarschiert war, aber trotz einer Kette von Siegen war kein Ende in Sicht. Noch vier, fünf Jahre, und der Fleischwolf würde wohl auch Maddy, Colin und sie selbst schlucken.

Wenigstens verlief der Krieg gegen Canopus halbwegs zivilisiert. *Sofern ein Invasionsfeldzug zivilisiert sein kann.* Der Erste Lord hatte die Ares-Konvention ausgesetzt, und die Kämpfe im Tauruskonkordat waren das reinste Gemetzel. Marion Marik und Crystalla Centrella hingegen hielten sich weiter an die alten Regeln der Kriegsführung und ersparten beiden Seiten Gräueltaten und übermäßige Verwüstung.

Die drei erreichten die Kuppe des Hangs und bogen um die Wegkurve zum Chalet. In der kurzen Auffahrt stand der Geländewagen, aber er war nicht das einzige Fahrzeug. Hinter ihm stand ein Wagen, der zwar keine Markierungen trug, aber Besonderheiten hatte, die Frieda nur zu vertraut waren: Platzfeste Reifen, getönte Panzerglasfenster und, der Tiefe der Spuren im Schnee nach zu urteilen, eine beachtliche Panzerung. Sie hörte den Motor im Leerlauf brummen.

Sie erstarrte.

Ihre Begleiter waren bereits mehrere Schritte weiter, bevor sie bemerkten, dass sie stehen geblieben war. Sie drehten um und kamen zurück. »Komm schon, nur noch ein paar Schritte, dann gibt es heiße Schokolade«, lockte Maddy.

»Oder Glühwein«, setzte Colin mit mehr Hoffnung als echter Erwartung hinzu.

Frieda gestattete den beiden, sie von der Straße auf den kurzen Fußweg zur Küchentür zu zerren, und plötzlich rumorte ihr Magen.

Normalerweise hätten sie den Haupteingang benutzt, aber durchnässt und mit den Skiern auf der Schulter war die Küche die bessere Lösung. Sie lag neben der Waschküche und dicht an den Gästezimmern in der umgebauten Scheune. Außerdem war es dort mit Sicherheit warm. Solange jemand im Haus war, blieb der Ofen im alten Salon rund um die Uhr an.

Sie steckten die Skier in die Halterungen, öffneten die Stiefel und schälten sich aus den Skianzügen. Frieda seufzte erleichtert auf, als sie ihre zu langen Glieder aus der Umklammerung des isolierten Anzugs befreit hatte. Durch einen plötzlichen Wachstumsschub, der sie die zierliche Madeleine inzwischen um volle zwanzig Zentimeter überragen ließ, waren ihre alten Sachen zu klein geworden, und sie hatte sich für diesen Ausflug komplett neu einkleiden müssen. Sie warf sich ein Handtuch über den Kopf und rubbelte das feuchte Haar trocken.

Die grauhaarige Haushälterin, makellos wie immer, erschien in der Tür der Waschküche. »Sie haben Gäste, Demoiselle.«

»Ich habe es gesehen, Eloise. Danke.«

Die alte Frau nickte. »Sie sind im Wohnzimmer.«

Auf Socken tapste Frieda weiter in die Küche, ohne das Handtuch abzulegen, was ihr ein Stirnrunzeln der Haushälterin eintrug, dann stieg sie die Holztreppe in den Hauptteil des Chalets hinauf. Ihre langen Beine trugen sie trotz ihres fohlenhaften Aussehens mit schnellen, eleganten Bewegungen aufwärts. Hinter sich hörte sie ein Quietschen, gefolgt von einem Aufstöhnen, als Colin und Madeleine sich darum balgten, wer zuerst die Treppe hinauf durfte.

Sie atmete tief durch, dann trat sie ins Wohnzimmer. *Bringen wir es hinter uns.*

Auf der anderen Seite des Zimmers stand ein dunkelhaariger Mann vor dem Kaminfeuer und wärmte sich an den offenen Flammen. Eine aus dem Augenwinkel bemerkte Bewegung erschreckte Frieda, und sie erkannte, dass sie geradewegs an einer großen, schlanken Frau mit rabenschwarzem Haar vorbeigegangen war, die neben dem Eingang stand.

»Kommandant Pagliarulo, welchem Umstand habe ich diesen Besuch zu verdanken?«

Hinter ihr wurden schnelle Schritte laut, dann stürzten Maddy und Colin ins Zimmer und salutierten hastig vor dem Offizier. Jetzt fiel Frieda ein, dass sie genau das vergessen hatte. *Was soll's, jetzt ist es ohnehin zu spät …*

»Euer Gnaden.« Sein Ton war eisig, auch wenn er leicht den Kopf neigte.

»Tut mir leid, Kommandant Pagliarulo, aber ich bin nur eine Lady, keine ›Gnaden‹«, murmelte Maddy. »Das ist mein Vater.« Sie wurde bleich. »Ist ihm etwas zugestoßen?«

Pagliarulo wendete sich ihr zu. »Es geht ihm gut, Kadettin Bonnington.

»Dann …« Ihre Stimme verklang, und ihr Blick schwenkte herüber zu Frieda. »Fred?«

»Verdammt«, knurrte Frieda. »Sie wussten es nicht.«

»Ich bitte um Verzeihung, Euer Gnaden. Ich nahm an, sie wären informiert, und dies ist nicht der Zeitpunkt, Sie ›Kadettin Moran‹ zu nennen. Ihre Tante Therese sagte mir, wo ich Sie finden kann.«

»Nun, wenn Sie mich dafür bestrafen wollen, dass ich meine Beziehungen habe spielen lassen, dann …«

»Ich bin nicht gekommen, um jemanden zu bestrafen, Euer Gnaden. Ich habe eine Nachricht von der Botschaft erhalten, die ich Ihnen als Ihr vorgesetzter Offizier zu überbringen verpflichtet bin.«

Friedas Beine wurden weich, und sie musste sich am Kaminsims festhalten. »Vati? Uroma?«

»Ihren Eltern und Großeltern geht es gut, auch wenn die letzten Nachrichten über Ihre Urgroßmutter nicht wirklich aktuell sind. Es geht um Ihren Onkel David. Er ist vor drei Tagen bei einem Verkehrsunfall ums Leben gekommen.«

Friedas Knie gaben nach, und sie sank auf den Parkettboden, ohne den Kamin loszulassen. Madeleine lief zu ihr. »Fred? Ist alles in Ordnung? Ich hatte keine Ahnung, dass ihr euch so nahe steht. Du hast diesen Onkel nie erwähnt.«

»Das ist es nicht«, presste Frieda kehlig hervor. Die Implikationen seines Todes machten sie schwindlig.

»Es gibt da gewisse Komplikationen, Kadettin Bonnington, Kadett Eastwick.«

»Sagen Sie es ihnen«, befahl Frieda, aber ihre Stimme schien von irgendwo ganz anders zu kommen.

Der Akademiekommandant beugte den Kopf. »Wie Sie wünschen, Euer Gnaden.«

»Was soll dieses ›Euer-Gnaden‹-Gesülze?«, fragte Colin, während er Frieda unter die Achsel griff und ihr aufzustehen half.

Pagliarulo hob die Hand. »Ihre Freundin hier ist das älteste Kind ihres Vaters, und durch den Tod seines Bruders ist er nun der Thronfolger seines Vaters, der seinerseits der Thronfolger *seiner* Mutter ist. Damit ist Ihro Gnaden bestimmt, eines Tages den Titel ihrer Urgroßmutter zu erben.«

»Dann wirst du eine richtige Adlige?«, stellte Madeleine fest und drückte Frieda. »Welche Welt? Liegt sie in der Nähe von Atematwa? Wir könnten Nachbarn sein!«

»In gewisser Weise«, antwortete Fred kaum lauter als flüsternd.

»Spann mich nicht auf die Folter«, drängte die zierliche Blondine. »Erlöse mich. Welche Welt?«

»Atreus.«

Madeleine fluchte. Laut. Sie wirkte, als wolle sie fluchtartig das Weite suchen, doch sie blieb an der Seite ihrer Freundin. »Aber das bedeutet …«

»Kapier ich nicht.« Colin klang verwirrt. »Ich dachte, Atreus gehört …« Seine Stimme versiegte, und er riss die Augen auf. »Ach du Scheiße.«

»Es tut mir leid. Ich wollte es euch sagen, aber …« Frieda kämpfte gegen die Tränen an.

Augenblicklich trat Colin auf sie zu und umarmte sie. Einen Moment später tat Madeleine es ihm gleich. »Sch, sch! Du bist immer noch dieselbe. ›Was ist ein Name? Eine Tulpe würde unter jedem anderen Namen ebenso süß duften.‹« Dann bemerkte er, was er gerade tat, und verzog das Gesicht. »Äh. Ich muss jetzt aber keine Angst haben, dass eine Horde Meuchelmörder mich wegen Majestätsbeleidigung umbringt, oder doch?«

Das brachte ihm einen Knuff in die Rippen ein, aber Madeleine und Frieda lachten beide. »Es heißt Rose, du Idiot. Eine *Rose* unter jedem anderen Namen. Und Fred wird dich sicher nicht hinrichten lassen. Jedenfalls noch nicht.«

»Ich muss Sie darauf hinweisen, das es sich um eine geheime Information handelt und als Kadetten des Militärs der Freien Welten von Ihnen beiden, Kadetten Bonnington und Eastwick, erwartet wird, dies für sich zu behalten. Ich hoffe, dazu sind Sie in der Lage? Die Herzogin wird in der Akademie weiter als ›Frieda Moran‹ auftreten.«

Die beiden nickten.

»Gut. Nun, Herzogin. Es sind von jetzt an gewisse Sicherheitsbestimmungen zu beachten. Bestimmungen, die wir bisher recht lax ausgelegt haben. Das ...« Er deutete zu der jungen Frau an der Tür, die sich tief vor Frieda verbeugte. »... ist Agentin Evangeline Suchanow. Sie ist von heute an Ihre Leibwächterin.«

Frieda lächelte die schlanke Frau an, die trotz sicher zehn Jahren Altersunterschied nur eine Handbreit größer war als sie. »Freut mich, Sie kennenzulernen, Evangeline. Einen Moment habe ich befürchtet, mir würde eine komplette Staffel Leibwächter blühen.«

Ein dünnes Lächeln zupfte an Suchanows Mundwinkeln. »Dem ist auch so, Herzogin.« In ihrer überraschend leisen Stimme schwang Belustigung mit. »Ein Reserveteam von dreißig Mann.«

Frieda wurde bleich. »Das zu verstecken wird nicht leicht werden.«

»Hauptsächlich werde ich mich um Sie kümmern. Die anderen bleiben im Hintergrund, solange es zu keinem Zwischenfall kommt.«

»Und mit Zwischenfall meinen Sie ...«

»Das Übliche. Entführung. Mordversuch.« Sie zuckte die Achseln, und Colin riss die Augen auf.

»Das wird auch die Erklärung für Agentin Suchanows Gegenwart in der Akademie sein, als Schutz gegen Drohungen, die Ihr Vater erhalten hat«, erläuterte Pagliarulo. Er musterte die drei Kadetten. »Vorausgesetzt, Sie können ihr Geheimnis für sich behalten, gibt es keinen Grund, warum ... Kadettin Moran ... ihre wahre Identität nicht für den Rest ihres Aufenthalts für sich behalten sollen könnte.«

»Aye-aye, Kommandant Pagliarulo.« Sie salutierten.

»Und Kadettin Moran?«

»Ja?«

»Dieses eine Mal lasse ich es durchgehen, dass Sie einen vorgesetzten Offizier nicht gegrüßt haben.«

»›Auch drei können ein Geheimnis wahren, vorausgesetzt, zwei von ihnen sind tot.‹ Zum Glück ist es nicht so weit gekommen, aber ich staune immer noch, wie lange wir es durchgehalten haben. Über die Jahre gab es Gelegenheiten, bei denen ich es den Leuten um die Ohren schlagen wollte, aber ich habe der Versuchung immer widerstanden. Weitestgehend.«

— *Tagebucheintrag*

4

Princefield, Oriente
Großherzogtum Oriente, Liga Freier Welten

14. Juni 2584

Frieda fühlte mehr als sie gehört oder gesehen hatte, wie Evangeline schräg hinter ihr in Position ging, als sie den Prüfungssaal verließ. Das war typisch für Evie. Sie war ein Geist, dessen Gegenwart man häufig völlig vergaß. Manchmal war sie eine Aufpasserin, aber häufiger eher eine ›große Schwester‹, mit der Frieda plaudern und sich Geschichten erzählen konnte. Sie grinste. *Eine ältere Schwester,* korrigierte sie sich. Sie erinnerte sich noch gut, wie die schwarzhaarige Leibwächterin auf sie herabgestarrt hatte, wenn sie eine der zahllosen Sicherheitsregeln verletzt hatte, die ihr Leben regierten. Irgendwie gelang es der Agentin immer noch, ihrem Schützling ihren Willen aufzuzwingen, auch wenn sie jetzt zu Frieda hochstarren musste.

»Zufrieden?«, fragte die Agentin leise, während sie den Marmorflur entlang ins helle Sonnenlicht des Vorplatzes gingen. Auf dem Gras entspannten sich ein paar Kadetten, plauderten oder lasen, aber verglichen mit dem üblichen Trubel war es ruhig.

Frieda grunzte und zupfte an dem langen Zopf, der über ihre linke Schulter hing. »Wenigstens fertig«, antwortete sie matt. Irgendwie hatte der Akademieleiter es geschafft, ihr Programm immer weiter auszudehnen. Inzwischen hatte sie zusätzlich zum körperlichen Training und der Mechpilotenausbildung Unterricht in fünfzehn Fächern statt der üblichen neun. Sie verbrachte den größten Teil ihres Lebens in einem Zustand der Erschöpfung.

»Sie können sich Müßiggang am wenigsten leisten«, hatte Pagliarulo gekontert, als sie sich über die Belastung beschwert hatte. Geschichte. Sprachen. Politik. Psychologie. Kurse mit direktem

Bezug zu hochrangigen Führungsaufgaben und Diplomatie. Eine Reihe besonders begabter Kadetten erhielt zusätzlich zu ihrer MechKrieger- und taktischen Kampfausbildung spezielle Offizierskurse, aber keiner davon war annähernd so … gründlich.

Frieda unterdrückte ein Gähnen, als sie um den Platz wanderte und durch den Torbogen zum Wohnheim trat, zum Albert-Haus. Sie erinnerte sich kaum noch an den Mann, nach dem es benannt war, Albert Marik, der die Liga in den Sternenbund geführt hatte. Sie besaß nur noch vage Kindheitserinnerungen an ihn, aber wenn sie sich dem Eingang des Wohnheims näherte, vor dem ein überlebensgroßes Standbild aufragte, spürte sie jedes Mal ein Gefühl der Geborgenheit. Sie küsste die Finger ihrer rechten Hand und berührte damit das Denkmal, als sie vorbeiging, in die Eingangshalle, reich dekoriert mit Gemälden und Statuen militärischer Helden der Liga, und die Haupttreppe hinauf zu den Obergeschossen.

Auf dem ersten Absatz bog sie in einen kleinen Seitenflur ein, der weit weniger prunkvoll war als der öffentliche Bereich. Aus den Zimmern drangen Stimmen. Sie schlenderte den Flur hinab und nickte mehreren Mitkadetten zu, denen sie begegnete, teils noch in der weißen Uniform, teils in Zivil und vereinzelt auch in Badetücher oder Bademäntel gewickelt, falls sie aus der Gemeinschaftsdusche kamen. Fast am Ende des Ganges klopfte sie einmal kurz an eine Tür und öffnete sie. Evie verschwand im Zimmer gegenüber, das sie sich mit Maddys Leibwächterin teilte. Wegen der ständig offenen Tür, die es den Agentinnen gestattete, den Zugang zur Unterkunft ihrer Schützlinge im Auge zu behalten, hatten die anderen Kadetten das Zimmer ›Geheimdienstzentrale‹ getauft.

Madeleine beobachtete Frieda im Spiegel ihres Schminktisches und folgte ihrer hochaufgeschossenen Freundin durchs Zimmer bis ans Bett, wo sie sich fallen ließ. Sie drehte sich jedoch nicht um, sondern justierte weiter das der gängigen Mode entsprechend gewagte Dekolletee ihres Kleides, dessen kurzer Rock die Oberschenkel weitgehend freigab. »Endlich! Jetzt kann der Sommer kommen!« Sie hatte vor drei Tagen ihre Prüfungen abgeschlossen und freute sich auf die sechs Wochen Ferien, bevor sie im September in die Oberstufe kamen. »Los, mach dich fertig. Wir gehen ins *Impact*.« Die Bar war das Lieblingslokal der Kadetten, obwohl sie mit sechzehn noch zu jung waren, um Alkohol zu trinken. Jedenfalls offiziell. Den meisten genügten die Musik und das Tanzen.

»Ohne mich«, erwiderte Frieda vom Bett aus, ohne auch nur den Kopf zu heben, einen dünnen Arm über die Augen gelegt. »Ich werde erst noch ein bisschen die Muskeln lockern. Vielleicht komme ich nach.«

Maddy schnaubte, drehte sich aber immer noch nicht um, sondern trug Lippenstift auf. »Komm schon, Fred, sei nicht so miesepetrig. Du verpasst den ganzen Spaß. Deine, äh, überschüssige Energie kannst du auch später noch loswerden.« Sie machte eine Pause. »Davies ist bestimmt auch da«, stellte sie mit anzüglicher Stimme fest.

Frieda blies verächtlich die Luft zwischen den Lippen hindurch und starrte ihre Zimmergefährtin unter dem Arm hindurch an.

Madeleine zog fragend die Augenbrauen hoch und drehte sich jetzt doch noch um.

»Er ist etwas zu … aufmerksam«, erklärte Frieda murmelnd. Sie fuhr sich mit den Händen über den Leib.

Madeleine rollte die Augen und lachte. »Was hast du erwartet?«

In einer flüssigen Bewegung warf Frieda mit einem Kissen nach ihrer Freundin.

Maddy duckte sich und lachte weiter. »Du musst endlich mal locker werden, Fred. Trainieren und Lernen ist ja gut und schön, aber du musst auch lernen, mit Menschen umzugehen. Du musst dir mal ein paar Kleider kaufen statt immer nur in Uniform oder Trainingsanzug rumzulaufen. Du musst nicht immer auf das Image deiner Familie Rücksicht nehmen.«

Frieda warf einen warnenden Blick in Richtung Tür. »Ich habe seit meiner Konfirmation kein Kleid mehr getragen, und ich kann sehr gut mit Menschen umgehen.« Sie starrte die zierliche Blondine an, die sich in den letzten paar Jahren beachtlich ›entwickelt‹ hatte und jetzt über ansehnliche Kurven verfügte, während Frieda nur größer geworden war. Sie war nicht mehr so dürr wie früher, dafür hatten vier Jahre hartes körperliches Training gesorgt, aber ihre Figur war noch immer androgyn. »Wenn ich muss.«

»Wenn du es sagst.« Ein Lächeln spielte um Maddys Lippen, als sie ihre Handtasche nahm und zur Tür ging. »Du weißt ja, wo du uns findest.«

»*Vielleicht* sehen wir uns da«, sagte Frieda missmutig. »Aber vermutlich bleibe ich bis neun im Simulator. Nach Dienstag Abend ...« Sie beendete den Satz nicht, und ausnahmsweise hatte Maddy den Anstand, rot zu werden.

* * *

Kalte Luft schlug Frieda entgegen, als sie die Luke der Simulatorkanzel öffnete. Die neuen Geräte stammten aus der Terranischen Hegemonie und waren den Maschinen, die die Akademie vorher benutzt hatte, deutlich überlegen. Als sie sie in St-Cyr ausprobiert hatten, war die Wirklichkeitsnähe der Simulation überwältigend gewesen – die meisten Kadetten verfügten über eine begrenzte Felderfahrung in echten Mechs.

Die auf hydraulischen Plattformen sitzenden und mittels Myomeren bewegten Kanzeln simulierten die Bewegungen der Kampfkolosse perfekt, und das Gleiche galt für den Einschlag von Treffern. Das war für sich genommen nicht gerade revolutionär – ähnliche Systeme waren seit fünfhundert Jahren in Fahrzeugsimulatoren im Einsatz –, aber durch den Einsatz von Heizelementen in den Simulatoren, um den Hitzestau im Mechcockpit bei Bewegungen und Geschützfeuer darzustellen, erreichte der Realismus eine neue Ebene.

Sie stöpselte Neurohelm und Kühlweste aus der Pilotenliege, dann löste sie den Gurtharnisch. Sie schwang die Beine zur Seite, packte den Rand der Kabine und hebelte sich ins Freie. Auf dem Gerüst hob sie den Neurohelm vom Kopf und genoss die frische Luft. Hier draußen wurde ihr der saure Schweißgestank im Innern der Kapsel unangenehm bewusst. Ihre Haare klebten am Schädel und im Nacken. Viele Kadettinnen trugen die Haare kurz, um einen besseren Kontakt mit den Helmsensoren zu gestatten, aber Frieda dachte nicht daran. Ihr volles Haar war die einzige Eitelkeit, die sie sich erlaubte.

Sie schaute hoch zur Galerie und winkte Evie, die sich mit dem Tech unterhielt, vermutlich über die Leistungen ihres Schützlings während der Simulation. Dann griff sie sich das bereitliegende Handtuch und den daneben liegenden Plastikbeutel mit Fruchtsaft und ging in die Umkleide. *Es war kein fairer Kampf gewesen*, überlegte sie, während sie an ihrem isotonischen Saft saugte, ihr *Griffin* gegen eine Lanze ›Piraten‹-Mechs. Offiziell gab es nur ein rotes und ein blaues Team, aber sie hatte die Taktik, die Formationen und das Schlachtfeld erkannt. Es war Canopus gewesen, die Zentralwelt des Magistrats, die ihr Großvater und ihre Urgroßmutter vor zwei Monaten erobert hatten. Trotz aller Reden, dass der Krieg ›so gut wie vorbei‹ war, bildeten sie die nächste Generation dazu aus, ihn weiterzuführen.

Sie öffnete ihren Spind mit dem Eingabecode und verstaute den Neurohelm in der Halterung. Obwohl er nur für den Einsatz im Simulator bestimmt war, war die Elektronik des Helms, die es der Trägerin gestattete, ihren natürlichen Gleichgewichtssinn mit der Gyroskopsteuerung des Mechs zu koppeln, ebenso empfindlich wie bei den im Feld eingesetzten Geräten. Vorsichtig schälte sie sich aus der an mehreren Stellen an der bloßen Haut klebenden Kühlweste und hängte sie unter den Helm. Dann holte sie das Shampoo aus den Tiefen des Schranks.

Sie ging hinüber zu den Duschen, drehte eine auf und justierte die Wassertemperatur. Sie wartete kurz, bis sie zufrieden war, dann steckte sie die Shampooflasche in die Halterung und hing das Handtuch über die Glaswand zur nächsten Dusche. Mit beiden Händen griff sie den Saum ihres T-Shirts und zog es über den Kopf, dann fluchte sie, als sich der schweißnasse Stoff in ihrem langen Haar verfing. Sie arbeitete einen Ellbogen frei und bemühte sich, den anderen zu lösen.

»Für eine so magere Schlampe siehst du gar nicht so übel aus.«

Frieda erstarrte. Die Stimme war unverwechselbar – Lambert Allison. Was zum Teufel machte er hier? Er hätte mit dem Rest seiner Clique im *Impact* abhängen müssen. Die in ihr aufsteigende Wut verschaffte Frieda den Ruck, den sie brauchte, um das T-Shirt frei zu bekommen. Schamhaftigkeit spielte hier keine Rolle – kein Teil der Ausbildung war nach Geschlechtern getrennt, und nach vier Jahren hatten alle in ihrer Klasse einander ausgiebig nackt gesehen – aber instinktiv presste sie den dünnen, durchnässten Stoff an ihre Brust.

»Verpiss dich, Lambert.« Ihr Tonfall war eisig. »Hau ab und vergnüg dich mit deinesgleichen, oder wollen die Kanalratten nichts mehr mit dir zu tun haben?«

»Sehr witzig, Moran.« Sein Tonfall machte deutlich, dass er nicht im Geringsten amüsiert war.

Sie roch Alkohol in seinem Atem. Das erklärte es: Er kam aus der Bar. Hatte Maddy ihm verraten, wer sie war?

»Ihr Proleten bildet euch einfach zu viel ein, so großkotzig, wie ihr seid. Und dann beschwert ihr euch noch über die Ungerechtigkeit des Universums. Ich werde dir mal was sagen, Mädchen, du und deinesgleichen müsst lernen, nett zu Höhergestellten zu sein. Du kannst wirklich gut mit Bonnington, aber um es wirklich zu was zu bringen, musst du deine Aufmerksamkeit etwas weiter verteilen.« Er kam mit einem lüsternen Grinsen näher.

Unwillkürlich wich sie zurück, bis sie mit der Ferse an das Duschbecken stieß. »Du bist ein Schwein, Allison.«

»Spiel mir nicht die Schüchterne vor, Moran. Ich weiß, du …«

»Ich an Ihrer Stelle würde auf der Stelle den Rückzug antreten, Kadett Allison.« Evangeline starrte den Jungen an, der ihren Blick mindestens ebenso giftig erwiderte.

»O bitte, als ob ich mir von einer Händlerwache Vorschriften machen ließe.« Er trat auf Evie zu und versetzte ihr einen Stoß gegen die linke Schulter.

Im gleichen Moment packte Evangeline ihn, drehte sich und zog den Knaben über ihre rechte Hüfte. Er wirkte kurz erstaunt, als frage er sich, was dieser Körperkontakt zu bedeuten hätte, dann verwandelte sich das Erstaunen in Schock, als Evie sich weiterdrehte und ihn über sich hinweg katapultierte. Er überschlug sich in der Luft und prallte mit dem Rücken auf den harten Boden, der ihm den Atem aus dem Leib trieb. Evangeline hielt ihn immer noch am Handgelenk, das sie jetzt schmerzhaft verdrehte.

Frieda erkannte das Manöver, ein Taoitoshi, der Lamberts Gewichtsvorteil der schlanken Leibwächterin gegenüber in einen Nachteil verwandelte.

»Schlampe«, keuchte er, kaum dass er wieder atmen konnte. Evie lies ihn los und trat einen Schritt zurück, aber Frieda sah, dass die Agentin weiter kampfbereit blieb.

»Gehen Sie nach Hause und schlafen Sie Ihren Rausch aus.« Evies leise Stimme war ungewohnt scharf. »Oder muss ich erst die MP rufen?«

Lambert stand mit wütend verzerrtem Gesicht auf und rieb sich das Handgelenk. Er schaute wieder zu Frieda. »Du bist ein Feigling, Moran. Wir sind noch nicht fertig miteinander. Im Gegensatz zu dir verstecke ich mich nicht hinter Leibwächtern.«

»Nein. Du versteckst dich lieber hinter dem Namen deines Vaters.«

Der junge Adlige ging einen Schritt auf den Ausgang zu, dann drehte er sich um. »Das wirst du bereuen«, knurrte er. »Du ahnst nicht, mit wem du dich angelegt hast.« Er stürmte hinaus.

»Dito«, flüsterte Frieda leise.

»Ich habe nie wirklich Freude daran gehabt, andere zu erniedrigen. In aller Regel schadet man sich damit selbst. Aber es gibt Leute, für die ich eine Ausnahme gemacht habe.«

— Tagebucheintrag

5

Princefield, Oriente
Großherzogtum Oriente, Liga Freier Welten

11. Mai 2586

Der Auswurf des Sturmgewehrs klapperte laut, als Frieda sich um das Wrack des Lasters beugte und eine Salve den Hang hinauf auf die feindlichen Stellungen feuerte. Sie kämpfte gegen den Druck an, der den Lauf der Waffe aufwärts presste. Der wuchtige Schalldämpfer, der die Kugeln unter die Schallgeschwindigkeit verlangsamte, hatte kaum eine Wirkung auf den Rückstoß.

Simulierter Rückstoß, simulierte Kugeln, simulierter Schalldämpfer. So sehr Princefield auch daran gelegen war, den Kadetten die Realität des Krieges nahe zu bringen – ungeachtet möglicher Wünsche einzelner Dozenten war die Akademie nicht daran interessiert, sie umzubringen. Es war alles Theater: Signallaser über den Läufen und Sensoren an Waffen und Schutzkleidung, um Treffer zu registrieren. Die in ihre Gefechtsanzüge eingebauten Exoskelette blockierten bei einem Treffer und simulierten Verletzung und Tod. MedTechs konnten die Anzüge wieder freischalten, indem sie die Getroffenen ›behandelten‹, aber die meisten würden regungslos auf dem Feld liegen, bis die Instrukteure am Ende des Gefechts die Schadensregister löschten.

Sie duckte sich zurück in Deckung und rief auf ihrem Datenmonokel die taktische Karte auf. Das war einer der Vorzüge ihrer Position als rote Kommandeurin in dieser Übung. Es lief nicht wie geplant, und die Blauen unternahmen einen erbitterten Gegenangriff. Ihre Stellvertreter – Colin Eastwick und Arisa Muthmucaru, eine mürrische Regulanerin – standen schwer unter Druck. Trotzdem war es ihnen bis jetzt gelungen, die Blauen von der roten Basis und Fahne fern zu halten. Normalerweise wäre Frieda dort geblieben und hätte die Anstrengungen ihres Teams koordiniert, aber eine verzweifelte Lage erforderte verzweifelte Maßnahmen. Dabei hätte es ihr eigentlich nichts ausgemacht, zu verlieren. In den sechs Jahren an der Akademie hatte sie oft genug den Kürzeren gezogen, auch wenn ihr Sieg-Niederlage-Verhältnis erheblich positiver aussah als bei den meisten Kadetten. Speziell in dieser Übung war sie aber nicht bereit, sich vom blauen Kommandeur schlagen zu lassen, schon gar nicht so kurz vor dem Abschluss.

Lambert Allison hatte sie mit seinem üblichen abfälligen Grinsen gemustert, als die Offiziersrollen verteilt wurden. Dazu hatte er mit der Linken einen abstürzenden und explodierenden Jäger imitiert. Allerdings hatte Frieda nicht die geringste Absicht, diese Prognose Wahrheit werden zu lassen. Nicht, dass Lambert unfähig gewesen wäre. Das musste ihm der Neid lassen. Trotz seiner Arroganz verstand er etwas von seinem Geschäft, und falls es ihm je gelang, über seinen Schatten zu springen, hatte er das Zeug zu einem guten Offizier. Zugegebenermaßen war es dafür vermutlich etwas spät, denn in wenigen Monaten würden sie ihren regulären Regimentern zugeteilt werden. Aber das bedeutete nur, dass dies hier vermutlich ihre letzte Gelegenheit war, seiner Selbstsicherheit einen Kratzer zu verpassen.

Frieda signalisierte den Soldaten, die sie begleiteten, nach rechts in die Flanke der feindlichen Stellung zu ziehen. In Gedanken gestand sie sich ein, dass sie ihre Leute als Köder benutzte, um die blauen Wachen fortzulocken. Würde Lambert darauf hereinfallen? Angesichts des Drucks, unter dem Eastwick und Muthmucaru standen, konnte der blaue Befehlsposten keine allzu große Wachmannschaft besitzen, und ohne Zweifel gingen die Blauen davon aus, dass die vier Mann die komplette Bedrohung darstellten.

Die Soldaten spurteten staffelweise über das trümmerübersäte Schlachtfeld, von einer Deckung zur nächsten, und tauschten dabei kurze Feuerstöße mit den Verteidigern aus. Sobald sie ihre zugewiesene Position erreicht hatten, machten sich Frieda und ihre Begleiterin auf den Weg, die feindliche Stellung in der entgegengesetzten Richtung zu umgehen. Ein zweimaliges Knacken über

Funk meldete, dass ihre Truppen in Position waren. Sie bestätigte mit einem einzelnen Knacken.

An ihrer Einsatzposition schaute Frieda ein letztes Mal auf die Karte, dann drückte sie mit dem Daumen den Sprechknopf des Funkgeräts. »Jetzt.«

Das war das Zeichen an Colin und Arisa, den Rückzug zum roten Befehlsposten einzuleiten und ihn in eine Festung zu verwandeln, während der Halbtrupp seinen fingierten Angriff auf das blaue Hauptquartier startete. Sie zählte langsam die Sekunden, um allen drei Gruppen die nötige Zeit zu lassen. Sie musste warten, bis die Meldungen über die Aktionen der Roten Lambert sie erreichten. Sie brauchte ihn in Siegerlaune. Sicher, dass er bereits gewonnen hatte.

Als sie bei sechzig ankam, klopfte sie ihrer Begleiterin auf die Schulter und signalisierte ›Vorwärts‹. Maddy grinste zurück und nickte.

Schnell und leise überquerten sie die vierzig Meter Distanz. Hindernissen in ihrem Weg wichen sie aus, ohne langsamer zu werden. Frieda achtete darauf, auf gleicher Höhe mit ihrer kleineren Kameradin zu bleiben, und sie erreichten die improvisierte Absperrung um den Stützpunkt gleichzeitig. Beide junge Frauen zogen eine Handgranate von der Weste. Sie zogen den Sicherungsstift, ließen den Hebel los und zählten bis zwei, bevor sie die kleinen Sprengsätze über den Zaun warfen. Auf der anderen Seite gab es einen dumpfen Knall und eine Rauchwolke, gefolgt von lautem Fluchen. Sie griffen nach oben und sprangen über die Sperre.

Zwei blaue Soldaten lagen am Boden, ihre Anzüge durch die simulierten Explosionen blockiert. Kaum zwei Meter entfernt befand sich ein dritter Soldat, der sich auf Grund seiner ›Verletzungen‹ nur noch mühsam bewegen konnte. Selbst wenn sich sein Gesicht nicht längst in Friedas Geist eingebrannt gehabt hätte, hätte sein Monokel ihn identifiziert: Lambert.

Der blaue Kommandeur hatte kein Gewehr, aber er hatte seine Pistole gezogen. Er feuerte, und Maddy stürzte mit lautem Stöhnen vornüber, als ihr Anzug blockierte. Die Waffe schwenkte herüber zu Frieda, die ihre eigene zog und feuerte. Sensorlichter auf seinem Arm blinkten auf, als ihre Schüsse ›einschlugen‹, aber er ging nicht zu Boden. Sein Schuss verfehlte sie, was ihn laut fluchen ließ, dann grunzte er dumpf, als Friedas Handballenhieb ihn am Brustbein traf. Der Anzug registrierte den Schlag und blockierte. Einen Moment glaubte Frieda, Lambert könnte sich trotzdem aufrecht halten, dann lächelte sie innerlich, als er wie ein gefällter Baum aufs Gesicht kippte. Die Waffe noch immer im Anschlag, wälzte sie ihn auf den Rücken. Sein Gesicht war blutig, weil er mit der Nase hart aufgeschlagen war, und hätten Blicke töten können, wäre es ihr letzter Atemzug gewesen. Sie schlug auf den Freigabeschalter des Exoskeletts und packte gleichzeitig seine Weste, um ihn aufrecht zu ziehen, damit er atmen konnte.

»MedTech«, rief sie und schaltete das Notfallsignal ein, um deutlich zu machen, dass es sich nicht um einen Teil der Übung handelte. Zufrieden, dass sie für ihn getan hatte, was in ihrer Macht stand, beugte sich Frieda zu ihrem blutverschmierten Rivalen hinab. »Siehst du?«, flüsterte sie. »Keine Leibwächter.«

* * *

Frieda zog möglicherweise zum abertausendsten Mal an den Manschetten ihrer Ausgehuniform. Sie und die übrigen Kadetten warteten ungeduldig auf den Beginn der Abschlusszeremonie. Heute würden sie allesamt ihr Zeugnis erhalten und erfahren, bei welcher Einheit der Freien Welten sie den Dienst antreten würden. All das würde sich auf der Bühne ereignen, vor der versammelten Akademie, dem Kommandanten und den angereisten Ehrengästen. Einer davon war der Großherzog von Oriente, Byron Allison, Lamberts Großvater und ein regelmäßiger Besucher dieser Zeremonien. Der andere war der Thronfolger der Liga Freier Welten, Ian Marik. Seine Anwesenheit ließ ihren Puls rasen.

»Warum dauert das so lange?«, murmelte sie, und Colin unterbrach sein eigenes nervöses Tigern, um ihr auf die Schulter zu klopfen.

»Ich wüsste nicht, wovor du Angst zu haben brauchst«, versuchte er sie aufzumuntern. »Ich hoffe nur, du wirst Klassenbeste. Das wird Allison eins auswischen, selbst mit seinem Großvater auf dem Podium.« Sie schaute hinüber zu Lambert Allison, den seine übliche Arroganz ausnahmsweise völlig verlassen zu haben schien. Die blauen Flecken, die er eine Woche zuvor im Manöver erhalten hatte, waren verblasst, aber sein Stolz hatte sich nicht so schnell von der Niederlage erholt.

Einer der Dozenten erschien am Eingang des Saals. »Bitte nehmen Sie jetzt Ihre Plätze ein, meine Damen und Herren.« Sie marschierten nacheinander in den Festsaal und setzten sich nach Klasse und Gruppe sortiert hin. Frieda schaute hoch zur Galerie und sah ihre Eltern und – sie zählte sie einen nach dem anderen – alle fünf Brüder. Ihr Herz vergaß einen Schlag. *Nein, Col, alles ganz locker.*

Nach ein paar Minuten, die wie eine Ewigkeit wirkten, erschien Akademiekommandant Pagliarulo, der sich locker mit den beiden Ehrengästen unterhielt. In ihren reinweißen Ausgehuniformen boten alle drei ein prächtiges Bild. Die beiden Gäste trugen zusätzlich zu ihren Liga-Rangabzeichen die Sterne eines SBVS-Generals, und auch wenn sie es aus dem Zuschauerraum nicht sehen konnte, wusste Frieda, dass Ian ebenso wie Großherzog Byron Allison darüber hinaus das Band des Canopusfeldzugs auf der Uniformbrust trugen, den Marion Marik noch immer führte. Das Parlament hatte Ian Anfang des Jahres zurückgerufen, nachdem sein Onkel Reginald während des Taurusfeldzugs auf New Vandenburg gefallen war. Dieser Tod hatte die Regierung der Liga zum Handeln veranlasst, nachdem sie ihr Unbehagen über die Teilnahme der Generalhauptmännin, beider ihrer Geschwister und ihres einzigen Sohnes am Vereinigungskrieg lange unterdrückt hatte. Shannon Marik war beim I. Corps der SBVS im Tauruskonkordat geblieben, während ihr Neffe Ian die Regierungsgeschäfte führte.

Wie ein Mann standen die versammelten Kadetten auf und salutierten, zackig und präzise. Die drei Männer auf dem Podium erwiderten den Gruß, dann setzten sich die beiden Generäle.

Pagliarulo blieb stehen und trat an ein Rednerpult aus Milchglas. Er schaute hinab auf die versammelten Kadetten, dann hinauf zur Galerie, und schließlich hinüber zu den an der Rückwand des Saales wartenden Journalisten. »Meine Damen und Herren, Mitglieder der Liga-Presse, Kadetten.« Bei jeder der drei Begrüßungen neigte er kurz den Kopf. »Ich heiße Sie zur Abschlusszeremonie des Jahrgangs Sechsundachtzig willkommen.« Leiser Beifall stieg aus den Reihen der Kadetten auf, verklang jedoch schnell wieder.

Mehrere Minuten ließ er sich über die Tugenden aus, die von Princefield-Absolventen erwartet wurden, und über die Traditionen, in denen sie standen, in einer Mischung aus Vorlesung und auflockernden Anekdoten. »Aber die meisten von Ihnen sind vermutlich weniger an Traditionen und Erwartungen interessiert als an den Bögen Papier hier auf dem Tisch.« Er deutete lächelnd zu den Zeugnisrollen mit den violetten Bändern. »Für diejenigen unter Ihnen, die es noch nicht wissen: Princefield vergibt drei Stufen von Abschlusszeugnissen. Cum laude, magna cum laude und summa cum laude. Mit Ehren, mit besonderen Ehren und mit höchsten Ehren. Ich werde die erste Gruppe in alphabetischer Reihenfolge aufrufen, während Großherzog Allison die beiden Empfänger eines summa cum laude auszeichnen wird, und Lord Ian den einen magna-cum-laude-Abschluss dieses Jahrgangs vergibt. Wenn Ihr Name aufgerufen wird, kommen Sie bitte nach vorne und holen Ihr Zeugnis ab.«

Er machte eine kurze Pause. »Fangen wir an. Adkinson, Richard.« Ein blonder junger Mann stand am hinteren Ende des Saales auf, ging vor zum Podium und salutierte vor den beiden Ehrengästen und dem Kommandanten. Pagliarulo überreichte ihm das Zeugnis und schüttelte ihm die Hand, gefolgt von Byron Allison und Ian Marik. »Arbuthnot, Estelle.«

Frieda drehte sich zu Maddy um, die den Blick mit hochgezogenen Brauen erwiderte. Lambert hatte sich offenbar eine der drei höheren Auszeichnungen verdient. Die Frage war nur, welche?

Ein steter Strom von Kadetten marschierte vor zur Bühne, auch Colin und Madeleine, aber ihr Name wurde nicht aufgerufen.

Das Kribbeln in ihrer Magengrube wuchs zu einem regelrechten Krampf, als der Zeugnisstapel immer kleiner wurde. Schließlich übergab Pagliarulo den Platz am Rednerpult dem Großherzog und trat zurück neben Ian Marik.

»Es ist mir eine Ehre, heute hier diese ersten beiden höheren Ehren an die Princefield-Klasse des Jahrgangs 2568 zu vergeben. Die Empfänger dieser Auszeichnungen haben sich während ihrer Zeit an dieser Akademie im Klassenzimmer wie auf dem Schlachtfeld besonders hervorgetan, und nach der Übernahme in das Militär der Freien Welten werden sie ihre Einheit wählen können.« Er lächelte, dann senkte er die Stimme zu einem verschwörerischen Flüstern. »Und falls das Ligamilitär dieses Versprechen nicht einhält, können sie eine Stelle in meiner Herzogsgarde bekommen.« Die Kadetten lachten.

»Der erste Abschluss summa cum laude des Jahrgangs achtundsechzig geht an …« Er nahm eines der drei verbliebenen Dokumente vom Tisch und las den Namen auf dem Band vor. »Aaronofsky, Clarissa.«

Ein strahlender Rotschopf stand unter dem Applaus ihrer Mitschüler auf. Frieda beachtete sie nicht. Sie war zu sehr damit beschäftigt, Lambert Allison anzustarren, der mit eisigem Blick zurückstarrte.

Wer von ihnen beiden würde der nächste sein?

Großherzog Allison griff nach der nächsten Rolle. »Und der zweite und letzte Abschluss summa cum laude geht an …« Er grinste, und Friedas Magenkrampf löste sich schlagartig. »Allison, Lambert.«

Lambert stand auf und schritt zum Podium. Als er die wenigen Stufen hinaufstieg, drehte er sich zu Frieda um. Sein Gesicht war zu einem breiten Lächeln verzogen, aber Frieda wusste, was in ihm vorging und sah den Hass in seinem Blick. Lambert schüttelte seinem Großvater die Hand, und sie wechselten ein paar Worte, bevor er weiterging, um sich die Glückwünsche Kommandant Pagliarulos und Lord Ians abzuholen. Als der jüngere Allison zurück in den Saal ging, wo ihn seine begeisterten Freunde erwarteten, kehrte der ältere an seinen Platz zurück, und Ian Marik trat ans Rednerpult.

»Der Abschluss summa cum laude wird Kadetten der Akademie Princefield verliehen, die die Werte der Akademie verkörpern und in ihren akademischen und physischen Kursen herausragende Leistungen erbracht haben. Sie demonstrieren damit nicht nur die körperliche und geistige Kraft, die von den Absolventen dieser Akademie erwartet wird, sondern auch seelische Stärke. Die Empfängerin dieses Abschlusses darf sich ihre Einheit im Militär der Freien Welten oder, mit freundlicher Genehmigung des Oberbefehlshabers, der Sternenbund-Verteidigungsstreitkräfte aussuchen.« Raunen wurde unter den Kadetten laut. Das war neu. Noch kein Princefield-Absolvent war geradewegs in die SBVS übernommen worden.

Ian griff nach der verbliebenen Zeugnisrolle, dann runzelte er die Stirn. »Hmm. Hier scheint es ein Problem zu geben.« Er drehte sich zur Rückseite der Bühne um, und das Raunen unter den Kadetten wurde lauter. »Haben Sie einen Stift bei sich, Kommandant?«

Pagliarulo griff in die Jacke und zog einen kostbaren Füllfederhalter hervor.

Verdammt, das machst du absichtlich!

Der Marik-Thronfolger betrachtete lächelnd sein Werk, dann drehte er sich wieder zum Saal um und hob das Zeugnis in die Höhe.

»Ich bitte um Entschuldigung, aber hier gab es einen kleinen Fehler. Die Akademieverwaltung hatte Moran, Frieda geschrieben, aber es muss Marik, Rhean heißen. M-A-R-I-K, R-H-E-A-N.« Er betonte jeden Buchstaben deutlich, mit einer kleinen Pause vor dem nächstfolgenden. »Wenn du jetzt bitte heraufkommst und dir dein Zeugnis abholst, Enkelin.« Sie stand auf, und die letzten Fasern Frieda Morans fielen von ihr ab, als Rhean Marik ruhigen Schritts zur Bühne ging. Auf dem Weg konnte sie sich einen Blick hinüber zum sichtlich erschütterten Lambert Allison nicht verkneifen. Der Schock stand ihm ins erstarrte Gesicht geschrieben, und das allein war allen Ärger und Stress wert.

»Opa Albert hat die Konföderation bestochen, damit sie dem Sternenbund beitritt. Das war möglicherweise nicht das beste Fundament für ein Zeitalter des Friedens und der Zusammenarbeit, aber größtenteils hat es funktioniert. Das Problem war nur, dass manche Leute – auf beiden Seiten – die Vereinbarung über Andurien als Teil eines komplexen Verwirrspiels betrachteten, weil sie überzeugt waren, dass niemand bereit sein konnte, so heiß umkämpfte Systeme aufzugeben. Nicht einmal um eines dauerhaften Friedens willen. Alle Beteuerungen von Sian und Atreus bestärkten sie nur in der Überzeugung, die einzigen zu sein, die die Wahrheit kannten. Unglücklicherweise war der Freibeuterkrieg nur der sichtbarste Aspekt dieses Konflikts.«

— *Tagebucheintrag*

6

Weston, Wisconsin
Herzogtum Andurien, Liga Freier Welten

19. März 2588

»Verdammt!«, fluchte Rhean, als der Einschlag sie zur Seite warf und sich die Gurte schmerzhaft in ihren Leib gruben. Ihr Kopf peitschte herum, aber der gepolsterte Kragen hielt ihn auf, bevor der sperrige Helm eine Halsverletzung verursachen konnte. »Wo zum Teufel kam das jetzt her?«

Aus dem Augenwinkel bemerkte sie eine Bewegung und trat hart in die Pedale. Als Reaktion schwenkten die Beine des schwerfälligen *Guillotine* langsam nach rechts. Die Servomotoren im Hüftgelenk der Kampfmaschine reagierten schneller auf die Drehung des linken Steuerknüppels. Noch während sie den Mechtorso auf die Bewegung ausrichtete, die sie bemerkt hatte – ein Trupp Infanteristen, von denen einer eine Rakfaust hielt, die ein Kamerad gerade verzweifelt neu zu laden bemüht war –, zog sie mit dem rechten Knüppel das Fadenkreuz auf die Soldaten. Sie drückte den Hauptauslöser, und parallele Energiebahnen schlugen aus den mittelschweren Zwillingslasern im rechten Mecharm. Rhean verzog das Gesicht, als verkohlte Leichen durch die Luft flogen.

»Sheng hält die rechte Flanke«, kam die Antwort. Auf dem Liga-Kanal, nicht dem Sternenbund-Kanal, über den sie die Frage gestellt hatte. Sie schaltete das Gerät um.

»Er soll die rechte Flanke halten«, knurrte sie. »Aber es ist nirgends zu sehen, und ein Haufen Freibeuter hat gerade auf mich gefeuert.« Sheppertons Freibeuter, um genau zu sein. Capellanische Renegaten, die sich entschlossen hatten, den jahrhundertealten Kampf um das Herzogtum Andurien auf eigene Rechnung fortzusetzen. Dass Albert Marik den größten Teil des umkämpften

Distrikts als Teil der Bezahlung für den Beitritt zum Sternenbund an die Konföderation Capella abgetreten hatte, kümmerte sie nicht. Die Freibeuter behaupteten, Andurien solle zurück an die Liga fallen, nachdem sich bei einer Volksabstimmung auf Shiro III eine überwältigende Mehrheit dafür ausgesprochen hatte. Sie weigerten sich nun schon seit vier Jahren, die Befehle der Kanzlerin zu befolgen und die Waffen niederzulegen.

Seit Marion Marik drohte, die Befriedungsaktionen auf Canopus einzustellen und den Krieg nach Sian zu tragen, wenn nötig, um den ständigen Angriffen auf die Liga Freier Welten ein Ende zu machen, hatte der Sternenbund eingegriffen. Der Sternenbund-Geheimdienst hatte abgefangene Nachrichten an sein capellanisches Gegenstück, die Maskirovka, weitergegeben, aus denen hervorging, dass die Angreifer ihr Hauptquartier auf Wisconsin hatten, einer erst kürzlich besiedelten Welt zwischen den Resten des Herzogtums Andurien und dem Fürstentum Regulus. Sian erklärte, das Capellanische Heer würde sich um die Rebellen ›kümmern‹, Ian Marik war jedoch nicht bereit, eine CH-Operation auf Liga-Territorium zu gestatten. Stattdessen wurde es eine gemeinsame Aktion von Einheiten des MFW und des CH: Die 1. Freie-Welten-Garde, einschließlich des frisch ernannten Unterleutenients Rhean Marik, Seite an Seite mit Shengs Chasseurs. So stand es zumindest auf dem Papier.

»Na ja, es hieß, da ist niemand und wir können ungehindert durchmarschieren.«

Rhean schnaufte. »Soviel zum Nachrichtendienst.« Sie schaltete zurück auf Befehlsfrequenz. Dann drehte sie den Mechtorso wieder nach vorne und setzte den Vormarsch durch das Industriegelände zum vereinbarten Treffpunkt fort. Der Rest ihrer Lanze wartete bereits, drei weitere Mechs mit derselben tiefvioletten Lackierung wie ihr *Guillotine*. Normalerweise hätten sie die Maschinen mit einer Tarnbemalung versehen, aber bei einer gemeinsamen Operation mit fremden Einheiten und, trotz der Präsenz der Geheimdienstagenten, ohne SBVS-Befehlsstruktur, wollten sie kein Risiko eingehen, mit Freibeutermaschinen verwechselt zu werden.

»In Ordnung, weiter. Taktischer Vormarsch zu Wegpunkt Epsilon.« Der lag am westlichen Rand des Industriegebiets, auf dem Weg zur Siedlung. »Connor, Vorhut; Sebastian, Rückendeckung.«

Alain Connors *Hunchback* wuchtete los. Die Maschine schien unter dem Gewicht der riesigen Kanone auf ihrer Schulter zu watscheln. Rhean beschleunigte den *Guillotine* und folgte dem leichteren Mech in dreißig Meter Abstand. Michelle Chens *Thunderbolt* zog neben sie. Joachim Sebastians *Griffin* blieb noch ein paar Sekunden am Treffpunkt stehen, und die Sensoren auf dem kugelförmigen Kopf schwenkten sich auf der Suche nach Feindeinheiten hin und her, dann setzte sich auch sein Mech vorsichtig in Bewegung, die sieben Tonnen schwere Partikelprojektorkanone in beiden Metallhänden wie ein Infanterist das Sturmgewehr.

»Zu viel Schrott für ein klares MAD-Bild«, meldete Connor. Auf dem modernen Schlachtfeld, wo Bodenhindernisse und Tarnsysteme Radar und ähnliche Ortungssysteme weitgehend nutzlos machten, war der Magnetische Anomaliedetektor bei der Entdeckung feindlicher Fahrzeuge oft genug unentbehrlich. Leider erkannte MAD keinen Unterschied zwischen einem Kran und dem Titanstahlskelett eines BattleMechs. Connors Ortungsanzeige war vermutlich ein Meer aus roten Kontaktsymbolen.

»Haltet die Augen offen.« Sie hätte es nicht zu sagen brauchen, sie alle kannten den Drill, aber Rhean hatte das Gefühl, irgendetwas sagen zu *müssen*. »Wir haben es noch nicht ge...«

Die Wand der Lagerhalle, an der Connor vorbeiging, explodierte und überschüttete seinen Mech mit Trümmern, bevor er von dem wachsenden Feuerball erfasst wurde. Die schwere Maschine wankte, blieb aber aufrecht. »Bastarde!«, brüllte er, schwenkte die Mecharme und ließ die beiden mittelschweren Laser über die Trümmer des Gebäudes spielen. »Ich bin ein bisschen angekokelt, aber ansonsten ist alles in Ordnung«, antwortete er auf Rheans gebellte Frage. »Vermutlich Agrochemikalien mit Näherungszünder.«

Oder ein Funkzünder, was bedeuten würde, dass sie uns beobachten.

Wie als Antwort auf diesen Gedanken schlug von links eine MG-Salve herüber und beharkte die Kampfkolosse, ohne das Geringste auszurichten. Die Raketen und Granaten, die ihr folgten, waren gefährlicher.

Ein *Lancelot* brach durch das Dach einer Lagerhalle. Seine beiden schweren Laser und die einzelne PPK nahmen die Liga-Mechs unter Beschuss. Sebastians *Griffin* bekam den größten Teil des Angriffs ab und wankte heftig unter dem Bombardement. Er feuerte zurück. Ein gleißender Blitzschlag bohrte sich in die Brustpartie des *Lancelot*. Dann löste er die Sprungdüsen aus und flog über die schwerere Maschine hinweg. Der Freibeuter-Mechpilot folgte ihm und feuerte weiter. Panzersplitter fielen von der Fünfundfünfzig-Tonnen-Maschine.

Trotz sichtlicher Schwierigkeiten behielt Sebastian den *Griffin* unter Kontrolle und drehte den Mech in die harte Landung. Der Aufprall schleuderte eine Staubwolke auf, und selbst Rhean spürte, wie der Kreiselstabilisator ihres *Guillotine* Mühe hatte, das Gleichgewicht zu halten. Der *Lancelot* versuchte, sich umzudrehen, doch die Trümmer der Lagerhalle, zwischen denen er stand, behinderten ihn. Sebastian konnte die PPK in die dünne Rückenpanzerung des Gegners abfeuern.

Der *Lancelot* zuckte, als der Partikelstrahl sein Innenleben zerfetzte, dann unternahm er einen letzten tapferen Versuch, sich aufzurichten. Wieder feuerte der *Griffin*. Sein Ziel erstarrte, dann kippte der Mech nach vorne. Sein Reaktor war ausgefallen. Der *Griffin* zog sich in Deckung zurück, bis sicher war, dass keine Gefahr einer gewaltigen Munitionsexplosion von der abgeschossenen Maschine ausging, dann stand er wieder auf und feuerte von der Seite auf einen feindlichen *Bombardier*.

Der hämmerte gemeinsam mit einem leichteren *Dervish* auf Rheans Mech ein, als ahnte der Pilot, dass der *Guillotine* der BefehlsMech der Lanze war. Rhean erwiderte das Feuer und blieb den Rebellen nichts schuldig, zog sich dabei aber langsam zurück, um Distanz zu gewinnen. Die Freibeuter hatten dadurch ebenfalls einen Vorteil – beide benötigten Zeit, damit die Feuerleitsysteme ihrer Raketenlafetten das Ziel erfassen konnten –, aber der *Guillotine* unterlag keiner derartigen Einschränkung. Für Rhean war es ein rein taktisches Manöver. Ihre beiden Gegner verfügten neben den LSR über Kurzstreckenraketen und Laser, trotzdem waren sie im Nahkampf eher schwach.

Als der Entfernungsmesser neunzig Meter anzeigte, richtete Rhean beide Mecharme auf den *Dervish*. Ihre Maschine war fünfzehn Tonnen schwerer als der Gegner, das war jedoch kein Grund zur Selbstüberschätzung. Sie feuerte beide Waffen ab. Eine Hitzewelle schlug durch die Kanzel, als drei Laserstrahlen sich ins Ziel bohrten. Der Freibeuter-Mech stolperte mit zerfetzter Brustplatte zurück, hielt sich aber auf den Beinen. Rhean drückte den zweiten Feuerknopf. Raketen und weitere Laser hämmerten auf die beschädigte Maschine ein. »Ja!«, brüllte sie, als sie den typischen öligschwarzen Qualm sah, mit dem Myomermuskulatur verbrannte. Dass sich der *Dervish* immer noch aufrecht hielt, zeugte vom Können seines Piloten. Trotz sichtlicher Mühe – vermutlich musste der Pilot mit einem beschädigten Gyroskop ringen – hob er in trotziger Geste einen Arm, und die Abdeckungen über den Raketenabschussrohren klappten zurück.

Die Kaliber-20cm-Granate aus Connors *Hunchback*-Kanone riss der kantigen Maschine den Kopf ab. Beinahe in Zeitlupe kippte der Mech nach hinten und blieb qualmend liegen.

Trotz Chens Bemühungen, ihn abzulenken, blieb der *Bombardier* auf Rhean fixiert und feuerte eine Salve nach der anderen. Wieder richtete sie die Waffen auf den Gegner, drückte aber nicht ab. Ihr Mech musste erst ein wenig abkühlen, und sie konnte den Beschuss noch ein paar Sekunden aushalten, erst recht mit Connor und Chen als Unterstützung. Das auf der Brustpartie des Mechs liegende Fadenkreuz blinkte feuerbereit, aber statt ihre Schüsse in den Torso der Kampfmaschine zu setzen, der zwar die wichtigsten Systeme beherbergte, aber auch besser gepanzert war als irgendeine andere Rumpfpartie, ließ sie das Fadenkreuz sinken. Sie zentrierte es auf die Verbindung zwischen den wuchtigen Panzerplatten über Ober- und Unterschenkel. Dann drückte sie ab. Aus neunzig

Meter Entfernung war es praktisch unmöglich, vorbeizuschießen. Die Laserbahnen bohrten sich in das schwache Kniegelenk, das augenblicklich blockierte. Der in der Rückzugsbewegung getroffene *Bombardier* stolperte und wäre zu Boden gegangen, hätte sich der Pilot nicht an der Seitenwand einer Lagerhalle festgehalten, die sich unter der Belastung bedrohlich neigte. Sie zielte auf das andere Knie, dann drückte sie aus einer Eingebung heraus einen kleinen runden Knopf auf ihrem Steuerknüppel.

»Freibeuter, ergeben Sie sich der Liga Freier Welten. Wenn Sie weiterkämpfen, werden Sie sterben. Sie haben zehn Sekunden … ab jetzt.«

Die Panzerplatten ihres Mechs knackten, als sie abkühlten, ein allen MechKriegern vertrautes Geräusch, und das einzige, das über dem leisen Wummern des Fusionsreaktors tief unter ihr in die Pilotenkanzel drang. Auch ihre Lanzenkameraden hatten das Feuer eingestellt und fragten sich, ob der feindliche Pilot bis zum Tod kämpfen oder sich eingestehen würde, dass er gegen eine vierfache Übermacht keine Chance hatte.

Das Funkgerät knisterte. »Ich wäre ein Gefangener der Liga Freier Welten, nicht der Konföderation Capella?«

»Darauf haben Sie mein Wort.«

Die einzige Antwort war ein plötzlicher Dampfstoß aus den Kühlschlitzen des *Bombardier*, dann sank die Maschine zu Boden und regte sich nicht mehr. Ohne die Waffen von dem am Boden liegenden Mech zu nehmen, griff Rhean nach oben und schaltete die Sichtprojektion um. Den elektronischen Signalen nach zu schließen, die von dem Kampfkoloss ausgingen, hatte der Freibeuter den Fusionsreaktor abgeschaltet. Er hatte kapituliert.

»Connor, Chen. Nehmt den Gefangenen in Gewahrsam und seht nach den beiden anderen.« Es bestand kaum eine Chance, dass der *Dervish*-Pilot überlebt hatte, aber der des *Lancelot* konnte noch leben. Zwei weitere Insassen für das Gefangenenlager von Caulfield Island auf Atreus.

Als sie die Bordsysteme kontrollierte und den Zustand ihrer Waffen und Panzerung überprüfte, während Sebastian über Funk einen Infanterietrupp anforderte, um die Gefangenen zu übernehmen, dachte Rhean über die Frage des *Bombardier*-Piloten nach. Hatte er so große Angst, nach Sian ausgeliefert zu werden? Sie musste ihn fragen, was es damit auf sich hatte, sobald sie zurück in der Basis war. Jetzt allerdings musste sie wachsam bleiben, falls weitere Freibeuter in den Kampf eingriffen.

»Es gibt Dinge, die brennen sich einem unauslöschlich ins Hirn: die erste große Liebe; der erste Mensch, den man umbringt. Ich persönlich würde meinen ersten ›Auftritt‹ auf dem diplomatischen Parkett hinzufügen. Nur Tage nachdem ich eine ganze Reihe von Menschen umgebracht hatte, war es recht seltsam, mich darum zu bemühen, genau diese Gruppe vor weiterem Schaden zu bewahren. Dass ich dabei im Angesicht des Sieges eine Niederlage zustande brachte, war eine bittere Lektion in der Realität der Außenpolitik.«

— *Tagebucheintrag*

7

Madison, Wisconsin
Herzogtum Andurien, Liga Freier Welten

21. März 2588

In ihrem bis zur Taille offenen olivgrünen Overall, um die Kühlweste darunter zu zeigen, fühlte sich Rhean in Madisons Bürgermeisteramt deutlich fehl am Platze. Sie hielt Abstand zu dem riesigen Tisch, den der Kommandeur der Garde für seine Karten in Beschlag genommen hatte, und lehnte stattdessen an einem schweren hölzernen Sideboard, einen Beutel Fruchtsaft in der linken Hand. Abgesehen von einer Handvoll Adjutanten und Unteroffizieren war sie die rangniedrigste Person im Raum und hätte sich normalerweise sicher nicht hier aufgehalten. Aber Appleton, der Kommandeur der Garde, hatte in Anbetracht der erwarteten Gäste auf ihrer Anwesenheit bestanden.

Sie trank ihren Saft und hoffte darauf, dass er ihren nervösen Magen beruhigte, während sie mit der Rechten an ihrem bis zur Hüfte hängenden Zopf spielte. Vor ihrem ersten außenpolitischen Einsatz verkrampften sich ihre Eingeweide wie Jahre zuvor bei der Abschlusszeremonie in Princefield.

Das Verhör der Gefangenen nach dem Einsatz in Weston war weitgehend wie erwartet verlaufen, und auch die Erklärung der Freibeuter, warum sie sich keinen capellanischen Truppen ergeben wollten, war keine Überraschung gewesen: Nach capellanischem Recht gab es für Deserteure nur eine Strafe, ganz gleich, was sie als mildernde Umstände anführten. Und es ging hier auch nicht um den Strick oder ein Erschießungspeloton unter Ausschluss der Öffentlichkeit. Die Freibeuter erwartete eine öffentliche Köpfung, als Warnung an mögliche Nachahmer. Aus ihrer Sicht war das barbarisch, aber der Sternenbund gestand seinen Mitgliedern die

Beibehaltung der eigenen Rechtstradition zu. Und genau da lag der Knackpunkt. In der juristischen Zuständigkeit.

»Sie sind da«, meldete der KommTech und schaute von seinem Compblock auf. Ringsum richteten sich die Offiziere zu voller Größe auf und sorgten dafür, dass sie beschäftigt wirkten. Rhean trank weiter ihren Naranjisaft. Viel mehr gab es für sie nicht zu tun.

Präzise, rhythmische Schritte auf dem Steinboden kündigten die Ankunft der Capellaner an. Zwei Offiziere betraten den Raum, einer in den Fünfzigern, der andere eher Anfang dreißig. Beide trugen eine dunkelgrüne Uniform mit schwarzem Brustpanzer und Stiefeln in derselben Farbe. Unter dem linken Arm hielten sie einen schwarzen Helm. Ihr Gesichtsausdruck war abschätzig, und sie benahmen sich, als hätten sie einen primitiven Verschlag betreten. *Arrogant.* Der ältere trug das dreieckige Rangabzeichen eines Oberst, der jüngere das gelbe Band und die zwei Dreiecke eines Majors.

Der Oberst kam geradewegs auf Appleton zu und nickte kurz. Der Major hielt Abstand und musterte sorgfältig die übrigen Personen im Raum. Sein Blick schien über Rhean hinweg zu gleiten, dann zuckte er zurück. Er schaute ihr in die Augen und hob leicht die Augenbrauen. Dann trat er zu seinem Oberst, vermutlich Sheng, auch wenn sie ihn noch nie getroffen und auch keine Bilder von ihm gesehen hatte. Er flüsterte ihm etwas ins Ohr. Der ältere Offizier scheuchte ihn mit einer knappen Geste zurück, woraufhin er leicht die Stirn runzelte.

»Willkommen, Oberst. Darf ich Ihnen eine Erfrischung anbieten?«

»Zu gütig, Kolonel Appleton. Pfefferminztee wäre höchst erfrischend.« *Und herrisch.*

Appleton winkte einem Adjutanten, der zwei Tassen eingoss und zunächst dem Gast, dann dem Kommandeur der Garde anbot. Beide tranken einen Schluck und stellten die Tassen dann beiseite. »Sie sind gut vorbereitet, Kolonel.«

»Es hilft, vorauszudenken. Überraschungen sind häufig unbequem.«

»Das ist wahr.« Sheng schaute zu seinem Adjutanten hinüber. Vermutlich war er ein Agent der Maskirovka, des capellanischen Geheimdienstes. »Sie möchten die Rückführung unserer Bürger besprechen?«

»So ist es, Oberst.« Appleton reckte sich zu voller Größe und schaute auf sein Gegenüber hinab. »Ich sehe mich gezwungen, Ihre Bitte abzuschlagen, dass alle Gefangenen zurück nach Sian überführt werden, um dort vor Gericht gestellt zu werden.« Er betonte den letzten Teil, weil er genau wusste, dass die Freibeuter längst in Abwesenheit verurteilt worden waren.

»Das können Sie nicht. Es handelt sich um capellanische Bürger, die Sie zur Rechtsprechung der Konföderation überstellen müssen. Ihre Freien Welten haben kein Recht, sie festzuhalten.«

»Das stimmt nicht, Oberst.« Appletons Ton war eisig. »Sie haben sich des Verbrechens der Raumpiraterie und des bewaffneten Überfalls gegen Andurien schuldig gemacht …«

»Andurien ist eine capellanische Welt, Kolonel.«

Appleton neigte leicht den Kopf, aber seine Augen wurden schmal. »Gegen das Ligaherzogtum Andurien. Darüber hinaus wurden sie auf einem Planeten innerhalb der Freien Welten aufgegriffen. Nach den Bedingungen des Sternenbundvertrages hat unsere Rechtsprechung als Opfer ihrer Verbrechen – Verbrechen, die der capellanische Staat vier Jahre hingenommen hat – und Herren der Welten, auf denen sie aufgegriffen wurden, Vorrang.«

»Dann werden wir ihre Auslieferung beantragen, Kolonel.«

»Das ist Ihr gutes Recht. Ich vermute jedoch, dass sich die Situation als weniger klar herausstellen wird als Sie annehmen.« Er drehte sich zu Rhean um, und ein dünnes Lächeln spielte um seine Lippen. »Unterleutenient, Sie sind im Rechtswesen des Sternenbunds und der Freien Welten geschult. Wie wird sich das Ihrer Ansicht nach abspielen?«

Rhean atmete tief durch. »Die Gefangenen haben Angst um ihr Leben.«

Sheng winkte ab. »Sie haben Angst vor der gerechten Strafe und ziehen Ihre mildere Gesetzgebung vor. Sie *werden* sie ausliefern.« Er versuchte nicht, die Verachtung in seinem Tonfall zu verbergen.

»Sie können versuchen, eine Auslieferung zu erreichen, Oberst, ich bezweifle jedoch, dass die Gerichte Ihren Wünschen folgen werden. Und was unser ›milderes‹ System angeht: Es handelt sich hier um ein Schwerverbrechen, und die Liga kennt die Todesstrafe. Wir haben allerdings auch eine Tradition freier Gerichtsverhandlungen und der Achtung von Menschenrechten.«

»Wenshén. Versuch nicht, mich zu belehren, Mèimei. So will es die Weisheit des Himmels.«

Rhean hob die Augenbrauen, als sie sich von Sheng als Unruhestifterin bezeichnet hörte, und auch die herablassende Bezeichnung als kleines Mädchen gefiel ihr gar nicht. Ein Lächeln zog ihre Mundwinkel nach oben. »Ich bin sicher, Ursula wird es vorziehen, einen diplomatischen Zwischenfall zu vermeiden.«

Als er sie den Vornamen der Kanzlerin benutzen hörte, wurden dunkle Flecken auf dem Gesicht des Offiziers sichtbar. »Sprich nicht von der Weisheit des Himmels, als wäret ihr vertraut«, fauchte er.

Rhean täuschte Überraschung vor. »Wie, hat Ihr Maskirovka-Begleiter Sie nicht unterrichtet? Ich bin mit Ihrer Kanzlerin auf Du. Wir kennen uns, seit ich drei Jahre alt war.« Sie riss in gespielter Unschuld die Augen auf. »Soll ich Ihnen ihre Wohnung in Unity City beschreiben? Sie ist wirklich prachtvoll.«

»Chòu san ba.« Sheng war außer sich vor Wut.

Rhean schaute ihn nüchtern an. »Noch etwas, das Ihr Begleiter Ihnen hätte sagen können.« Sie deutete mit einer Kopfbewegung zu dem Major hinüber. »Ich spreche sechs Sprachen fließend, unter anderem Mandarin. Ich verstehe es also sehr gut, wenn Sie mich als Schlampe bezeichnen, oder als kleines Mädchen.«

Sheng wurde bleich, als er endlich den Aufnäher mit ihrem Namen auf dem Overall sah. Er starrte seinen Begleiter wütend an.

»Falls Sie damit nicht aufhören, kann ich nur zu dem Schluss kommen, dass Sie ni shì shénme dongxi sind. Und das werde ich dann auch Tante Ursula wissen lassen.«

Shengs Kiefermuskeln verkrampften sich bei der Drohung, ihn seiner Kanzlerin als ›Untermensch‹ zu beschreiben. Er murmelte etwas, das wie »Qu di yu« klang – Geh zum Teufel –, und drehte sich wieder zu Appleton um.

Rhean verkniff sich ein Grinsen. Es war zwar nicht gerade elegant, aber es hatte den Capellaner verunsichert. In Gegenwart einer Adligen der Freien Welten, und noch dazu einer Thronfolgerin der Liga, würde er sich zurückhalten. Zumindest ein wenig.

»Ihre Offiziere zeigen eine interessante Version von Respekt, Kolonel«, murmelte Sheng kalt.

»An ihrem Respekt vor ihren Vorgesetzten ist nichts auszusetzen, Oberst, oder vor den Befehlen, die sie erhalten. Danke, Unterleutenient, Sie können jetzt gehen. Noch etwas Tee, Oberst? Und dann können wir ausführlich besprechen, was mit den Gefangenen geschehen soll.«

Rhean nahm Haltung an und salutierte vor ihrem Kommandeur. Dann salutierte sie äußerst präzise vor Oberst Sheng, bevor sie auf dem Absatz kehrt machte und hinausmarschierte.

* * *

Rhean saß auf der linken Schulter ihres *Guillotine*, eine Farbpistole in der freien Hand und eine Schutzmaske über Mund und Nase, als die capellanischen Offiziere sichtlich wütend den Raum verließen, in einen leichten Geländewagen stiegen und abfuhren. Die Sternenbundsoldaten am Ausgang des Hofs öffneten den Schlagbaum und salutierten. Die Capellaner erwiderten den Gruß nicht. Kolonel Appleton stand am Kopf der breiten Freitreppe und sah ihnen hinterher. Selbst von ihrem hohen Sitzplatz aus war seine verärgerte Miene deutlich zu erkennen.

Rhean hakte die Farbpistole an den Gurtharnisch und machte sich vorsichtig auf den Weg zur aus dem Cockpit hängenden Kettenleiter. Dabei achtete sie sorgfältig darauf, auf keine der schwarzgelben Warnmarkierungen zu treten, die Wartungsluken und die Auslassöffnungen der Wärmetauscher kennzeichneten. Derartige

Markierungen an einer zig Tonnen schweren Maschine, die ausgelegt war, einem Orkan aus feindlichen Raketen und Lasersalven standzuhalten, fand sie zwar schwer nachvollziehbar, aber sie hatte weder ein Interesse daran, teure Bauteile des gepanzerten Kolosses zu beschädigen, noch geschmolzene Schuhsohlen zu riskieren. Nicht, dass Wisconsins große Sonne die Metallhaut nicht auch ohne zusätzliche Hilfe genug aufgeheizt hätte.

Als sie die Leiter erreichte, löste sie die Sicherheitsleine, mit der sie sich während der Arbeit gegen einen Sturz abgesichert hatte, und stieg eilig zu Boden. Unten angekommen, zog sie die sperrige Atemmaske vom Gesicht und stieg aus den Gurten, die sie zusammen mit der Farbpistole und den Reservekanistern neben den Mech legte. Eine Haarsträhne fiel ihr ins Gesicht, und automatisch strich sie sie mit den Fingern zurück. Dann fluchte sie, als ihr klar wurde, was sie getan hatte. Ihre Hände waren voller violetter Farbflecke, und vermutlich galt dasselbe jetzt auch für ihr Gesicht und Haar. Immer noch schimpfend schlenderte sie hinüber zum Bürgermeisteramt, wo Appleton sie mit neutraler Miene erwartete.

»Wartungsarbeiten«, entschuldigte sie sich und salutierte vorsichtig, um weitere Farbflecken zu vermeiden. »Bitte um Verzeihung, Kolonel.«

Der Kolonel erwiderte den Gruß, dann verschränkte er die Hände auf dem Rücken. »Eigentlich, Unterleutenient, müsste ich Ihnen jetzt einen Tadel für den Zustand Ihrer Uniform verpassen.« Sein Blick wanderte über die Farbflecke auf ihrem Overall, dann musterte er ihr Gesicht und Haar. Er zögerte. »Aber es gibt ohnehin schon zu wenige MechKrieger, die bereit sind, bei den alltäglichen Arbeiten mit anzupacken.«

»Jawohl, Kolonel.« Nicht mehr lange, dann konnte sie zurück in ihr Quartier, um zu duschen und sich umzuziehen. Sie atmete tief durch. »Aus reinem Interesse, Kolonel ...«

»Ja?« Er zog eine Augenbraue hoch.

Sie schluckte. »Wie ist das Gespräch verlaufen, nachdem ich fort war? Sheng hatte keine gute Laune.«

»*Oberst* Sheng«, betonte Appleton den Rang des Capellaners, und Rheans Wangen wurden heiß, »ist nie guter Laune. Das werden Sie noch feststellen.« Er schaute hinüber zum Tor. »Was die Besprechung angeht ... meine niederen Offiziere wissen, dass ich in aller Regel keine operationalen Belange mit ihnen diskutiere.«

»Tut mir leid, Kolonel. Ich habe nicht um eine Vorzugsbehandlung gebeten.«

»Nicht?« Ein ironisches Grinsen trat auf seine Lippen. »Dann muss ich mich wohl verhört haben.«

Rhean schaute verwirrt, und Appleton lachte bellend. »Ich habe Sie und Ihren Namen gegen den Oberst eingesetzt, also haben Sie wohl ein Recht auf eine Erklärung. Außerdem gibt es nicht viele Teenager in meiner Einheit, von denen ich *weiß,* dass sie eines Tages meine Vorgesetzten sein werden.«

»Ich habe vor, mir meinen Rang zu verdienen, Kolonel.« *Und ich bin nur noch neunzehn Tage ein Teenager.*

»Gut so«, kommentierte er. »Aber jetzt hören Sie erst einmal zu. Wir sind übereingekommen, die Jurisdiktion zu teilen. Die Liga kümmert sich um die Gefangenen, die sie ergriffen hat, die Konföderation um die in Shengs Gewahrsam. Beide Seiten bekommen, was sie wollen, und niemand verliert das Gesicht.«

»Abgesehen von den Freibeutern, die den ganzen Kopf verlieren.« Es gelang ihr nicht einmal ansatzweise, ihre Enttäuschung zu verbergen.

»Genau wie auf dem Schlachtfeld gibt es auch in der politischen Arena sehr selten eindeutige Ergebnisse. Es gibt nur Schattierungen von Grau, Pakte mit dem Teufel und dergleichen mehr.«

»Aber ...«

»Aber was, Unterleutenient?« Der freundliche Plauderton war abrupt eiskaltem Stahl gewichen.

Rhean kochte vor Wut, biss sich aber auf die Zunge.

»Es ist nicht das Ergebnis, das ich mir gewünscht hätte, aber es gab keine Möglichkeit, uns den Rest der Gefangenen zu verschaffen, ohne mit Truppen in das capellanische Lager einzudringen oder einen entsprechenden Befehl von Sian oder Atreus. Möglicherweise ist Ihre Urgroßmutter bereit, einen Krieg gegen Ursula Liao zu riskieren, aber würde *ich* einen anfangen, würde mich das den Kopf kosten.« Er deutete hinüber zu dem halblackierten *Guillotine*. »Nehmen Sie, was Sie an Siegen bekommen können, und lassen Sie sich nicht davon ablenken, was hätte sein können.«

»Kolonel.« Rhean salutierte kalt und stampfte zurück zu ihrer wartenden Maschine.

»Leben und Tod, das Yin und Yang des Daseins. Mit einer so großen und ausgedehnten Familie waren meine jungen Jahre eine konstante Abfolge von Geburten und Todesfällen, auch wenn letztere zu dominieren schienen. Omas Zwillinge fielen beide im Vereinigungskrieg, und Opa Ian starb in dem Jahr, in dem ich meine Dienstzeit bei der Garde beendete, an einem Herzinfarkt. Der Verlust meines Bruders Arthur bei einem nachgerade absurden Sturz vom Pferd während einer Jagd traf mich weit härter, ebenso wie Thereses Schicksal. Beides waren absolut prosaische, unvorhersehbare Ereignisse. Sicher doch …«

— *Tagebucheintrag*

8

Cascade Square, Hof des Sternenbundes,
Unity City, Nordamerika, Terra
Terranische Hegemonie

22. August 2591

Das kleine, sich windende Wesen in ihrem Arm machte ein rülpsendes Geräusch und versuchte, sich aus ihrem Griff zu winden. Rhean hielt es ängstlich fest, wollte weder riskieren, dass es zu Boden fiel, noch es durch zu viel Druck verletzen. Sie spürte, wie ihr der Schweiß ausbrach, und griff nach, während sie die aufsteigende Panik unterdrückte. Zwei blaue Augen schauten hoch in ihre haselnussbraunen und wirkten gleichzeitig unschuldig und fordernd. Die Augen verengten sich, und das kleine Ding rümpfte die Nase. Speichel lief aus einem rosa Mund auf Rheans Uniformhose, und sie änderte ihre Haltung. Damit war das kleine Wesen nicht einverstanden. Sein Mund öffnete sich weit, und ein ohrenbetäubendes Heulen zerriss die Stille des Platzes. »Du nimmst ihn besser zurück«, erklärte sie.

Madeleine grinste und hob ihren Sohn aus Rheans Armen. Fast augenblicklich brach das Heulen ab, und der kleine Andrew gurgelte zufrieden. »Keine Bange, Fred, du lernst es noch. Wahrscheinlich hast du bald selbst eine Familie, um die du dich kümmern musst.«

Rhean rollte die Augen und tupfte mit einer Serviette den feuchten Fleck auf ihrer Uniform ab. »Eher nicht.« Sie gab den Versuch auf und ließ die Serviette in ihren Schoß fallen. »Athena bleibt für eine Weile mein einziges Baby.« Als er seinen Namen hörte, unterbrach der junge, cremefarbene Hund sein Spiel mit einer auf dem Boden liegenden Serviette und hob mit erwartungsvollem Blick den Kopf. Rhean kraulte den Labrador hinter den Ohren.

»Warum das? An Mangel an Gelegenheit oder Interesse kann es doch sicher nicht liegen.« Die Augen der Blondine glitzerten schelmisch. »Weit abgelegene Militärposten, kein nennenswertes Nachtleben …«

»Geht dich gar nichts an, Maddy.« Ihr Ton war eisig, aber das leichte Schmunzeln, das um ihre Mundwinkel spielte, strafte sie Lügen. »Außerdem geht es hier nicht um mich. Wie hat dein Herr Papa die Nachricht aufgenommen?«

»Na ja, ich hatte keine große Begeisterung bei der Neuigkeit erwartet, dass ich, kaum aus der Akademie, schon schwanger bin – nach all der Zeit und dem Geld, die er in meine Ausbildung investiert hat –, aber er hat sich tatsächlich gefreut.«

»Ich schätze, Enkel haben so eine Wirkung.«

»Das, und wohl die Tatsache, dass ich jetzt nicht in der Peripherie als Zielscheibe diene.« Sie schaute zu ihrem Mann hinüber, der unter den wachsamen Augen von Rheans Leibwächtern mit einem Tablett Kaffeebechern zu ihnen unterwegs war. Colin stand, wie so vielen Soldaten im MFW, eine Dienstzeit im Magistrat Canopus bevor. Der Dienst dort war weder so schwer noch so gefährlich wie in den anderen unterworfenen Territorialstaaten, aber trotz des Endes der offiziellen Kampfhandlungen vor fünf Jahren blieb es eine Kriegszone, in der Bombenanschläge und Heckenschützenangriffe an der Tagesordnung waren. Die von der Liga als Verwalterin eingesetzte Melissa Humphreys tat ihr Bestes, um die Gemüter zu beruhigen, aber niemand war wirklich erpicht darauf, dort seinen Dienst abzuleisten. »Papa ist froh, dass die Thronfolge gesichert ist. Er sagt, jetzt kann ich nach Herzenslust losziehen und mich in der Peripherie abknallen lassen, solange ich Andrew daheim lasse.«

Colin verteilte die Becher, dann setzte er sich neben seine Frau und kitzelte seinen Sohn unterm Kinn. Das Baby lachte. »Ganz gut, dass du stattdessen auf Terra eingeteilt bist«, murmelte er.

»Warst du das?«, fragte Maddy und schaute herüber zu Rhean.

Die größere der beiden Frauen schüttelte den Kopf. »Nein. Ich wünschte, ich könnte mir das anrechen, aber du passt wohl einfach ins Profil einer Verbindungsoffizierin, und so können wir deine Fähigkeiten nutzen, ohne dass es Probleme wegen deines Nachwuchses gibt.«

Die Freien Welten behandelten Männer und Frauen traditionell gleich und kannten Mutterschafts- und Vaterschaftsurlaub, aber bei aller Großzügigkeit Familien gegenüber erwartete das Militär sehr wohl eine Gegenleistung.

»Bleibst du länger hier?«, fragte Colin.

»Weiß ich nicht. Die Garde habe ich hinter mir, und ich vermute, Uroma wird mich eine Weile hier behalten wollen. Auf jeden Fall für die Herbstsitzung des Hohen Rats, und möglicherweise länger. Damit ich ein Gefühl dafür bekomme, ›wie der Sternenbund tickt‹, hat sie gesagt. Immer vorausgesetzt, die Sitzung findet statt. Soweit ich das mitbekomme, feiert Leonard Kurita seine Thronbesteigung mit einer wilden Tour durch sämtliche Lasterhöhlen des Kombinats.«

Madeleines Augenbrauen zuckten. »Du kannst dich nicht davor verstecken, dass du irgendwann gezwungen sein wirst, Entscheidungen zu treffen, die das Leben in der ganzen Liga beeinflussen. Es ist wichtig, dass du verstehst, was hier läuft.«

»Sicher, wenn ich Generalhauptmännin werde. In zehn, zwanzig Jahren. Vielleicht. Jetzt noch nicht. Wenn ich die Freien Welten und erst recht ihr Militär kontrollieren soll, muss ich beweisen, dass ich dem gewachsen bin. Nachdem ich sechs Jahre in Princefield versteckt habe, wer ich bin, werde ich mich jetzt, verdammt noch mal, nicht mehr in Watte packen lassen.«

»Die Generalhauptmännin hat bestimmt nicht vor, dich in Watte zu packen. Nach allem, was ich so mitbekommen habe, ist das hier ein mindestens so gefährliches Schlachtfeld wie da draußen.« Sie deutete mit einer ausladenden Geste zum Himmel. »Nur dass die Kämpfe hier mit Worten und Ideen ausgetragen werden. Aber das macht sie nicht weniger gefährlich.«

»Klingt vertraut.« Rhean trank einen Schluck Kaffee, während sie ihre Gedanken ordnete, und der bittere Geschmack erstickte eine wütende Antwort. Es war fast zehn Jahre her, dass sie in die

Thronfolgedebatte hineingezogen worden war, aber manchmal vergaßen ihre Freunde, dass sie seit frühester Kindheit in der intriganten Umgebung der Liga-Zentralwelt aufgewachsen war.

»Vergiss die zweifelhaften Freuden einer Parlamentsdebatte. Die politischen Haie auf Atreus sind im Vergleich zu denen hier nichts als Sprotten. Crucier, die darauf aus sind, Draconiern eins auszuwischen, die versuchen, Lyraner zu überrumpeln, die ...«

»Danke, ich weiß, was du sagen willst.« Kaum war der frisch beförderte Oberleutenient Rhean Marik in der Sternenbund-Hauptstadt angekommen, da war sie auch schon von neuen ›Freunden‹ umzingelt gewesen, die ihre Unterstützung in der einen oder anderen Angelegenheit suchten oder sie zu einer Abendgesellschaft oder einem sonstigen Anlass einluden, um mit einer zukünftigen Generalhauptmännin angeben zu können. Die Nachricht von Maddys Versetzung hatte sie sehr gefreut, selbst wenn Colin einschiffen musste, sobald sein Urlaub Ende Januar vorbei war. So war sie sich zumindest eines freundlichen Gesichtes außerhalb ihrer Leibwache sicher. Athena war keine großartige Gesprächspartnerin. Sie hatte sich gefreut, Evie wiederzusehen, nachdem sie in der 1. Freie-Welten-Garde auf ihre Leibwächterin hatte verzichten müssen, aber die Vorstellung, dass sie hier, im Herzen der ›Zivilisation‹, ihren Schutz benötigte, war schon ironisch.

Sie warf einen Blick zu ihrer Leibwächterin hinüber, die wie immer elegant aber praktisch gekleidet war. Die Haare trug sie inzwischen etwas länger als in Princefield, und sie fielen ihr in ebenholzschwarzen Wellen über die Schulter, ähnlich wie die ihres Schützlings. Evangeline hatte die linke Hand am Ohr, aber Rhean konnte nicht erkennen, ob sie in das Mikro ihres Armbandkomms sprach oder nur eine eingehende Nachricht besser verstehen wollte, indem sie die Hintergrundgeräusche abschirmte. Was es auch war, Evie wirkte besorgt. Eine steile Falte teilte ihre Stirn. Einen Moment begegneten sich ihre Blicke, aber nach einer Sekunde schaute die ältere Frau zur Seite. Gab es ein Problem? *Sicher nicht, sonst würde Evie mich in Sicherheit bringen.* Trotzdem behielt sie die Agentin im Auge.

»Ich vermute, ich werde in Uromas inoffizielle Ratsdelegation aufgenommen, aber es kann auch sein, dass sie mich als Joker einsetzt. Ich bin mir nicht sicher, ob es ›üblich‹ ist, zukünftige Ratsmitglieder in den Gesetzgebungsprozess zu integrieren.« Die Berater der einzelnen Lordräte überarbeiteten sämtliche Gesetzentwürfe, bevor sie den Hohen Rat erreichten. *Genau wie daheim im Parlament,* dachte sie zynisch. *In Wahrheit formen die Bürokraten die Politik.*

»Und vergiss die Partys nicht.« Madeleine grinste. »Lady Shandra mag sich aus dem Militär zurückgezogen haben, aber ihre Bälle sind außergewöhnlich.«

»Spricht die Stimme der Erfahrung«, unterbrach Colin und handelte sich damit einen Knuff in die Schulter ein.

»Der Erste Lord und seine Lady sind ein wenig zu alt, um die Nacht durchzufeiern, aber sie sorgen dafür, dass wir jungen Leute hart arbeiten und noch härter feiern können«, fuhr Maddy fort. Ihr Mann rollte die Augen. »Ich kann mich nicht erinnern, dass du dich je darüber beschwert hättest«, konterte sie und schaukelte dabei den kleinen Andrew im Arm.

Rhean hob in einer Geste der Kapitulation die Hände. »Gut, gut. Ich nehme mir auch Zeit fürs Vergnügen, sofern Evie mich rauslässt.«

Die Leibwächterin hatte ihr Gespräch beendet, und ihre Züge waren wieder maskengleich neutral. Zumindest fast. Als Rhean zu ihr hinüberschaute, machte die Agentin ein schnelles Fingerzeichen, eines von Dutzenden, die sie im Lauf der Jahre entwickelt hatten. *Wir müssen reden.*

Rheans Augen weiteten sich. Sie strich sich mit dem rechten Daumen am Kinn entlang. *Sofort?*

Evangeline nickte fast unmerklich.

»Einen Moment«, entschuldigte sich Rhean bei ihren Freunden. Sie stand auf und ging die sechs Meter zu der wartenden Leibwächterin hinüber. Athena sprang auf und wollte ihr folgen, aber die um ein Tischbein geschlungene Leine hielt sie auf. Der Welpe drehte sich um und verbiss sich im Leder.

»Probleme?«, fragte Rhean leise und legte die linke Hand auf den Stehtisch, auf dem Evangelines Compblock lag.

»Neuigkeiten, die Sie erfahren sollten, bevor Sie Verabredungen treffen.« Evies Stimme war kühl.

»Müssen wir die Unterstützung alarmieren?«

»Nein, das ist nicht erforderlich. Es handelt sich um eine Familienangelegenheit.«

Rhean schlug das Herz bis zum Hals. »Uroma?« Sie hatte erst kürzlich ihren Bruder Arthur verloren, und Großvater Ian war nach einem Herzinfarkt schwer krank. War Marion jetzt auch verstorben? Sie war über neunzig.

Evie schüttelte den Kopf. »Der Generalhauptmännin geht es gut. Es ist Ihre Tante Therese. Mein Beileid.«

Unwillkürlich hob Rhean die Hand an den Mund. Der Schreck war ihr anzusehen. »Was ist passiert?«

»Ein Verkehrsunfall bei der Rückkehr aus Darrington über die Berge. Ihr Wagen brach aus. Man vermutet ein Versagen der Führungsdrähte oder einen Fehler in der Steuerautomatik.«

»Und das Baby?« Therese war wieder schwanger gewesen, zum ersten Mal seit Marie zehn Jahre zuvor.

Evie schüttelte den Kopf, und Rhean schlug auf den Tisch. »Verdammt!« Colin und Maddy drehten sich um, und sie hob beruhigend die Hand. »Weiß William es schon?«

Evangeline nickte.

»Ich sollte zu ihm gehen.«

»Ich sage den anderen Bescheid«, stellte Evie fest und setzte den Rest der Leibwache in Bewegung.

Rhean bekam zwar nie mehr als Evie und ein oder zwei andere zu Gesicht, aber sie wusste genau, dass da noch Dutzende andere in der Menge oder an elektronischen Überwachungsgeräten waren.

Sie kehrte zu ihren Freunden zurück. »Tut mir leid, ich muss weg. Eine Familienangelegenheit.«

»Etwas Ernstes?«, fragte Colin.

Sie erzählte es ihnen.

»Wie furchtbar. Bitte überbring deinem Onkel unser Beileid, Fred.« Sie hatten ihn und Therese kennengelernt, kurz nachdem sie Rheans wahre Identität erfahren hatten.

* * *

Rhean war tief in Gedanken, als sich die Wohnungstür öffnete. Ihr Blick fixierte den langsam in die Glaskanne des Automaten tropfenden Kaffee. Sie zog es vor, kleinere Speisen und Getränke wann immer möglich selbst zuzubereiten, so wie man von einem Leutenient im Feld erwartete, dass er bei allem mit anpackte, auch wenn es das Personal zur Weißglut trieb. Sie schaute nicht hoch. »Was gibt's, Evie?«

Ein tiefes Glucksen riss sie zurück in die Gegenwart, und ihr Kopf zuckte hoch. »Agentin Suchanow hat keine Nachricht für dich.«

»Entschuldige, Uroma. Bitte.« Sie deutete auf einen hochlehnigen Stuhl an der Frühstückstheke. Generalhauptmännin Marion Marik ließ sich vorsichtig nieder, dann stellte sie ihren Gehstock an den Tisch. Sie war formell gekleidet, und ihr hochgestecktes weißes Haar bot einen deutlichen Kontrast zu der offenen, bis zur Taille reichenden kastanienbraunen Mähne Rheans. Athena kam herüber und schnupperte an der purpurroten Hose der alten Frau, dann leckte sie die Hand der Generalhauptmännin.

»Warst du bei William Liao?« In ihrer Stimme lag wenig Mitleid. »Wie geht es ihm?«

»So gut man das von einem Mann erwarten kann, der am selben Tag Frau und Kind verloren hat.« Marion grunzte. »Momentan zumindest hat er sich noch im Griff.«

»Eine Tragödie. Bei all unserer Technologie und Planung wird meine Enkelin das Opfer eines Computerfehlers.« Athena schloss genießerisch die Augen, als Marion sie hinter den Ohren kraulte, ohne den Blick von Rhean zu lassen.

»Es wäre ein Mädchen geworden. Noch eine Urenkelin für dich.«

Marions Augen wurden schmal. »In der Tat. Ich sollte mit Ursula Liao sprechen. Das Kind war auch mit ihr verwandt.« *Und eine potenzielle Erbin,* schwang unausgesprochen mit. Die capellanische Kanzlerin war kinderlos und hatte auch keinen Nachfolger bestimmt. Selbst entfernte Verwandte wie William hatten Chancen, Regierungsoberhaupt der Konföderation Capella zu werden, wenn Ursula Liao verstarb oder zurücktrat, auch wenn es Hinweise darauf gab, dass der Thron des Himmels möglicherweise an jemanden außerhalb der Liao-Dynastie übergehen könnte.

»William hat über die Beerdigung gesprochen. Ob er Therese auf Marik oder Atreus beisetzen soll, oder hier. Ich glaube, es hätte ihr gefallen, hier die letzte Ruhe zu finden, vielleicht oben bei Snoqualmie.«

Ihre Urgroßmutter nickte. »Kümmere dich mit William und dem Protokollchef um die Einzelheiten.« Sie hebelte sich hoch und stützte sich auf ihren Stock. »Wir sehen uns morgen früh.«

»Gute Nacht, Uroma«, verabschiedete Rhean sie geistesabwesend. Irgendetwas machte ihr zu schaffen, drängte sich aus dem Unterbewusstsein an die Oberfläche.

Therese war häufig hinauf in die Berge gefahren, um im Wald spazieren zu gehen. Rhean erinnerte sich an eine Fahrt zum Mount St. Helens mit Onkel und Tante. Besonders daran, wie sich Therese geweigert hatte, einen Chauffeur zu nehmen, und wie die schlanke Frau in jeder Serpentine mit dem Steuer gerungen hatte, während der Verbrennungsmotor unter der Anstrengung, den schweren Geländewagen den Berg hinauf zu bewegen, laut donnerte.

Therese, die mit jeder Serpentine gerungen hatte.

Ohne die Führungsdrähte und die computerisierte Steuerautomatik zu benutzen, weil sie der Technik nicht vertraute.

Teil 2:

Umschwung

»Ich war aufgewachsen, hatte studiert und Krieg geführt. Die ersten zwanzig Jahre meines Lebens bestanden nur aus Lernen, aber falls ich glaubte, in meinen Zwanzigern und Dreißigern würde das Tempo nachlassen, war das ein Irrtum. Eine beinahe tödlicher Irrtum.«

— *Tagebucheintrag*

»Ich wuchs unter fünf Brüdern auf und besuchte eine Militärakademie. Unter diesen Umständen dürfte es niemanden überraschen, dass ich in meinem Auftreten nie sonderlich feminin war. Die meiste Zeit benahm ich mich wie einer der Jungs und machte bei allem mit. Es gab allerdings Leute, die sich daran störten, weil ich nicht ihren Vorstellungen davon entsprach, wie sich eine junge Dame zu betragen hatte, und das sorgte für alle möglichen Gerüchte. Andere betrachteten mich aus exakt denselben Gründen als Herausforderung.«

— Tagebucheintrag

9

Delphi, Canopus IV
Magistrat Canopus

3. Oktober 2593

Rhean unterdrückte während des Vortrags über Produktionszahlen und wirtschaftliche Vorhersagen nur mühsam ein Gähnen. Es war ohnehin kein mitreißendes Thema, und der monotone, leiernde Ton war zusätzlich ermüdend. Sie schaute hinüber zu Herzogin Melissa Humphreys, der Sternenbund-Gouverneurin des besetzten Gebiets, die ebenfalls aus der Liga Freier Welten stammte. Die Adlige mit dem eisengrauen Haar hörte konzentriert zu, aber obwohl sie erst sechs Wochen auf dem Planeten war, erkannte Rhean die winzigen Anzeichen dafür, dass selbst die formidable Herzogin Humphreys die Geduld verlor.

Alles in allem war Canopus IV ganz und gar nicht, wie Rhean es erwartet hatte. Ja, es war eine unterworfene Welt, aber Delphi war eine Festungsanlage, und die Bewohner hatten keinen Kontakt mit dem alltäglichen Leben des Planeten, mit der Realität des Krieges und dessen Konsequenzen. Nach so vielen Kriegsjahren war es kein Wunder, dass Teile der canopischen Gesellschaft die Besatzer hassten und bekämpften. Was Rhean überraschte, war vielmehr, wie viele Einheimische die Besatzung akzeptierten und vollste Bereitschaft zeigten, mit den Sternenbundtruppen zusammenzuarbeiten und die Integration in die Gesamtmenschheit voranzutreiben. Das war Humphreys` Werk. Die Herzogin hatte die Sternenbundbehörden zu massiven Investitionen in das vom Krieg verwüstete Gebiet überredet. Zwar waren die Vorteile dieses Geldstroms bis jetzt außer in makroökonomischen Langeweileorgien wie diesem Vortrag noch nicht zu erkennen, doch es sah ganz danach aus, dass das Magistrat die Besatzungszeit mit einer hochmodernen

Infrastruktur abschließen würde, die sich mit der in der Inneren Sphäre messen konnte – falls sie nicht sogar besser wurde.

»Danke, Chigusa.« Humphreys' tiefe Stimme enthielt einen Unterton der Verabschiedung, und der gedrungene VSDK-Offizier verbeugte sich und kehrte an seinen Platz zurück. »Ich glaube, jetzt haben wir uns eine kurze Pause verdient.« Die Gouverneurin legte ihren Stift auf den Compblock und stand auf.

Rhean bewegte vorsichtig die Schultern, während die anderen Zuhörer aufstanden, um sich etwas zu trinken zu holen oder zur Toilette zu gehen. Humphreys ging zu einem Sideboard und goss sich ein hohes Glas eisgekühlten Naranjisaft ein. Dann trat sie an eines der großen Verandafenster. Sie winkte Rhean zu sich, und diese folgte der Aufforderung, nachdem sie sich ebenfalls ein Glas Saft geholt hatte. Zwei weitere Personen kamen herüber, der hagere Huw Ragnarsson, Humphreys' leitender Ökonom, und Martin Demianchuk, der Repräsentant der Magestrix im Ruhestand Crystalla Centrella.

Demianchuk hatte das offizielle canopische Begrüßungskomitee bei Rheans Ankunft angeführt. Obwohl sie offiziell als LFW-SBVS-Stabsoffizierin der Besatzungstruppen auf Canopus IV war, blieb sie einer Herzogin der Liga Freier Welten und wurde ihrem Rang entsprechend empfangen. In dieser Eigenschaft hatte er ihr und der schwer raumkranken Athena geholfen, sich einzugewöhnen. Für die junge Labradorhündin war die Reise eine Tortur gewesen. Die an sämtliche Begleitumstände des Lebens im Weltall gewöhnten Bordkatzen hatten ihr keine Ruhe gelassen, während sie sich vergeblich abmühte, die Schwerelosigkeit und deren Auswirkungen auf ihr Verdauungssystem zu verstehen. Irgendwann hatte sich zwischen dem Hund und den Katzen eine Waffenruhe entwickelt, aber die Übelkeit war geblieben, und das Tier hatte ihr erst Tage nach der Ankunft auf dem Planeten verziehen.

Allerdings war es Rhean kaum besser ergangen. Sie hatte zwar nicht unter Raumkrankheit gelitten – die zahlreichen Raumflüge seit frühester Kindheit hatten sie dagegen immun gemacht –, aber sie hatte sich fast zu Tode gelangweilt. Sie hatte viel Zeit damit verbracht, über den Tod ihrer Tante Therese nachzugrübeln, weil ihr die offizielle Feststellung eines Unfalltods nicht behagte, aber auch nach dem x-ten Lesen gaben die Akten einfach nicht mehr her. Evangeline hatte ihr zusätzlich zum Schutz auch Gesellschaft geleistet, doch die Ablenkung durch Bücher, Filme, Null-G-Sport im Laderaum und Essen mit den Schiffsoffizieren hatte eine begrenzte Lebensdauer. Nach neun Wochen im All hätte sie mit Freuden eine Plauderstunde mit Lambert Allison akzeptiert, einfach nur der Abwechslung halber. Die Annäherungsversuche des gutaussehenden Ersten Offiziers hatte sie abgewehrt, allerdings hatte sie auf der zweiten Hälfte der Reise Evie als Gesellschafterin verloren, nachdem die sich in einem Lieutenant der Hegemonie verguckt hatte, der ebenfalls zur canopischen Zentralwelt unterwegs war.

Demianchuk hatte ihnen den Weg in die canopische Gesellschaft geebnet und sich in den vergangenen anderthalb Monaten zu einem guten Freund entwickelt.

»Jemand sollte diesem Knaben einprügeln, wie man sich kurz fasst.« Ihre Blicke verfolgten Chigusas Spiegelbild in der Fensterscheibe, auch wenn der Draconier mit locker vierzig Jahren nur bedingt als ›Knabe‹ durchging.

»Ich bin sicher, Leonard hat es versucht«, murmelte Ragnarsson. Obwohl er im Kombinat geboren war, sorgte seine rasalhaagische Abstammung für deutliche Distanz zur Herrscherfamilie der Kuritas. »Vorausgesetzt, er war lange genug nüchtern.«

Melissa lachte. »Du bist ihm doch begegnet, Rhean. Findest du auch, dass der Koordinator ein Säufer ist?« Demianchuk riss die Augen auf, als er sie so über einen Hausfürsten sprechen hörte.

Rheans Augen wurden schmal. »Er …« Sie stockte, als sie sich an eine zufällige Begegnung in Unity City erinnerte, bei der Evie zum Glück nicht in der Nähe gewesen war. »… genießt das Leben.«

Die Gouverneurin brach in schallendes Gelächter aus und klopfte Rhean freundlich auf die Schulter. »Aus dir wird doch noch eine Diplomatin, Herzogin.« Beinahe so schnell, wie das Lachen gekommen war, wurde sie wieder ernst. »Aber er ist gefährlich.

Selbstsüchtig. Unberechenbar. Das ist der große Unterschied zu dem, was wir hier veranstalten. Leonard denkt nicht weiter als bis zu seinem …«

»Weinglas«, warf Ragnarsson hastig ein, und die Gouverneurin grinste.

»Richtig. Ursula Liao andererseits sieht das Ganze. Nur hat sie den Glauben an den Sternenbund bereits verloren.«

»Daher die ›Viehsteuer‹«, stellte Demianchuk fest. Die Liao-Kanzlerin hatte eine Steuer auf SBVS-Schiffe erhoben, die den capellanischen Raum durchquerten, was zu einer groß angelegten Umlegung der Raumstraßen durch die Freien Welten und die Vereinigten Sonnen geführt hatte. Die Stimmung war angespannt und gefährdete die Besatzung des Magistrats und den noch laufenden Krieg gegen das Tauruskonkordat.

»Und die anderen?«, fragte Ragnarsson.

Melissa hob die linke Hand und streckte den Zeigefinger aus. »Archon Steiner-Dinesen ist vollauf damit beschäftigt, ihr Haus in Ordnung zu bringen und ihre Schuldgefühle in den Griff zu bekommen.« Das Lyranische Commonwealth hatte ein Jahr zuvor am Rande des Bürgerkriegs gestanden, als Archon und Generalstaaten um die Macht kämpften. Sie streckte den Mittelfinger aus. »Und Alexander Davion ist noch immer dabei, die Wirtschaft der Vereinigten Sonnen wiederaufzubauen.«

»Was die Freien Welten und die Terranische Hegemonie als einzige selbstlose Akteure im Sternenbund übrig lässt«, kommentierte Demianchuk trocken.

Humphreys kniff bei dem versteckten Stich die Augen zusammen. »Wir führen die Politik des Sternenbundes aus, aber wir tun unser Bestes, die Auswirkungen auf Ihr Volk auf das Mindestmaß zu begrenzen, und den angerichteten Schaden mehr als wiedergutzumachen. Bei all dem, was wir hier in Wirtschaft und Industrie investieren, werden Sie bald eine ernsthafte Konkurrenz für uns werden.« Sie blickte zu Rhean. »Das ist etwas, das Ihre Urgroßmutter bedenken sollte. Ich bin sicher, Brion wird ihr die Situation deutlich machen.«

»Ich bin sicher, mein Vater wird die Generalhauptmännin von der wirtschaftlichen Situation in Kenntnis setzen und für nationale Investitionen neben der Hilfe für unsere neuen Freunde plädieren. Wir haben nichts davon zu befürchten, dass wir der Peripherie die Wunder des Sternenbundes bringen.«

»Obwohl wir diese Hilfe gar nicht haben wollen, richtig?« Die Stimme, die das gesagt hatte, war honigsüß und passte perfekt zu ihrer Besitzerin. Sie war klein, schlank und in ein durchscheinendes Kleid gehüllt, das weder ihre Figur noch ihre offensichtliche Schwangerschaft nennenswert verbarg. Ihre Haut war von einem prachtvollen dunklen Goldton und schien zu glänzen, wenn sie sich bewegte. Das Haar fiel ihr in dunklen Locken wie ein Wasserfall den Rücken hinab. Niemand von so bemerkenswertem Aussehen hatte an der Konferenz teilgenommen. Sie hob die Hand und strich über Rheans Wange. Die Marik-Herzogin zuckte zurück. »Was für ein hübsches Ding, ganz anders als ihr Großvater. Aber trotzdem vermisse ich ihn.« Ian Marik war mehrere Monate zuvor nach anderthalb Jahren im Koma verstorben. Shannon Marik, Marions jüngste Schwester, war ebenfalls tot, ein Opfer der Kämpfe um Port Fallon. Ein weiteres Schlachtopfer des Vereinigungskrieges.

»Benimm dich, Rinalla«, knurrte Melissa, aber in ihrem Gesicht stand Belustigung.

Die Augen des Mädchens wurden groß und rund, als sie die Unschuldige spielte. »Aber du bringst mir doch ein neues Spielzeug. Mutter hatte Spaß mit dem Großvater, da sehe ich nicht ein, dass ich mich nicht mit dem neuen Schmuckstück vergnügen soll.«

Rhean schreckte weiter zurück, doch plötzlich lag de Hand der jungen Frau wie ein Schraubstock um ihr Handgelenk. »Wir hätten Schwestern sein können. Wir könnten es immer noch sein, wenn du willst ...« Die Worte hingen im Raum, und ihre Finger zogen zärtliche Linien über Rheans gefangenes Handgelenk.

Die Gouverneurin trat näher und löste mit sanfter Gewalt den Griff des Neuankömmlings. »Du bist ein böses Kind.« Noch immer klang sie amüsiert, aber jetzt war eine leise Warnung hörbar.

»Ich weiß, es ist eine Last. Aber irgendjemand muss euch ja helfen, alle tugendhaft zu erscheinen.« Sie schaute wieder zu Rhean und betrachtete sie abschätzend, bevor sie sich mit der Zungenspitze über die Lippen fuhr. Rheans Gesicht wurde glutheiß, und das Mädchen zuckte die Schultern und wendete sich wieder zu Melissa Humphreys um. »Langweilig. Sie ist zu leicht in Verlegenheit zu bringen.«

»Die Herzogin ist kein Spielzeug, Rinalla. Du weißt es besser. So behandelt man seine Gäste nicht. Die canopischen Sitten sind vielen Außenstehenden fremd.«

»Da muss ich widersprechen. Im Gegensatz zu euch Sphärlingen weiß man bei uns Canopiern genau, woran man ist. Das Stereotyp des lebensfrohen Canopiers und unsere Freudenzirkusse sind im ganzen von Menschen besiedelten Raum bekannt, und so übertrieben sie auch sind, wie alle Vorurteile, so profitabel sind sie auch. Sehr profitabel. Wir sind zwar keine Liga Freier Welten, aber unser Bruttosozialprodukt übersteigt das der meisten Ligaprovinzen, und im Dienstleistungssektor sind wir euch weit überlegen.« Ihre Augen wurden schmal, und sie musterte Rhean genau. Plötzlich war die laszive Schönheit, die Sekunden zuvor noch darauf spekuliert hatte, die junge Liga-Offizierin zu verführen, spurlos verschwunden, und hatte einer knallharten Geschäftsfrau Platz gemacht. Rhean wurde klar, dass dieses ›Mädchen‹ wahrscheinlich mehrere Jahre älter als sie war, wenn es auch schwer war, das präzise festzustellen.

»Falls ihr wollt, kann ich euch die Zahlen nach Produktbereichen aufschlüsseln, einschließlich der Geburten- und Sterbezahlen in den Schlüsselsektoren. Ihr dürft sicher sein, dass erstere letztere mehr als aufwiegen.« Sie streichelte mit einer Hand ihren geschwollenen Bauch. »Und meiner Meinung nach macht sie auch viel mehr Spaß.«

»Und der Sternenbund versucht, eure Wirtschaft weiter zu stärken und euren Lebensstandard zu verbessern«, beendete Herzogin Humphreys das Gespräch mit einer Leichtigkeit, die Rhean zu der Vermutung veranlasste, dass sie es schon einige Male geführt hatte. »Ihr seid unterentwickelt, was Schwerindustrie und Mikroelektronik angeht.«

»Was uns zurück an den Anfang bringt. Vielleicht haben wir gar kein Interesse daran, in diesen Bereichen gestärkt zu werden und unsere traditionellen Geschäftszweige aufzugeben. Das ist der Kernpunkt der Begründung, mit der Mutter die Pollux-Proklamation zurückgewiesen hat: Ihr könnt uns nichts bieten, was wir nicht schon haben oder kaufen können.«

»Du bist die designierte Magestrix!«, stieß Rhean aus. Rinalla *Centrella.* Sie verpasste sich in Gedanken selbst eine Ohrfeige dafür, dass sie das Offensichtliche nicht gesehen hatte. Crystalla, die Mutter, war Magestrix im Ruhestand, solange Melissa Humphreys die Regierung führte, und hatte ziemlich deutlich gemacht, dass sie nicht wieder auf den Thron steigen würde, was ihre älteste Tochter zu ihrer voraussichtlichen Nachfolgerin machte, sobald der Sternenbund dem Magistrat wieder die Selbstverwaltung zugestand.

Rinalla neigte in einer spöttischen Verbeugung den Kopf. »Schuldig, Euer Ehren. Vermutlich schuldiger, als du ahnst. Da war dieser VSDK-Offizier ... oooh. Sie wird schon wieder rot.« Rhean hatte das Gefühl, mit ihrem Kopf die Umgebung heizen zu können. »Das ist so süß.« Den ganzen Raum.

»Wir haben zu arbeiten, Rinalla. Du kannst später spielen. Wenn du möchtest, darfst du dir gerne den Rest von Chigusa-sans Vortrag anhören ...«

»Ble-ach!« Rinalla verzog das Gesicht. »Ich glaube, es sind noch ein paar crucische Offiziere angekommen, denen ich noch nicht vorgestellt wurde. Ich schaue sie mir besser mal an. Vielleicht ist ja einer dabei, dem seine Sporen stehen. Auf welche Sorte Mann stehst du, kleine Herzogin? Keine Bange, ich lasse dir welche übrig.« Sie stellte sich auf Zehenspitzen und gab Melissa Humphreys einen Kuss auf beide Wangen. »Wir sehen uns beim Essen, ›Tante‹ Mel?«

Sie küsste in schneller Folge Demianchuk und Ragnarsson und drohte, das keusche Bussi bei dem draconischen Wirtschaftswissenschaftler in eine heißen Zungenkuss zu verwandeln, dann drehte sie sich zu Rhean um, die augenblicklich einen Schritt zurückwich, aber mit dem Rücken gegen die Verandatür stieß. Rinalla streckte die Hand aus und zog Rhean zu einem braven Kuss auf die Wangen zu sich herunter. Die andere Hand, die sie um Rheans Hüfte legte, war allerdings alles andere als keusch. Rhean griff nach hinten und zog die wandernde Hand weg, aber Rinalla gab den Nacken der größeren Ligisten nicht frei. »Beurteile ein Buch nicht nach dem Umschlag, prüde Eisprinzessin.«

Damit verschwand sie leise kichernd. Ragnarsson und Demianchuk hantierten an ihren Krägen und wichen Rheans Blick aus.

»Keine Sorge, Mädchen, Rin war heute bemerkenswert höflich. Du solltest mal sehen, wie sie und ihre Schwestern sich auf einer Party aufführen.«

Rhean wünschte, sie hätte davonlaufen können.

»Wer auch immer es war, der das geflügelte Wort von der ›eisernen Faust im Samthandschuh‹ geprägt hat, hat damit offensichtlich Rinalla Centrella gemeint. Auf den ersten Blick machte sie den Eindruck einer hirnlosen, selbstverliebten Lebenskünstlerin. Und im nächsten Moment schlug sie zu und verschaffte sich genau das, worauf sie es abgesehen hatte, sei es mit List oder Gewalt.«

— *Tagebucheintrag*

10

Delphi, Canopus IV
Magistrat Canopus

9. Juli 2597

Sie war nach der Beerdigung erst eine Woche wieder auf Canopus, und schon hatte Rhean Heimweh. Es lag nicht an der Gesellschaft – trotz der Spannungen bei ihrer ersten Begegnung waren sie und Rinalla Freundinnen geworden. Es war die Umgebung und der Krieg, der ›zu Ende, aber noch nicht vorbei‹ war.

Sie zog am Kragen ihrer Panzerjacke, einer notwendigen Vorsichtsmaßnahme, auf der ihre momentane Leibwächterin Annelise Corbin, eine crucische SBVS-Infanterieoffizierin, bestand. Im Gegensatz zu Evangeline, die mit ihrem aus der Hegemonie stammenden Ehemann und jungen Tochter auf Mutterschaftsurlaub auf Oriente war, befolgte Annelise die Vorschriften pedantisch genau und war nicht bereit, das geringste Risiko einzugehen. Erst recht nicht, seitdem die stellvertretende Gouverneurin auch Thronfolgerin der Freien Welten war. Für den uneingeweihten Beobachter unterschied sich Rheans Jacke nicht von den Uniformjacken aller anderen Offiziere.

Uromas Krankheit war nicht überraschend gekommen, wohl aber, wie schnell es mit ihr zu Ende gegangen war. Selbst mit einer SBVS-Befehlsstrecke hatte Rhean es nicht rechtzeitig für einen letzten Abschied nach Atreus geschafft, also hatte sie sich mit ganzer Kraft in die Vorbereitungen für das Staatsbegräbnis gestürzt.

Die meisten Hausfürsten waren zur Beisetzung gekommen – alle außer Koordinator Kurita –, und sowohl Ian Cameron wie Alexander Davion hatten eine Trauerrede gehalten. Ursula Liao war mürrisch und wortkarg – ihre Beziehung zu Marion war schon seit Jahren angespannt gewesen –, aber selbst sie hatte ein paar respektvolle Bemerkungen gemacht.

Danach war ihr Vater als neuer Generalhauptmann eingesetzt worden, und die versammelten Edlen der Freien Welten hatten ihm die Treue geschworen.

Byron Allison war einer von ihnen, und Lambert hatte ihn begleitet. Er war zu einem gutaussehenden Mann mit eindrucksvoller Ausstrahlung herangewachsen, aber seine verächtliche Miene bei ihrem Anblick, selbst nach so vielen Jahren, hatte jede Illusion zerschlagen, die sich Rhean gemacht hatte. Sein jüngerer Bruder Carlton war sehr viel freundlicher und hatte auf dem Thronfolgeball sogar mit ihr getanzt, was Rinalla – die zu der Feier aus dem Magistrat angereist war – zu einer Reihe zweideutiger Bemerkungen über das ›Festigen diplomatischer Beziehungen‹ veranlasst hatte.

»Ich werde heiraten, wen ich will und wann ich will«, hatte Rhean erwidert, worauf Rin nur geantwortet hatte: »Wer hat den von Heiraten gesprochen? Gönn dir doch einmal in deinem Leben ein bisschen Spaß.«

Wie immer – in vier Jahren auf Canopus IV hatte Rinalla sie mit reichlich Männern in Versuchung geführt – hatte Rhean ihre Freundin ignoriert und sich stattdessen mit Offizieren der lyranischen Delegation, dem Earl of Stewart und dem Comte von Tamarind unterhalten. Die Canopierin hatte kopfschüttelnd die Hände in die Höhe geworfen.

»Tante Rhean, hilfst du mir mit meinem Hut?« Carla Centrella war das Ebenbild ihrer Mutter. Obwohl sie erst sechs war, entwickelte sich das kleine Mädchen mit der honigfarbenen Haut und den langen, tiefschwarzen Haaren bereits zu einer Meisterin darin, ihre Umgebung zu manipulieren. Viele hielten das Kind für einen kleinen Engel, aber nach Jahren in ihrer Nähe wusste Rhean genau, was für ein Fuchs die Kleine war. Trotzdem konnte auch sie ihrem Charme nicht widerstehen, deshalb hatte sie sich auch zu diesem Reitausflug bereiterklärt, obwohl sie keine sonderlich gute Reiterin war.

»So, fertig.« Genau genommen war es völlig überflüssig gewesen, den Kinnriemen zu justieren. Es war nur eines von Carlas kleinen Manövern, um sich Aufmerksamkeit zu sichern.

Ein Diener in Livree hob das Mädchen in den Sattel ihres gefleckten Ponys, eines fetten, ruhigen Tieres, und nachdem er sich vergewissert hatte, dass sie sicher saß, nahm er die Zügel.

Rhean stieg auf ihre weiße Stute. Annelise war bereits aufgesessen, ebenso die beiden canopischen Leibwächter. Sie würden Delphi auf diesem Ritt nicht verlassen, aber die Sicherheitslage war trotzdem ungewiss. Der süße, freundliche Ragnarsson war anderthalb Jahre zuvor auf dem Heimweg aus dem Ministerium in einer Bombenexplosion ums Leben gekommen, und auf Melissa Humphreys ebenso wie auf sie selbst hatte man schon mehrmals geschossen.

In einem langsamen Schritt verließen sie den Hof und begaben sich auf die Terrasse an der Ostflanke der Gebäudeanlage. Von dort führte der Weg sie hinab auf eine weite Wiese an einem kleinen See. Von Carla kam ein endloser Strom von Kommentaren und Fragen. Rhean tat ihr Bestes, sie zu beantworten, nur gelegentlich warf auch Annelise eine Bemerkung ein. Die canopischen Wachen sagten nichts, aber ihre Blicke zuckten hin und her, als erwarteten sie jeden Moment einen Angriff. Rhean überprüfte den Sitz ihrer Waffe im Holster. Es war eine Laserpistole aus SBVS-Beständen, keine Projektilwaffe, die sie eigentlich bevorzugte, aber trotzdem nicht zu verachten. Sie bemerkte Annelises Blick. Die Crucierin zog eine Augenbraue in die Höhe, sagte aber nichts. Sie hielt nichts davon, dass ihre Schützlinge Waffen trugen, allerdings waren die meisten bis jetzt Diplomaten und Regierungsbeamte gewesen, keine aktiven MechKrieger. An einem Abend auf der Rückreise von Atreus hatten sie Kampferfahrungen ausgetauscht. Rheans Erlebnisse auf Wisconsin waren mit denen Annelises im Tauruskonkordat vergleichbar, und ihr crucischer Akzent verlieh der Erzählung eine ganz eigene Note. Sie war eine zuverlässige Begleiterin und verstand ihre Arbeit, aber trotzdem vermisste Rhean Evangeline.

»Ich will galoppieren«, erklärte Carla nachdrücklich, als sie um den See bogen und den Rand eines Wäldchens erreichten. Die Bäume standen in vollem Laub, und die Wipfel wiegten sich leicht im Wind.

»Vergiss es, Kindchen.« Rheans Antwort war klar, aber freundlich. »Dafür bist du noch zu jung.« Die Kleine zog eine Schnute, und Rhean gab etwas nach. »In Ordnung, ein kurzer Trab, falls Mister Harris einverstanden ist. Okay?«

Der Diener an den Zügeln des Ponys nickte, und das Mädchen lachte aufgeregt. Auf den Befehl seines Führers wurde das Tier zögernd schneller. Carla kicherte wild, als sie im Sattel durchgeschüttelt wurde. »Nur bis zum Seeufer und zurück«, rief Rhean hinterher.

Annelise brachte ihr Pferd neben das Rheans. Dabei beäugte sie die Bäume ganz ähnlich wie die canopischen Truppen vor ihr. *Berufsbedingter Verfolgungswahn,* dachte Rhean. »Zu wenig Deckung für Ihren Geschmack, Anna?«

Rhean warf ihr einen kurzen Blick zu, wenn ihre Aufmerksamkeit auch hauptsächlich auf das kleine Mädchen konzentriert war, dessen fröhliches Lachen auch aus hundert Metern Entfernung noch zu hören war.

»Kann man so sagen. Für meinen Geschmack ist es hier zu offen.« Dreißig Minuten vor dem Ausritt war das Gelände abgesucht worden, sodass kaum mit versteckten Rebellen zu rechnen war. »Vermutlich ist es ni...« Der Satz brach abrupt ab, und Rhean drehte sich zu ihr um.

Überraschung stand der Leibwächterin ins Gesicht geschrieben, und ein roter Fleck breitete sich auf ihrer rechten Seite aus. Sie drehte sich halb zu dem canopischen Soldaten hinter ihr um, dann rutschte sie wie in Zeitlupe aus dem Sattel und stürzte ins taufeuchte Gras.

Ein dünner Rauchfaden stieg aus dem Lauf der Pistole in der Hand des Mannes auf, und erst jetzt wurde Rhean bewusst, dass sie das leise Klicken des schallgedämpften Schusses gehört hatte. Ihre rechte Hand zuckte zur Waffe, aber der Attentäter brachte die

Pistole herum und schüttelte den Kopf. »Sie werden uns begleiten, Herzogin. Diesmal muss die Gouverneurin uns zuhören.«

»Die Regierung verhandelt nicht mit Terroristen.« Sie ließ offen, ob sie von der Regierung der Liga Freier Welten oder der des Sternenbunds sprach. Erstere hatte eigene Ansichten über Terrorgruppen, die sich von der strikten Ablehnung aller Verhandlungen des Sternenbunds unterschieden und kurz zusammengefasst in potenzierter Vergeltung für jeden Anschlag bestanden.

»Wir sind keine Terroristen, wir sind *Loyalisten.* Und Sie sollten besser hoffen, dass die fette Sau Humphreys verhandelt, sonst enden Sie wie Ihre Bekannte.« Er deutete mit einer Kopfbewegung auf die am Boden liegende Annelise. Rhean sah, dass ihre Leibwächterin noch atmete. »Nimm ihr die Waffe ab.«

Der zweite Soldat kam herüber an Rheans rechte Seite. Jetzt hatten die beiden sie in der Zange. Hier war schnelles Denken gefragt. Konnte sie noch etwas tun, bevor die Angreifer sie entwaffneten? Hatte es überhaupt einen Sinn, oder würde es sie umbringen?

»Tante Reh, guck!«

Carla galoppierte zurück und war nur noch zwei Dutzend Meter entfernt. Der Kopf des Attentäters flog herum, als er sie hörte. Er schien ihre Anwesenheit vergessen oder gehofft zu haben, der Diener, den sie auf typische Manier abgehängt hatte, könnte sie vom Tatort fernhalten. Seine Waffe blieb auf Rhean gerichtet, aber er war abgelenkt.

Rhean gab die Zügel frei, rutschte auf dem Sattel zurück und stieß die Steigbügel mit der Ferse hoch. Der Soldat sah die Bewegung und drehte sich wieder zu ihr um, gerade als ihre Waffe aus dem Holster glitt. Sie feuerte blindlings, der erste Schuss traf sein Pferd in die Schulter. Das Tier schrie vor Schmerz und bäumte sich auf. Dadurch pfiff sein Schuss an Rheans Schulter vorbei. Ihr zweiter Schuss jedoch saß und erwischte den mit den Armen rudernden Terroristen mitten in der Brust. Er stürzte vom Pferd, das augenblicklich davonstürmte.

Ein gewaltiger Schlag traf Rhean zwischen den Schulterblättern und stieß sie vorwärts aus dem Sattel. Die doppelte Wucht des Schlags und des Aufpralls raubten ihr den Atem. Trotz der Schmerzen in ihrem Rücken wälzte sie sich herum und versuchte, ihre Waffe zu erreichen, die mehrere Meter entfernt gelandet war. Ihr Pferd, verwirrt vom abrupten Verlust seiner Reiterin, tänzelte ziellos herum und behinderte den zweiten Terroristen, der ihr in den Rücken geschossen hatte, wie sie jetzt erkannte. Danach, wie schnell der Schmerz verklang, nahm sie an, dass die Panzerjacke die Kugel aufgehalten hatte, auch wenn ihr die Prellung noch tagelang bleiben würde – falls sie es überlebte.

»Verdammte Schlampe«, fluchte der Mann, als er sich an der Stute vorbeischob und seinen am Boden liegenden Kameraden sah. Der Anblick verscheuchte alle Gedanken an eine Geiselnahme. Ihre Laserpistole war noch eine Armlänge entfernt. Sie hatte keine Chance mehr, sie rechtzeitig zu erreichen. »Dafür wirst du bezahlen. Ich werde di…« Er brach abrupt ab.

Rhea schaute sich zu ihm um und blickte in ein überraschtes Gesicht mit herunterhängender Kinnlade und einem schwarzen Loch zwischen den Augen, aus dem ein Rauchfaden emporstieg.

»Verdammte Anfänger«, knurrte eine leise Stimme mit crucischem Akzent. Annelise stand auf den Beinen, die Pistole in der linken Hand. Der rechte Arm hing kraftlos herab. »Sie hätten mir in den Kopf schießen sollen, oder mich wenigstens erledigen. Unfähige Wichser.« Sie ging hinüber zu dem Mann, den Rhean getroffen hatte. »Er wird's überleben, sofern die MedTechs vor der Gouverneurin hier sind.«

»Tante Reh?« Carla starrte mit weit aufgerissenen Augen auf das Blutbad. »Was ist passiert? Warum seid Anna und du so wütend, und warum haben sich Mamis Männer hingelegt?«

Rhean hob das Mädchen aus dem Sattel und nahm sie fest in den Arm, obwohl ihr Rücken mit brennendem Schmerz protestierte. »Das sind böse Männer, Kleines.« Sie drückte Carlas Kopf an ihre Schulter und drehte sich so, dass das Kind die Terroristen nicht sehen konnte.

Die MedTechs erschienen tatsächlich vor der Gouverneurin, gemeinsam mit einem kompletten Sicherheitskontingent, das

Annelises Notsignalgeber alarmiert hatte. Rhean wurde plötzlich bewusst, dass sie vergessen hatte, ihr Gerät zu aktivieren. Melissa traf nur Sekunden später ein und übernahm augenblicklich die Kontrolle über die Situation, ließ den Tatort absperren und leitete die Untersuchung danach ein, wie es Terroristen gelungen war, den canopischen Stab zu infiltrieren. Sie war außer sich, aber ihr Zorn verblasste neben der Supernova, die kaum später in ihrer Mitte explodierte.

Rhean und Annelise saßen Seite an Seite auf dem Trittbrett der Ambulanz. Beide hatten ihre Panzerjacken ausgezogen. Anna fluchte ausgiebig über ihr Pech: Der Attentäter hatte einen Feuerstoß aus drei Kugeln abgegeben, deren erste beiden die Panzerplatte im Rückenfutter der Jacke zertrümmert hatten, von der er nichts geahnt hatte. Die dritte war vom Rand der Platte abgeprallt und hatte Muskelgewebe zerfetzt. Die Verwundung blutete heftig, war aber nicht lebensgefährlich. Rhean hatte nur einen Treffer abbekommen, zwischen die Schulterblätter, und die Platte hatte das Geschoss abgefangen. Nur die Prellung würde sie noch tagelang spüren. Sie betastete die eingedellte Metallplatte, als der Orkan losbrach.

»Wo ist der verräterische Hurensohn?«, schrie eine Stimme. »Wenn er noch nicht tot ist, bringe ich ihn persönlich um!«

Rinalla war zwar nur einen Meter achtundfünfzig groß, aber in ihrer Wut wirkte sie wie eine Riesin. Canopische und SBVS-Soldaten wichen unwillkürlich vor der jungen Frau im halbtransparenten weißen Kleid zurück.

»Mami!«, rief Carla neben Rhean, wo sie, den Kopf im Schoß der Marik, gedöst hatte. Sie sprang auf und rannte zu der kleinen Frau, die sie hochhob und drückte. Rinalla stampfte herüber zur Ambulanz.

»Wo sind die beiden Stücke Dreck, die das getan haben?«

Anna verzog keine Miene. »Einer hat gerade ein langes Gespräch mit dem Engel Gabriel.«

Sie deutete mit dem Kopf zu einem zweiten Fahrzeug, in das gerade ein Leichensack geschoben wurde. »Der andere ist da drüben.« Sie deutete zu Humphreys und ihren Leuten, die den halb bewusstlosen Überlebenden verhörten.

Rinalla marschierte hinüber, ihre Tochter auf dem Arm. Rhean hebelte sich hoch und folgte ihr. Anna ging hinterher, ohne den Protest eines der MedTechs zu beachten. »Das dürfte interessant werden«, stellte sie trocken und so leise fest, dass nur Rhean es hörte.

»Redet er?«, fragte Rinalla die Gouverneurin.

»Nicht viel. Nichts, was uns nützt.«

»Du gestattest.« Rinallas Stimme war kalt wie Eis. »Bist du wach, du verräterischer Bastard?« Sie packte ihn an der Schulter und schüttelte ihn rau durch. Ein MedTech, der Anstalten machte, zu protestieren, verstummte augenblicklich, als er ihren Blick sah. Die Augen des Verwundeten öffneten sich und wurden groß, als er sie sah. »Du erkennst mich, ja? Das ist gut. Dann weißt du, wen du verraten hast, und du kennst die Strafe für Verrat.« Er nickte ängstlich. »Aber darüber wirst du dir nicht lange Gedanken zu machen brauchen.« Mit einer blitzschnellen Bewegung drehte sie sich zu Melissa Humphreys um und zog deren Waffe aus dem Holster. Das war keine Laserpistole, sondern eine antike, gut geölte Makarow, eine echte terranische Antiquität, die allerdings nichts von ihrer Tödlichkeit eingebüßt hatte. In derselben fließenden Bewegung setzte sie die Mündung auf seine Nase. Seine Pupillen drehten sich einwärts, als er versuchte, die Waffe zu sehen. Niemand bewegte sich. »Du wirst dir nicht lange darüber Gedanken machen müssen, weil ich große Lust habe, dir hier und jetzt das Hirn wegzupusten.«

Rhean schob sich neben die zierliche Frau und hob ihr sanft Carla aus dem Arm. »Pass auf den Rückschlag auf, Rin, und sieh dich vor. Blutflecken gehen aus weißem Stoff verflucht schwer wieder raus.«

Sie sagte es mit gedämpfter Stimme. Die Augen des Gefangenen traten fast aus den Höhlen, als Rinalla den Sicherungshebel löste und den Hammer der Waffe spannte.

»Du hast meine Tochter in Gefahr gebracht. Du hast auf meine Freundin geschossen, und du und deine Kumpanen scheinen zu glauben, dass ihr einen ›Volkskrieg‹ führt, aber das ist ein Krieg, den hier niemand will. Canopus hat sich das, was es will, noch nie mit Gewalt oder Drohungen verschafft.« Die Waffe in ihrer Hand schien diese Worte Lügen zu strafen, aber niemand korrigierte sie. »Wir überreden, wir schmeicheln, wir verführen. ALSO WAS ZUM TEUFEL BILDET IHR EUCH EIN?«, brüllte sie und stieß die Waffe zwischen seine Augen.

»Rinalla …«, setzte Gouverneurin Humphreys an.

»Das ist eine canopische Angelegenheit, Melissa.« Die Gouverneurin zuckte mit den Schultern.

»Du wirst reden.« Er nickte zaghaft. »Du wirst uns erzählen, wer dich dazu angestiftet hat. Und dieser schwachsinnige Krieg wird ein Ende haben.« Sie hob die Waffe und sicherte sie. »Denn ganz gleich, ob es euch gefällt, wir sind jetzt Teil des Sternenbundes und keine mordlüsternen Barbaren, wie die Medien in der Inneren Sphäre uns darstellen.« Sie reichte der nachdenklichen Gouverneurin die Pistole zurück. Dann nahm sie ihre Tochter wieder in Empfang und kehrte zu den Gebäuden zurück.

»Manchmal bekommt man überhaupt nicht mit, was um einen herum vorgeht, während alle Welt sich fragt, warum man untätig bleibt.«

— Tagebucheintrag

11

Sternenkammer, Hof des Sternenbunds,
Unity City, Nordamerika, Terra
Terranische Hegemonie

2. Januar 2600

Rhean ergriff Ian Camerons ausgestreckte Hand und schüttelte sie. »Mein Beileid. Shandras Tod trifft uns alle hart«, sagte sie leise. In den achtzehn Monaten, die sie jetzt zurück auf Terra war, hatte sie die ältere Frau respektieren gelernt.

Der ältliche Erste Lord nickte. Er schüttelte auch ihrem Vater die Hand, und danach Prinz Alexander Davion. Der crucische Erste Prinz war munter und kämpferisch, ganz und gar nicht der gebrochene, geistig abwesende Greis, den sie in den letzten Sitzungen des Hohen Rats gesehen hatte. Er war inzwischen dreiundneunzig, sieben Jahre älter als der Erste Lord, und lag seit dem Tod seines Sohnes vier Jahre zuvor ›in den letzten Zügen‹. Sein Enkel Ian hatte danach faktisch die Regierung der Vereinigten Sonnen übernommen, bis er im letzten Sommer Opfer eines Attentats geworden war. Danach war Alexander wieder in den Vordergrund getreten, unterstützt von Vincents Sohn und seinem Urenkel Zane. Der Junge war gerade neunzehn, und das Schicksal hatte ihn ohne Vorbereitung mitten in das Haifischbecken der interstellaren Politik geworfen.

»Danke. Ich weiß, Sie und meine Frau waren gute Freunde.« Rhean senkte den Blick, als sich der grauhaarige Erste Lord einen Moment in Erinnerungen verlor. Eine Strähne ihres kastanienbraunen Haars fiel ihr ins Gesicht, und sie strich sie zurück. Inzwischen trug sie das Haar nur noch schulterlang, nicht mehr bis zur Taille wie in jüngeren Jahren. Sie ließ den Blick durch den Saal schweifen, die Sternenkammer, in der sich die Fürsten der Großen Häuser versammelten, um die Angelegenheiten der Menschheit zu debattieren. Ians Sohn, der einarmige Nicholas, Generaldirektor der Terranischen Hegemonie, war in ein hitziges Streitgespräch mit Generalstaatsanwältin Amanda Blair vertieft. Kanzler Norman Aris wirkte tief in Gedanken versunken, während er eine Datenprojektion seiner Berater studierte. Zane unterhielt sich mit Kevin Steiner-Dinesen. *Vermutlich vergleichen sie ihre Kater nach dem Ball zum Jahrhundertwechsel,* dachte sie.

Rinalla, als offizielle Beobachterin vor der formellen Eingliederung des Magistrats Canopus in den Sternenbund erschienen, plauderte mit Melissa Humphreys. Die Lage im Magistrat war ruhig, und es gab Stimmen, die eine vorgezogene Eingliederung befürworteten.

»Warten wir schon wieder auf Kurita?«, unterbrach Alexander die Stille, indem er aussprach, was Rhean dachte. Leonard Kurita befolgte seine eigenen Regeln und schien wild entschlossen, eine Konfrontation mit dem Sternenbund zu provozieren, indem er seine Truppen entlang der Grenze des Draconis-Kombinats zur Hegemonie auf und ab bewegte.

Rheans Aufmerksamkeit wanderte. Ihre Blicke glitten zurück zur anderen Seite der Kammer, wo der junge Davion und Steiner-Dinesen standen. Zanes und ihre Blicke trafen sich, und ein Lächeln trat auf sein Gesicht. Augenblicklich schaute Rhean fort und konzentrierte sich wieder auf das Gespräch.

»Die Armee der Vereinigten Sonnen würde euch sofort unterstützen, Mylord«, erklärte Davion.

In Gedanken spulte Rhean die Konversation zurück. Kuritas Provokationen und der Vorschlag eines Gegenschlags der SBVS – mit Unterstützung der Vereinigten Sonnen. »Es wird keinen Krieg geben!« Cameron war über Davions Vorschlag sichtlich verärgert. »Der Sternenbund existiert, um der Menschheit Wohlstand und Frieden zu bringen!« Er bot keinen Platz für alte Feindschaften. Davion murmelte eine Entschuldigung, dann trat ein besorgter Ausdruck auf seine Züge, als sich das Gesicht des Ersten Lords schmerzhaft verzerrte und er sich die Brust rieb.

»Geht es Euch gut?«, fragte ihr Vater, als Rhean einen Schritt vortrat, um den alten Mann zu stützen. Cameron winkte sie weg und erklärte, dass seine Ärzte ihn ermahnt hatten, Stress zu vermeiden.

Rhean schleuderte dem Ersten Prinzen einen tadelnden Blick zu, doch der zuckte nur die Achseln. Zane Davion und Kevin Steiner-Dinesen kamen nun auch herüber. Beide grinsten Rhean an, aber während sie dem Davion-Erben gegenüber keine Miene verzog, zwinkerte sie dem lyranischen Archon zu. Die drei waren etwa im selben Alter und formten gemeinsam mit Rinalla eine feste Clique. Zumindest ihre Freundschaft sollte dem Sternenbund einmal zum Vorteil gereichen. Die vorige Generation – Leonard Kurita, Alexander Davion und selbst ihr Vater – waren noch gefangen im Weltbild der Zeit vor der Vereinigung, und ihre Beziehungen wurden vergiftet von alten Rivalitäten und Verletzungen. Die kommende Generation hingegen war eher geneigt, zusammen zu feiern, als Krieg gegeneinander zu planen. Was allerdings nicht hieß, dass sie den Herausforderungen der interstellaren Politik nicht gewachsen gewesen wären.

»Wir sollten mit der Sitzung anfangen. Wenn Kurita immer so spät kommt, ist das sein Problem.« Steiner-Dinesen, mit fünfundzwanzig sieben Jahre jünger als Rhean, aber immer noch fünf Jahre älter als Zane, war durch die dramatischen Ereignisse im Commonwealth, die seiner Thronbesteigung vorausgegangen waren, abgebrüht. Die Geschehnisse hatten seine Mutter verkrüppelt und zur Auflösung der Generalstaaten, des lyranischen Parlaments, geführt.

Das flüsternde Geräusch einer sich öffnenden Tür ließ sie alle sich umdrehen. Leonard Kurita betrat die Sternenkammer, begleitet von Tai-sa Tetsuo Yatomo. Er wirkte nicht sehr erfreut und ließ sich wie ein Sack auf seinen Sessel fallen. Der Erste Lord rief die Sitzung zur Ordnung, und die restlichen Hausfürsten begaben sich an ihre Plätze.

Rhean setzte sich hinter ihren Vater und tippte Befehle in ihren Compblock, um die passenden Dokumente und Schaubilder auf den Monitor vor ihm zu spielen, während ein Beamter nach dem anderen dem Hohen Rat Bericht erstattete. Die Atmosphäre verschlechterte sich spürbar, als das Thema der draconischen Truppen zur Sprache kam und einen Streit zwischen Leonard und Alexander Davion auslöste. Der Erste Lord intervenierte, aber Kurita blieb streitsüchtig und steckte erst widerwillig zurück, als Cameron ihm mit Krieg drohte. »Ich werde sehen, was sich machen lässt«, war seine Antwort auf die Drohung mit einem SBVS-Angriff auf New Samarkand.

Als die Mittagspause anbrach, verteilten sich die Gefolge der Fürsten. Kevin Steiner-Dinesen packte Rhean am Arm, als sie gehen wollte. »Ich komme gleich, Vater.« Brion nickte. Sein Blick ruhte einen Moment auf seiner Tochter und dem jungen Archon, dann verließ er den Saal.

»Wir gehen nachher noch ins Cavanaugh's.« Er hatte eine klare, präzise Aussprache und nur einen minimalen deutschen Akzent. *Das wird an seinem Dinesen-Erbe liegen.* »Du weißt schon, ein paar Bier und ein bisschen Billard. Kommst du mit?«

»Wir?«

»Die übliche Clique.« Also er und Zane.

Sie schaute hinüber zu dem Davion-Erben, der mit seinem Urgroßvater sprach. Er drehte sich nicht um, aber sie spürte, dass er ihren Blick bemerkte. »Du solltest auch deine Schwester fragen, ob sie mitkommen will.« Er schaute hinüber zu Evangeline, die an der Tür wartete.

Rhean starrte ihn einen Moment verwirrt an. »Evie ist nicht meine Schwester. Sie ist meine Leibwächterin.«

Er reagierte verlegen. »Sie sieht dir so ähnlich, dass ich angenommen habe, sie wäre … du weißt schon.« Eine uneheliche Halbschwester. »Na, sie sollte trotzdem mitkommen. Und die designierte Magestrix auch.«

»Ich lasse es mir durch den Kopf gehen. Ich wusste gar nicht, dass Archonten Billard spielen.«

»Eine klassische Lektion in Physik und Ballistik.«

Das brachte sie zum Lachen.

»Ist das ein Ja?« Er schaute ihr in die Augen, auch wenn er dazu etwas den Hals recken musste. Selbst in flachen Schuhen war sie rund fünfzehn Zentimeter größer als er.

»Nein.«

»Ist das ein Nein?«

»Nein.« Rhean lachte wieder. »Ich lasse es mir durch den Kopf gehen bedeutet genau das. Ich muss es erst mit der Sicherheit besprechen.« Sie konnte jetzt auch Annelise neben Evie sehen. Beide behielten ihre Umgebung ständig im Auge. Seit der versuchten Entführung auf Canopus IV waren sie besonders pflichtbewusst.

»In Ordnung, lass mich wissen, wie du dich entscheidest.« Mit einem ansteckenden Lächeln verschwand Steiner-Dinesen in der Menge.

»Ein seltsamer Knabe.« Wie aus dem Nichts tauchte Rinalla neben ihr auf. »Was wollte er?«

»Ich vermute, er wollte eine Verabredung. Ich bin mir aber nicht sicher, ob mit mir oder mit Evie.«

»Ihr solltet beide gehen.« In ihren Augen lag ein schelmisches Funkeln.

»Wir sind nicht auf Canopus, Rin. Ganz davon abgesehen, dass ich an so etwas nicht interessiert bin. Und Evie ist verheiratet.«

Die Canopierin schaute fragend. »Und?«

»Vergiss es, du bist unverbesserlich.«

»Aber wenigstens bin ich kein Fräulein Rühr-mich-nicht-an.« Sie lächelte süß, und Rhean verzog ärgerlich das Gesicht. »Aber ich schätze sowieso, dass er harmlos ist. Der andere, das ist der wirkliche Anstifter.«

»Zane? Aber der ist doch noch ein Kind.«

»Ein zwanzigjähriges Kind, das eher früher als später die Herrschaft über eines der Großen Häuser antreten wird. Und ein Kind, das schon eine ganze Reihe von Herzen in der Stadt gebrochen und dabei Gott weiß wie viele Kerben in den Bettpfosten geritzt hat.« In ihrer Stimme lag ein Hauch von Bewunderung, und Rhean hob die Augenbrauen. »O ja, er ist ein echter Romeo. Und genau deshalb solltest du dich vorsehen.«

»Vor Zane? Er ist wie mein kleiner Bruder.« Trotz des Altersunterschieds von zwölf Jahren waren sie sich schon auf zahlreichen Abendgesellschaften des Sternenbunds über den Weg gelaufen und hatten sich angefreundet.

»Glaub mir, Schätzchen, er sieht dich ganz und gar nicht als seine Schwester. Ich wette, er hat den kleinen Kevin dazu angestiftet.«

»Also, das gibt dem Ganzen eine völlig neue Wendung. Dann wird es wohl ein ›Nein, Danke‹.«

»Nicht so schnell mit den jungen Pferden. Ich habe nicht gesagt, du sollst nicht mit ihm ins Bett. Aber wenn du es machst, mach dir keine Illusionen, die dir den Genuss nachträglich versauern könnten.«

»Rinalla!« Rheans Gesicht wurde glutheiß.

»Was?« Ihre Unschuldsmiene war perfekt. »Habe ich mal wieder deine prüden Anstandsgefühle verletzt?«

»Ich bin die Tochter eines Hausfürsten und eine zukünftige Generalhauptmännin. Ich werde nicht zum Spaß mit irgendjemand ins Bett gehen, und schon gar nicht mit einem anderen potenziellen Hausfürsten. Das wäre eine diplomatische Katastrophe.«

»Aber auch ein Riesenspaß. Und die Geschichte lehrt uns, dass die besten Allianzen im Schlafzimmer geschlossen werden.«

Rhean warf verzweifelt die Hände in die Luft. »Es reicht, Rin. Wenn du ›Spaß haben‹ willst, lass dich nicht stören, aber halt mich da raus.« Damit stürmte sie davon.

Evie und Anna folgten ihr dichtauf. Rinalla kam nach und grinste.

* * *

»Du bist eine Profispielerin«, protestierte Kevin Steiner-Dinesen und stierte Rhean an.

Sie stand ihm gegenüber, die rechte Hand auf der Hüfte, und streckte die Hand aus. Sie hatte das Kinn gesenkt und betrachtete den jungen Archon durch verführerisch klimpernde Wimpern. »Iiich?«, fragte sie betont unschuldig. Dann winkte sie mit der flachen Hand. »Ich bin nicht dafür verantwortlich, was du annimmst. Bezahl deine Schulden, oder stimmt der Ruf, dass Lyraner geizig sind?«

Der Lyraner legte mit einem Grunzen das Queue auf den Tisch und griff in die Tasche. »Du hast Glück. Normalerweise trage ich kein Bargeld mit mir herum.« Er legte einen druckfrischen Geldschein in ihre Hand.

Rhean schenkte ihm ein trügerisch süßes Lächeln und stopfte den Schein in ihre Jeans. »Danke, Kevin. Und um dir zu beweisen, dass ich eine gute Siegerin bin, darfst du weiterspielen. Evie, übernimmst du?«

»Ich bin im Dienst, Herzogin.«

»Das hier ist nicht gerade eine Gefahrenzone. Entspann dich.« Evangeline erwiderte ihren Blick unbewegt, das Gesicht eine reglose Maske, aber Rhean bemerkte die Andeutung von Belustigung in ihren Augen. »Muss ich es dir erst befehlen?«

Evie nahm das Queue, und Rhean zog sich zu ihrem wartenden Drink zurück.

»Na, wenn das keine angenehme Vorstellung ist«, stellte Rinalla knochentrocken fest, als Rhean auf ihren Barhocker zurückkehrte. Vorgeblich handelte es sich um eine öffentliche Bar in der Hauptstadt des Sternenbunds, aber tatsächlich war dieses Lokal durch die Sicherheitsvorkehrungen und die Überprüfung sämtlicher Gäste, ganz abgesehen von der Anwesenheit so vieler Leibwächter, eher eine Festung.

Rhean griff nach unten und kraulte Athena, die halb zwischen den beiden Hockern saß und halb an Rinallas Beinen lehnte. Die hatte sich die Freundschaft der Hündin zu Beginn des Abends mit ein paar Bissen Käse erkauft. »Verräterin«, beschuldigte sie das Tier mit einem Lächeln. Athena wedelte mit dem Schwanz, und als hätten die Schläge ihrer Rute auf den Boden sie herbeigerufen, trotteten ihre Söhne Hektor und Paris herüber, die unterwegs gewesen waren, um bei den anderen Gästen zu betteln. Sie leckten ihrem Frauchen die Hand, dann drehten sie sich erwartungsvoll um, als sich Neuankömmlinge zu der kleinen Gruppe gesellten.

»Wir tun unser Bestes für unsere verehrten Gäste«, stellte Nicholas Cameron fest und setzte sich auf den freien Hocker neben Rinalla. Seine Frau, zierlich und schlank, das aschblonde Haar zu einer Zopfkrone aufgesteckt, saß rechts neben ihm, auf der Seite, dessen Arm er mehrere Monate zuvor im Kampf gegen das Tauruskonkordat verloren hatte. Es war eine beinahe perfekte Partnerschaft. Die Herzogin von Bryant war zur Stelle, um die Schwächen ihres Gatten auszugleichen. »Eine Möglichkeit, einen Abend lang ein ganz normaler Mensch zu sein.« Mit vierundvierzig war er zwar noch etwas älter als Rhean, aber trotzdem war er ein Ehrenmitglied der Clique, vor allem, da Lydia Petersen, seine Frau, altersmäßig zwischen Zane und Kevin lag.

Rhean zog die Brauen einen Hauch nach oben. Normale Menschen: die Herrscher zweier interstellarer Reiche und die Thronfolger drei weiterer. Es war eine Art Diplomatie, eine bewusste Anstrengung, Gemeinsamkeiten zu schaffen und die Rivalitäten der momentanen Herrschergeneration zu überwinden. Und zumindest momentan schien es zu funktionieren. Jedenfalls unterschied es sich von den kleinen Treffen zwischen nur Rinalla, Kevin, Zane und ihr selbst mit Freunden wie Madeleine und Colin, wenn sie Terra besuchten – und natürlich ihren jeweiligen Leibwächtern. Dadurch dass Nicholas und Lydia hinzukamen, und mit ihnen ein kleines Heer von Avellars, Amarisen und Calderons, war das heimelige Gefühl früherer Zeiten verschwunden.

Rhean fischte den Geldschein aus der Tasche. »Die nächste Runde geht auf den Archon. Das Übliche, Rinalla?« Die designierte Magestrix winkte fahrig mit der Hand und ließ den Blick nicht von einer Gruppe lyranischer Offiziere, die sie beutelustig musterte. »Nicholas? Lydia?«

»Na, wenn Kevin bezahlt ... nehme ich einen Skye Malt.«

»Für mich nur Saft«, antwortete Lydia leise. »Ärztliche Anweisung.« Sie stillte immer noch ihren Sohn Joseph, der an dem Tag geboren worden war, an dem ihr Gatte fast gestorben wäre.

Rhean winkte dem Barmann und bestellte, einschließlich Wasser und Saft für die Leibwächter. Es war ein langer Tag, und auch wenn sie keinen Alkohol trinken durften, hatten sie eine Erfrischung verdient. Sie blickte hinüber zu Nicholas' Beschützerin, einer kräftig gebauten rothaarigen Frau in der Uniform der Black Watch. »Was hätten Sie gerne? Entschuldigung, ich kenne Ihren Namen nicht.« Was die Leibwachen der Mariks, Centrellas, Davions und Steiners bevorzugten, wusste sie genau, aber das war ihre erste Gelegenheit, mit den Beschützern der Camerons zu reden.

»Kerensky, Herzogin. Tanya Kerensky. Ein Mineralwasser, bitte.« Sie hatte einen ungewöhnlichen Akzent, mehr atreisch als in der Hauptstadt üblich.

»Russin?«, vermutete Rhean.

Die rothaarige Soldatin nickte.

»Tanya kommt aus Moskau«, erklärte Lydia, während ihr Mann die Hand eines gerade eingetroffenen Calderon schüttelte.

»Ah. Sdrawstwujte. Radas wamej posnakomitsij«, begrüßte Rhean die Russin höflich.

»Spasiba. Dobrij wetscher Rhean Brionowa«, bedankte diese sich und wünschte Rhean einen guten Abend. »Ihr Akzent ist ausgezeichnet, Herzogin.«

»Sprachen waren ein wichtiger Bestandteil meiner Erziehung, und angesichts der Rolle, die das Russische in der Konföderation Capella und der Hegemonie spielt, war es Teil meines Lehrplans. Ich habe allerdings wenig Gelegenheit, es zu benutzen. Vielleicht sollte ich meinen Aufenthalt zu einem Besuch in Moskau oder St. Petersburg nutzen. Es ist Jahre her, seit ich zuletzt dort war.«

Nicholas drehte sich wieder um. »Meine Leute werden es gerne in die Wege leiten, Rhean.« Seine Leibwächterin zog sich einen halben Schritt zurück, als mache es sie verlegen, dass sie sich in ein Gespräch hatte verwickeln lassen. Rhean unterhielt ein enges Verhältnis zu ihren Leibwächtern, besonders Evie und Annelise, aber Nicholas bevorzugte offenkundig eine kühlere Beziehung. Vermutlich kannte er nicht einmal Tanyas Namen.

»Und da kommt Z«, säuselte Rinalla.

Zane stand im Eingang und wirkte ungewohnt besorgt. Er bemerkte die kleine Gruppe und kam geradewegs herüber, ohne sich um die Leute zu kümmern, die seine Leibwache aus dem Weg drängte.

»Da sieht jemand aus, als könnte er einen Drink vertragen.« Rinalla winkte den Barmann herüber.

»Ich bleibe nicht.« Er klang abwesend. »Um genau zu sein, wird Botschafter Kinman ein paar Tage die Delegation leiten. Ich muss zurück nach New Avalon.« Ein schmerzhafter Ausdruck verzerrte seine Züge. Es sah aus, als wollte er in Tränen ausbrechen. »Mein Urgroßvater hat nicht mehr lange. Er muss zurück.«

»Du meinst …?« Rinalla und Rhean streckten beide die Hände aus, um ihn zu trösten, aber er schüttelte sie ab.

»Die Ärzte bezweifeln, dass er das nächste Wochenende noch erlebt, und er will daheim sein, wenn er stirbt. Und ich muss mit. Um zu zeigen, dass die Amtsübergabe ordnungsgemäß stattfindet.«

Und so ist ein nur halb ausgebildeter Junge, der erwartet hatte, sich noch zwanzig, dreißig Jahre auf die Regierung vorbereiten zu können, gezwungen, ein Reich zu führen, dachte Rhean. *Ich bin mir nicht einmal sicher, ob ich dazu bereit wäre, und ich konnte mich fast zwanzig Jahre darauf vorbereiten.*

»Es gibt politische Spielchen, und es gibt politische Spielchen ...«

— *Tagebucheintrag*

12

Marik-Flucht, Hof des Sternenbunds,
Unity City, Nordamerika, Terra
Terranische Hegemonie

19. September 2602

»Dein *Freund* treibt Spielchen.« Generalhauptmann Brion Marik musterte seine Tochter über den Rand der halben Brille. In der rechten Hand hielt er einen Stoß Ausdrucke, die er studiert hatte, als Rhean sein Büro betrat. »Der Knabe glaubt wohl, er muss die Muskeln spielen lassen«, sagte er abfällig.

Rhean streckte die Hand nach den Dokumenten aus und überflog sie. »›Unangebrachte finanzielle Manipulationen‹? Wovon zum Teufel faselt Zane da?«

Sie legte die Stirn in Falten und ließ die Papiere auf die Schreibtischplatte fallen. »Wir mischen uns nicht in die Finanzen der Sonnen ein.« Sie warf ihrem Vater einen prüfenden Blick zu. »Oder?«

»Nein, tun wir nicht. Jedenfalls zurzeit nicht«, antwortete er mit vorsichtiger Stimme.

»Also haben wir es getan. Wann?«

»Vor deiner Geburt. Das ist Jahre her.« Rhean war fünfunddreißig.

»Und trotzdem war es schlimm genug, um die Davions jetzt noch zu verärgern? Wir reden hier nicht über vereinzelte Insidergeschäfte und ein paar schnelle Reals, oder?«

Brion lehnte sich in seinem hohen Ledersessel zurück und legte vor dem Mund die Fingerspitzen aneinander. Er blies durch die Finger, die von dem alten Tintenfüller fleckig waren, den er für Notizen benutzte. *Nenn es eine persönliche Note,* hatte er es Jahre zuvor erklärt. »Nein, eher nicht.«

»Vati, irgendwann finde ich es sowieso heraus. Ich bin vielleicht keine Volkswirtschaftlerin, aber ich erkenne eine drohende diplomatische Krise. Wenn die Crucier sich jetzt bei uns beschweren, kannst du sicher sein, dass sie es auch in der nächsten Ratssitzung aufs Tapet bringen.«

Brion seufzte. »Es fing an, als ich noch klein war, vermutlich erst ein paar Jahre alt, nachdem die Davions, Rostows und Varneys ihren kleinen Bürgerkrieg hatten. Dein Ururgroßvater Albert wollte Davion überreden, bei seinem und Ian Camerons Plan einer vereinten Menschheit mitzumachen, aber Alexander dachte nicht daran.« Er trank einen Schluck Wasser. »Die crucische Wirtschaft war zerstört, und das machte es Ligafirmen leicht, sich in die Investitionsprogramme und den Wiederaufbau einzuklinken. Ganz ähnlich wie in jüngerer Zeit im Magistrat. Von da war es nur noch ein kleiner Schritt, die Wirtschaft der Vereinigten Sonnen zu beeinflussen.«

»Du willst sagen, sie in den Würgegriff zu nehmen.«

»Ja und nein. Die Ligafirmen waren zu keiner Zeit in einer Position, die es ihnen ermöglicht hätte, die wirtschaftliche Infrastruktur der Sonnen lahmzulegen, aber wir – und wenn ich ›wir‹ sage, meine ich Konzerne aus der Liga, nicht die Regierung, die bei all dem unbeteiligt war – konnten die Dinge in eine uns genehme Richtung lenken. Aufschwung und Rezession. Das Spielchen zog sich ein paar Jahre hin, bis Alexander endlich einsah, dass er seine Finanzen nur in den Griff bekommen konnte, indem er die Sonnen entweder gegen die Freien Welten abschottete oder seine eigenen Firmen schützte.«

»Und da kam der Sternenbund ins Spiel.«

»Genau. Im letzten Vierteljahrhundert haben sich die Vereinigten Sonnen stabilisiert, aber anscheinend hält jemand dort drüben die Zeit für eine Retourkutsche gekommen.«

»Du glaubst, dass Zane dahinter steckt?«

»Glaubst du das? Ich habe meine Zweifel. Das Ganze war Jahrzehnte vor seiner Geburt. Er hat keinerlei emotionales Bedürfnis nach Vergeltung. Ganz im Gegenteil. Nein, ich vermute, ein paar von Alex' alten Kumpanen versuchen herauszufinden, inwieweit sie den Jungen beeinflussen können. Wahrscheinlich die Herzöge von Robinson und New Syrtis. Sie ähneln den Allisons und Selajs bei uns daheim. Immer auf der Suche nach einer Methode, sich ein größeres Stück vom Kuchen unter den Nagel zu reißen, erst recht, seit Alexander die Varneys und Rostows abgesetzt und die Macht ihrer Nachfolger beschnitten hat. Im Gegensatz zu seinem Urgroßvater und seinem Vater besitzt Zane bisher weder den politischen Einfluss noch die Entschlossenheit, die nötig wären, um sie aufzuhalten.«

»Ich habe die Briefings über Robinson gesehen. Aber falls all das Ergebnis einer Anstrengung war, die Sonnen in den Sternenbund zu holen, wird Ian Cameron ihnen bestimmt nicht Recht geben.«

»Vielleicht nicht, aber es wird trotzdem ein politisches Gewitter geben. Ian ist auch nicht mehr der Jüngste. Früher oder später wird Nicholas ihn beerben, und der steht den Freien Welten nicht so freundschaftlich gegenüber.«

»Und was machen wir nun?«

»*Wir* tun gar nichts, aber *du* wirst dich mit deinem Freund unterhalten und ihn davon abbringen, damit an die Öffentlichkeit zu gehen.«

»Du erwartest, dass ich meine Freundschaft mit Zane ausnutze?« Rheans Augen waren schmal, ihr Ton kalt.

Brion hielt ihrem Blick stand, ohne mit der Wimper zu zucken.

»Ich soll ihm das ausreden?«

»Ich erwarte ...« Der Generalhauptmann beugte sich vor und legte die Hände flach auf den Schreibtisch. »... dass du dich um diese Angelegenheit kümmerst. Wie, überlasse ich ganz dir. Betrachte es als eine Prüfung deiner Regierungsfähigkeit.«

* * *

»Es ist eine diplomatische Verhandlung.«

»Ach, so nennt sich das. Das muss ich mir für die Zukunft merken.« Rinalla lümmelte sich im durch die Verandatüren fallenden

Licht der Nachmittagssonne auf der Couch, ein Glas Weißwein in der Hand, und wirkte halb eingeschlafen. »Hast du noch etwas Eis?«

Rhean warf einen Blick über die Schulter zur Küche. »Du weißt doch, wie ein Kühlschrank aussieht, oder?« Dann drehte sie sich wieder zum Spiegel um und widmete sich weiter ihrem Haarband.

»Für so etwas habe ich Dienstboten.« Sie schmollte, doch dann stand sie auf und schlenderte in die holzgetäfelte Küche. Dabei stieg sie über Athena, die in der Sonne lag, alle vier Beine von sich gestreckt, und leise schnarchte. »Ich persönlich habe nie verstanden, wozu körperliche Arbeit gut sein soll.«

»Beim Kochen kann man entspannen.«

»Ich habe andere Methoden, mich zu ... entspannen. Und du weichst aus.«

»Es ist ein Arbeitsessen unter Freunden.«

»Ah. Das erklärt, warum du endlich nicht mehr diese grässliche Uniform trägst.«

»Ich bin in Regierungsgeschäften unterwegs, nicht in militärischen. Die Pflichten der Thronfolgerin und so weiter.«

Rinalla legte den Kopf zur Seite und musterte Rhean. »Und welche Funktion genau hat ein Minirock bei einem ›Arbeitsessen unter Freunden‹? Die Schleife ist übrigens ein netter Akzent.«

Rheans Kopf glühte, und sie versteckte sich hinter der Couch. Es kostete sie einige Mühe, nicht nach hinten an die Schärpe um ihre Taille zu greifen, die auf ihrem Rücken zu einer Schleife gebunden war, deren freien Enden auf derselben Höhe wie der Rock endeten, etwa in der Mitte der Oberschenkel.

»Ach, mach dir deswegen keine Sorgen. Die anderen Mädchen sind nur eifersüchtig auf deine Beine, und die Jungs ...« Sie sprach nicht weiter. Stattdessen hob die designierte Magestrix die rechte Augenbraue, und ein Lächeln zupfte an ihrem Mundwinkel. »Andere haben weniger für ihre Heimat getan. Meine Mutter ist sich auch nicht zu schade für eine kleine ... diplomatische Verhandlung.«

»Rin! Nicht.« Sie drohte ihrer Freundin mit dem Zeigefinger. Ihr Großvater war auch einer dieser ›Verhandlungspartner‹ gewesen.

»Was?« Die kleinere Canopierin schaute sie mit großen Augen und unschuldiger Miene an.

»Ich werde mich ihm nicht an den Hals werfen, um ein paar diplomatische Vorteile zu erringen.«

»Ganz gleich, wie sehr er dir gefällt?« Rhean wollte es abstreiten, dann biss sie die Lippen zusammen. Sie spürte, wie ihr Gesicht heiß wurde.

»Oh, mein Gott, es stimmt.« In Rinallas Stimme lag Ungläubigkeit, dann stieg ein Kichern in ihr hoch und drohte sich zu einem Lachanfall zu steigern. Sie stellte das Weinglas ab und lachte schallend.

»Das ist nicht komisch, Rin.«

Die Canopierin riss sich zusammen und betrachtete Rhean mit tränenfeuchten Augen. Sie atmete tief ein … und lachte wieder lauthals los. Nach ein paar Sekunden gelang es ihr, sich wieder in den Griff zu bekommen. »O doch, das ist es, Schätzchen. Sogar unglaublich komisch. Das prüde Fräulein Rühr-mich-nicht-an ist endlich von ihrem Podest gestürzt und himmelt den Casanova des 27. Jahrhunderts an. Das ist unbezahlbar.« Sie atmete tief durch. »Ehrlich. Gönn dir das Vergnügen. Ihr seid schließlich beide erwachsen. Aber pass auf. Er hat seine eigenen Absichten.«

»Es ist eine diplomatische Verhandlung«, presste Rhean durch zusammengebissene Zähne hervor.

»Aber ja doch …«

* * *

»Noch etwas Kaffee?« Zane hielt die Kanne hoch.

Rhean winkte ab und legte eine perfekt manikürte Hand über die halbvolle Tasse auf dem schmalen Glastisch. »Danke, das genügt.« Nicht, dass es schlechter Kaffee gewesen wäre, aber Koffein auf ihren ohnehin schon nervösen Magen hätte ein Unglück herausgefordert.

Zane stellte die Kanne wieder ab und lehnte sich in seinem Sessel zurück, um seinen Gast zu betrachten. Einen Moment trafen sich ihre Blicke, dann glitt seiner abwärts, zum Ausschnitt ihres Hemdes, in dem die Sonnenbrille zwischen ihren Brüsten lag, und weiter abwärts zu ihren elegant übergeschlagenen Beinen. Der Moment war fast sofort vorbei, und Zane hatte sich wieder im Griff. Trotzdem zuckte Rhean innerlich zusammen. *Ich bin nichts weiter als ein Köder.*

»Was verschafft mir die Freude deines Besuches? Ich hoffe, es ist etwas Erfreuliches.« Seine Augen glitzerten, und er lächelte, aber in seiner Stimme lag eine gewisse Schärfe.

»Wir haben selten Gelegenheit, uns zu unterhalten, wenn andere dabei sind.« Sie lächelte verlegen und griff nach ihrem Kaffee. Ihr Blick ließ Zane nicht los, und sie schaute durch die Wimpern zu ihm hoch. »Können zwei Freunde nicht einfach einmal plaudern?«

»Du hast noch nie den Eindruck gemacht, an ›Plaudern‹ interessiert zu sein.« Seine Augen wurden etwas schmaler. »Ich würde sogar so weit gehen zu behaupten, dass *du* es bewusst vermieden hast. Du sorgst dafür, dass immer andere dabei sind, sei es Magestrix Centrella, deine kleine Freundin Madeleine oder eine deiner so unglaublich gewissenhaften Leibwächterinnen.« *Dumm ist er nicht, dieser Junge.*

»Was soll ich sagen. Ich bin schüchtern.«

Das ließ Zane laut auflachen und den Blick wieder auf ihre Beine richten. »Sehr schüchtern. Also, was verschafft mir die Freude?«

Rhean atmete tief durch. »Du hast deine Justizbehörden angewiesen, ein Verfahren gegen die Freien Welten zu eröffnen.«

»Wirklich?« Zanes vorgetäuschte Unschuld ließ sie lächeln. »Wie kommst du darauf?«

»Vermutlich waren es die Unterlagen aus dem Büro der Generalstaatsanwältin.«

»Ja, das ist ein ziemlich deutlicher Hinweis, nicht wahr? Diese Sternenbund-Beamten sind wirklich tüchtig.« Er lehnte sich zurück. »Ausnahmsweise«, murmelte er.

»Du beschuldigst die Liga, die Wirtschaft der Vereinigten Sonnen unterwandert zu haben.«

»Ja.«

»Eine Anschuldigung aus der Zeit unserer Urgroßväter.«

»So ist es.«

»Du zerrst eine alte Geschichte hervor.«

»Es ist keine Geschichte. Und manchmal sind alte Wunden besonders schmerzhaft.«

Rhean runzelte die Stirn und stellte die Tasse ab. »Schmerzhaft genug, dass dein Vater und dein Urgroßvater sie nicht angetastet haben.«

Zane atmete tief ein und seufzte. »Manchmal braucht es Abstand, um entscheiden zu können, was zu tun ist.«

»Und ein Schubs in die richtige Richtung. Vielleicht von Robinson.« Die Art, wie sich Zanes Augen verengten und sein Lächeln kurz gefror, verriet Rhean, dass sie ins Schwarze getroffen hatte.

Prinz Davion winkte ab. »Das ist nicht wichtig. Aber dein Vater muss besorgt sein.«

»Ist er das?« Sie senkte den Kopf und wendete sich etwas ab, behielt ihn aber aus dem Augenwinkel im Blick.

»Du bist hier.«

»Ja, das ist ein ziemlich deutlicher Hinweis, nicht wahr?« Ein schiefes Grinsen breitete sich auf ihrem Gesicht aus.

»Touché.«

»Und du greifst also sofort zum Atomschlag. Gehst sofort vor Gericht, statt zu verhandeln.« Sie drehte sich wieder zu ihm um, die Miene entschieden und alles Kokettieren vergessend.

»Sind wir nicht gerade dabei, zu verhandeln?« Zane legte das Kinn in die rechte Hand und kratzte sich mit der Linken am Kopf.

»Wir sind Freunde, die miteinander Kaffee trinken.« Rhean lächelte süß, und Zane erwiderte es.

»Richtig. Und … was schlägst du vor?«

»Der Generalhauptmann hat einen neuen Infrastrukturfonds erwähnt. Canopus hat durch unsere Investitionen enorme Fortschritte gemacht. Das könnte in der Inneren Sphäre ebenso gut funktionieren. Er möchte jedoch zunächst einen Test durchführen. Vielleicht könntest du ein System vorschlagen.«

»Robinson fühlt sich im Augenblick ein wenig … vernachlässigt.«

»Eine ausgezeichnete Idee.« Ihre Stimme war ruhig und geschäftsmäßig, aber ihre Augen funkelten. »Ich werde es meinem Vater vorschlagen.«

»Sei so gut. Ich mache mir allerdings Sorgen, wie ein solcher Schachzug in einigen Teilen der Sonnen aufgenommen wird.«

Rheans Augenbrauen hoben sich leicht. *Er will mehr?* »Ach?«

»Eine Geste des Vertrauens.« Er begegnete ihrem Blick.

»Wie zum Beispiel?«

»Die Unterstützung der Liga in der Abstimmung morgen.«

Sie lächelte schief. »Also darum geht's.« Zane reagierte nicht, sondern fuhr fort, sie zu mustern, wie ein Wolf seine nächste Mahlzeit musterte. »Du weißt, dass es wirtschaftlich gesehen nicht sinnvoll ist.«

Zane pochte mit den Fingerspitzen auf die Armlehne seines Stuhls. »Es gibt Zeiten für Wirtschaft, und es gibt Zeiten für Politik. Willst du, dass die Freien Welten in einen langen Rechtsstreit verwickelt werden?«

Rhean schürzte die Lippen. »Ich verzichte auf deinen *Vorschlag*. Und im Gegenzug?« Sie veränderte leicht die Position ihrer Beine und beobachtete, wie Zanes Aufmerksamkeit ins Wanken kam. »Ich vermute, es ist zu spät, um den Koloss der Rechtssprechung aufzuhalten.«

»Es liegt jetzt in den Händen des Sternenbunds.«

»Dann vergiss es einfach. Hak nicht weiter nach, und die Trägheit der Bürokratie wird es verschleppen. *So* tüchtig ist der Sternenbund auch nicht.«

»Interessant. Niemand könnte mir vorwerfen, ich hätte die Anklage zurückgezogen, aber geschehen wird trotzdem nichts.«

»Auch wenn das nur ein Aufschieben ist.«

»Und was schlägst du als dauerhaftere Lösung vor?«

Rhean beugte sich vor, bis ihr Busen fast die auf ihrem Schoß gefalteten Hände berührte. Die Sonnenbrille zog den Stoff ihres Oberteils nach unten. »Wir reden.« Sie schürzte leicht die Lippen.

Er beugte sich ebenfalls vor, ahmte ihre Haltung nach. Nur der dreißig Zentimeter schmale Beistelltisch trennte sie noch. »Man sollte viel mehr miteinander reden.« Das schelmenhafte Grinsen war wieder da.

Rhean feuchtete mit der Zunge die Lippen an. »Jede Art von Kommunikation ist zu begrüßen.« Sie neigte leicht den Kopf.

Zane lehnte sich näher. Jetzt trennten sie nur noch zwanzig Zentimeter. Zehn.

»Aber nicht heute.« Sie lehnte sich zurück, legte die Hände auf die Armstützen des Sessels und stellte gleichzeitig beide Füße zurück auf den Boden. In einer fließenden Bewegung stand sie auf und trat einen halben Schritt in Richtung Tür. »Danke für den Kaffee, Prinz Davion. Ich freue mich auf zukünftige *diplomatische Verhandlungen.«*

Zane wirkte überrascht und starrte ihr mit halboffenem Mund hinterher, aber obwohl Rhean seine Blicke spürte, als sie zur Tür ging, sagte er kein Wort.

»Als Leonard Kurita Tanya Kerensky umbrachte, sandte das Schockwellen durch den gesamten Sternenbund, aber es waren die weniger offensichtlichen Folgen dieses Ereignisses und seines Nachspiels, die mein Leben veränderten. Es scheint, dass sich das Schicksal nicht gerne ignorieren lässt, und wenn man versucht, es abzulenken, revanchiert es sich mit einem besonders herzhaften Stoß.«

— *Tagebucheintrag*

13

Sternenkammer, Hof des Sternenbunds,
Unity City, Nordamerika, Terra
Terranische Hegemonie

1. September 2604

»Wo zum Teufel bleiben die MedTechs?«, brüllte Rhean. Blutflecken überzogen ihr Uniformhemd, und dass ihre Jacke ursprünglich weiß gewesen war, war kaum noch zu erkennen. Nicholas presste sie fest auf Tanyas Leib und versuchte, das heraussprudelnde Blut zu stillen, während sich Rhean und Zane Davion bei den Wiederbelebungsversuchen abwechselten. Es war ein aussichtsloses Unterfangen. Die Haut der Leibwächterin des Ersten Lords war fahl und feuchtkalt, ihr Blick glasig.

»Warum dauert das so lange?« Rhean schaute hoch auf die Uhr, die 11 Uhr 16 zeigte. Gerade passierte der Sekundenzeiger die 3. Es war erst neunzig Sekunden her, dass Leonard Kurita den Ersten Lord angegriffen und dessen Leibwächterin ihn aufgehalten hatte. Es kam ihr vor wie eine Stunde.

* * *

Der Koordinator des Draconis-Kombinats war noch nie voll zurechnungsfähig gewesen. 2591 hatte er seine Thronbesteigung mit einer zweimonatigen Rundreise durch sein Reich gefeiert, die eine einzige Orgie gewesen war. Vor drei Jahren, ein Jahr, nachdem Nicholas' Vater ihn wegen seiner militärischen Provokationen zur Rede gestellt hatte, hatte sich Leonard auf die Suche nach den Kindern gemacht, die er auf seinem ›Feldzug‹ 2591 gezeugt hatte. Sechs Tage nach Ians Tod im Jahre 2602 hatte der Koordinator, der es nicht für nötig gehalten hatte, zur Beisetzung des Ersten Lords zu erscheinen, Truppen nach Asta in Marsch gesetzt, auf eine Welt unter gemeinsamer Verwaltung der Terranischen Hegemonie und des Kombinats, weil er dem Wahn erlegen war, Ian Cameron hätte dort einige von Leonards unehelichen Kindern versteckt, mit denen er die Führung des Kurita-Raums an sich reißen wollte. Die SBVS hatte zwar eingegriffen, aber nicht verhindern können, dass SVDK-Einheiten vierzehn Kinder entführten. DNS-Untersuchungen ergaben, wie nicht anders zu erwarten, dass nicht eines davon Kurita-Vorfahren hatte. Diese Enttäuschung hatte Leonard nur noch in der Überzeugung bestärkt, dass sich der Rest des Sternenbunds gegen ihn verschworen hatte.

Auf dieses Debakel waren zwei Jahre angespannter Konfrontation gefolgt, in denen das Draconis-Kombinat im Hohen Rat meist durch den draconischen Botschafter in der Hegemonie vertreten wurde, oder durch die greise, aber weit effektivere Siriwan McAllister-Kurita. Daher hatte es für allgemeine Überraschung gesorgt, als Leonard seine Absicht kundgetan hatte, persönlich zur Herbstsitzung des Rates 2604 zu erscheinen. Es hatte allerdings niemanden überrascht, als er zu spät kam und die Sitzung ohne ihn begann.

»Ihr seid ein Haufen kümmerlicher Emporkömmlinge«, hatte er verkündet, als er schließlich stockbesoffen, eine Flasche Whiskey in der Hand, in die Sternenkammer getorkelt gekommen war. »Ein Haufen verräterischer, respektloser Bastarde. Und du …« Er hatte mit der Flasche auf den Ersten Lord gezeigt. »Du bist der Oberbastard.«

Leonard war unter den wachsamen Augen der Sicherheitsleute auf Nicholas zugetaumelt und hatte ihn angespuckt. Die Leibwachen hatten sich in Bewegung gesetzt, aber Cameron hatte sie zurückgewunken, bevor er mit der verbliebenen Hand ein Taschentuch aus der Hose zog und sich das Gesicht abwischte.

»Was soll das, Leonard?«, hatte er gefragt.

»Das weißt du sehr gut!«, hatte Kurita gebrüllt. »Alle halten dich für so großartig und ehrbar! Seht mich an! Ich bin Nicholas Cameron! Mein Papi hat den Sternenbund gegründet! Ich bin die

Ritterlichkeit in Person! Alle lieben mich!« Er hatte mit dem Finger nach dem Ersten Lord gestoßen. »Dabei bist du in Wahrheit der heuchlerischste und heimtückischste Baka yaro der ganzen Inneren Sphäre! Jahre hast du deine Lakaien quer durchs All geschickt, damit sie meine verlorenen Söhne und Töchter suchen und entführen! Wage es nicht, es abzustreiten – ich weiß, welche Ziele du mit deinen heimtückischen Intrigen verfolgst! Dein Vater hat schon die völlige Vernichtung des Draconis-Kombinats betrieben. Aber er ist gescheitert! Zu schade! Papi ist abgekratzt, ohne zu erleben, wie der verhasste Koordinator ihm die Füße küsst. Aber sein Erbe lebt weiter. Du bist noch diabolischer und verschlagener als es Papi je hätte sein können, und versuchst jetzt zu vollenden, was er begonnen hat. Aber das wird dir nicht gelingen!«

Kurita hatte sichtlich Mühe gehabt, sich auf den Beinen zu halten. »Denkst du, ich hätte nicht bemerkt, wie dein Vater im Vereinigungskrieg die Einheiten der VSDK so eingesetzt hat, dass sie die volle Gewalt des Angriffs spüren mussten? Glaubst du, ich wüsste nicht, dass weder dein Vater damals noch du heute die kleinste Gelegenheit ungenutzt gelassen habt, das Kombinat auszuweiden?!«

Nicholas hatte beruhigend die Hand ausgestreckt. »Leonard, setz dich und lass uns ruhig über diese Sache reden. Offensichtlich ist es zu Missverständnissen zwischen dir und meinem Vater gekommen …«

»ICH WERDE NICHTS DERGLEICHEN TUN!«

Die Whiskeyflasche in der Hand des Koordinators flog durch die Luft auf den Ersten Lord zu. Alkohol und Erregung sorgten jedoch dafür, dass Leonard sein Ziel verfehlte und die Katastrophe auslöste.

Als Kurita die fast leere Flasche nach dem Ersten Lord warf, trat Camerons Leibwächterin vor, um ihren Auftraggeber zu beschützen, die normalerweise rein zeremonielle Waffe auf den Angreifer gerichtet. Die unbeholfen geworfene Flasche traf mit beträchtlichem Schwung ihren rechten Arm und riss ihre Hand zurück.

Die Waffe feuerte. Ein Strahl aus kohärenter Lichtenergie brannte sich durch die Kammer. Zum Glück des Kurita-Fürsten hatte die Flasche den Schuss verrissen, und er versengte nur seine Robe in Hüfthöhe. Leonard Kurita allerdings sah das anders. Er sprang die junge Soldatin an und schien ihr unter lautem Gebrüll einen Fausthieb in die Magengrube zu versetzen. Schock verzerrte ihr Gesicht. Dann sahen die versammelten Lordräte und ihre Berater den Dolch, den der Koordinator aus seiner Robe gezogen hatte. Er stach erneut zu. »Schlampe!«, zischte er.

Kerensky stand steif vor ihm, entschlossen, ihren Fürsten zu verteidigen. Fünf Sekunden vergingen, dann zehn. Tanya hustete Blut, und ihre Beine gaben nach. Im ganzen Saal sprangen Menschen auf, stießen ihre Stühle zurück, aber Leonard schien es nicht zu bemerken. Eine kräftige Hand packte seinen Arm, als er zu einem dritten Stich ausholte. Yatomo. Der Koordinator machte den Eindruck, sich auf seinen eigenen Adjutanten stürzen zu wollen, aber dann fing er sich und bemerkte den Tumult.

»Du kannst dir deinen baka Sternenbund und deine kuso Welt in den Arsch schieben, Erster Lord«, knurrte Leonard auf dem Weg zur Tür. »Obwohl ich versucht bin, sie unter den Schutz des Kombinats zu stellen.« Am Ausgang zögerte er kurz. »In einem wahren Reich könnte ein Bikko wie du niemals auf den Thron steigen. Er wüsste, wann es Zeit ist, sich zu verabschieden und Besseren Platz zu machen.«

Er drehte auf dem Absatz um und stürmte aus dem Saal, das Messer noch in der Faust. Yatomo, dessen Augen die Versammlung genau beobachteten, blieb an der Tür stehen und beschützte den Rückzug seines Herrn.

Dann brach ein Orkan aus.

Zane, der zur Linken Nicholas' gesessen hatte, erreichte den Ersten Lord und seine am Boden liegende Leibwächterin als Erster. Nicholas Cameron hatte Rhean die Sicht auf die Konfrontation verstellt, aber sie hatte Tanya vortreten sehen. Sie hoffte wider besseres Wissen, dass die Schutzkleidung der SBVS die junge Soldatin vor dem Schlimmsten bewahrt hatte. Ein schneller Blick in Zanes Augen machte diese Hoffnung zunichte, als er und Kevin versuchten, die Frau zu retten.

»Ich finde keinen Puls!«, rief Zane und winkte sie zu sich, weil er wusste, dass sie Erfahrung in Erster Hilfe hatte. Sie waren auf Terra, einer Welt im Frieden, nicht auf dem kriegsgebeutelten Canopus IV, und es war schmerzhaft offensichtlich, dass Kerensky auf den körpermodellierten Schutzpanzer, den SBVS-Soldaten im Feld unter der Uniform trugen, verzichtet hatte: Blut färbte die untere Hälfte ihrer Uniformjacke rot und breitete sich unter ihr in einer Lache aus.

In dieser Situation übernahm das militärische Training die Führung. Keine Zeit verschwenden. Handeln. Zane und Nicholas versuchten, die Blutung zu stillen, was ihm mit nur einer Hand verzweifelt schwer fiel. Rhean winkte ihn kurz zurück, dann zog sie das inzwischen tiefrote Hemd hoch und riss es entzwei. Zwei Stichwunden verunstalteten den Leib der jungen Frau, eine zwei Zentimeter links vom Nabel, die andere acht Zentimeter darüber, am unteren Rand des Brustbeins. Blut strömte aus beiden Wunden, aber aus der oberen spritzte es. Nicholas versuchte mit Norman Aris' Hilfe, Stoff aus Kevins Jacke auf das zerfetzte Fleisch zu drücken. Rinalla riss zusätzliche Stoffstreifen aus ihrem Rock, aber es reichte nicht. Rhean deutete mit einer Kopfbewegung zu ihrer Uniformjacke, die sie zu Beginn der Sitzung über die Rückenlehne des Stuhls gehängt hatte. Kevin folgte ihrem Blick und nickte.

Verdammt, dachte sie. Sie mussten den Blutkreislauf in Gang und das Hirn versorgt halten, aber sie konnte keine Herzmassage versuchen, ohne die Blutung noch zu verschlimmern. Ihr blieb keine Wahl. Sie ballte die Fäuste und drückte auf die Brust der gestürzten Soldatin. Zane übernahm die Mund-zu-Mund-Beatmung.

»Wo zum Teufel bleiben die MedTechs?«

* * *

Rheans Nerven waren unter dem Adrenalinschub der Ereignisse zum Zerreißen gespannt. Sie wollte quer durch den Saal tigern, zwang sich aber, ruhig stehen zu bleiben, die linke Schulter an den Türrahmen der Sternenkammer gelehnt. Ihre Gedanken rasten nicht weniger als ihr Puls. Was würde das für Folgen haben?

Leonards Angriff auf den Ersten Lord und Tanya Kerensky war schockierend, und auf einer Ebene ihres Verstandes war sie mit den rechtlichen Implikationen befasst. Würde das Kombinat auf der diplomatischen Immunität des Koordinators bestehen? War er noch in der Stadt oder bereits ins All geflohen? Warum hatte niemand den Hurensohn auf der Stelle abgeknallt?

Ein anderer Teil ihres Geistes tat Kuritas Tätlichkeiten als nebensächlich ab. Der Koordinator hatte praktisch offen mit einer Invasion der Hegemonie und der Besetzung Terras gedroht. War er tatsächlich so verrückt? Vermutlich ja. Natürlich hatten die VSDK nicht den Hauch einer Chance gegen die geballte Macht des Sternenbunds und der übrigen Häuser, aber ein Krieg zwischen den Mitgliedsstaaten so kurz nach Ende des Vereinigungskrieges hätte katastrophale Konsequenzen gezeitigt.

Sie blickte auf den blutfleckigen Marmorboden, der jetzt mit Polizeiband abgesperrt war und von einem Trupp SBVS-Soldaten bewacht wurde. Verbände und medizinische Utensilien lagen herum, Spuren der Bemühungen, Tanya Kerenskys Leben zu retten. Auch Rheans Jacke war darunter. Man würde alles fotografieren und als Beweismittel im Mordprozess anführen. *Falls es zu einem Mordprozess kommt,* korrigierte sie sich und war sich schmerzhaft bewusst, wie gering die Chance dafür war. Die MedTechs hatten Tanya keine Chance gegeben, sie aber trotzdem ins Grace-Memorial-Hospital gebracht. Rhean verfügte über genug medizinisches Grundwissen, um zu erkennen, dass die Versuche der Hohen Räte, das Leben der SBVS-Sergeantin zu retten, nicht ausgereicht hatten. Durch den Blutverlust hatte Tanyas Herz die Arbeit eingestellt, und trotz aller Wiederbelebungsversuche rechnete Rhean mit dem Schlimmsten.

Wie auf Stichwort erklangen Schritte hinter ihr, und Rhean drehte sich um. Nicholas Cameron näherte sich, flankiert von zwei Raumgardisten in voller Gefechtsmontur. Er war aschfahl, und die

Narbe auf seiner Stirn trat deutlich hervor. Mit trauriger Miene erwiderte er ihren Blick und schüttelte den Kopf. Er hatte bereits seine Absicht erklärt, zur Öffentlichkeit zu sprechen.

Sie atmete tief durch. »Mein Beileid, Erster Lord. Falls die Freien Welten irgendwie helfen können, brauchen Sie es nur zu sagen. Ich bin sicher, mein Vater wird nichts dagegen haben, wenn ich das verspreche.«

Ein leises Lächeln umspielte seine Lippen. »Er hat es mir bereits selbst angeboten und erklärt, dass er in militärischen Angelegenheiten auf dein Urteil vertraut.« Das war ihr Vater, der effiziente Ökonom, der genau wusste, wann er Aufgaben delegieren konnte.

»Ich werde unser Außenministerium anweisen, eine Aufstellung der draconischen Belange in der Liga vorzubereiten, falls es zum Äußersten kommt.«

Nicholas nickte. »Alles zu seiner Zeit, Rhean, alles zu seiner Zeit. Erst einmal muss ich etwas unendlich Schwierigeres erledigen als zu entscheiden, ob ich dem Kombinat den Krieg erkläre, oder vor die Medien zu treten.«

Sie runzelte fragend die Stirn.

»Ich muss Tanyas Mann und Sohn informieren.«

* * *

Wie lange sie im Innenhof gesessen hatte, wusste Rhean nicht. Sie erinnerte sich, dass sie die Sternenkammer und den Ersten Lord verlassen hatte, Evie war wie ein Geist hinter ihr. Sie hatte daran gedacht, in die Marik-Flucht zurückzukehren, aber sie war zu aufgewühlt und musste sich bewegen. Also war sie durch das Korridorlabyrinth des Verwaltungskomplexes gewandert und schließlich irgendwann am frühen Nachmittag hier in dem umbauten Garten angekommen. Er war verlassen. Nach Leonards Kuritas Flucht war das Gebäude bis auf das unbedingt notwendige Personal geräumt worden. Sie setzte sich auf eine Bank und schaute dem Springbrunnen zu, ließ sich vom silbrigen Glitzern und dem leisen

Sprudeln in einen tranceartigen Zustand versetzen. Ihre Gedanken wanderten, und das Geräusch des Brunnens verwandelte sich in die Stimmen spielender Kinder. Dann in ein einzelnes spielendes Kind. Einen drei Jahre alten russischen Jungen, der ohne seine Mutter aufwachsen würde.

Als die Tränen kamen, waren sie nicht aufzuhalten. Sie schrie ihre Verzweiflung hinaus, ballte die Fäuste, während ihr Körper unter ersticktem Schluchzen bebte. Das Leben war so verdammt ungerecht. Ein wahnsinniger, rachsüchtiger Hurensohn wie Leonard Kurita lebte noch, und Tanya Kerensky, eine Frau, die nur ihre Arbeit getan hatte, war tot. Wie viele Opfer würde Leonard noch fordern?

Rhean spürte mehr als dass sie sah, dass sich jemand neben sie setzte, dann schlossen sich zwei Arme um sie und drückten sie. Eine Hand strich ihr übers Haar, und sie vergrub das Gesicht an einer Schulter. Nach einer Minute oder einer Stunde hörte sie auf zu schluchzen, löste sich jedoch nicht sofort. Sie gestattete sich noch eine Weile, den Kopf auf der angebotenen Schulter auszuruhen, bevor sie sich umdrehte und ins Gesicht ihres Wohltäters schaute.

Zanes Züge zeigten die Spuren des schrecklichen Geschehens. Seine Augen waren schmal, die Stirn faltig, aber er lächelte ihr zu.

»Danke«, flüsterte sie.

»Nicht, Reh. Ich habe dir noch nicht gesagt, wie du aussiehst.«

»Furchtbar, ich weiß.«

»Möglicherweise, aber man könnte auch sagen, verletzlich. Menschlich.«

»Verletzlich, ja?«

»Du liegst in meinen Armen, oder?«

Sie schnaubte und drückte sich hoch. Ihre Hände formten eine Barriere zwischen ihnen. »Du eingebildeter Trottel.« Aber in ihrer Stimme lag keine Bosheit, der Hauch eines Lächelns, der um ihre Mundwinkel spielte, strafte die Worte Lügen.

Er zog eine Augenbraue hoch, dann strich er ihr mit der rechten Hand die Haare aus dem Gesicht. Er stopfte die Strähne zurück hinter ihr Ohr. Seine Finger glitten abwärts zu ihrem Hals und an ihrem Kinn entlang. Sein Daumen streichelte ihre Wange. Rheans Augen folgten der Bewegung, aber sie zog sich nicht zurück. Erst als Zanes Finger ihre Lippen nachzogen, hob sie sanft die Hand und zog sie fort.

Dann beugte sie sich vor und küsste ihn, leidenschaftlich und ohne einen Gedanken daran, wer es sehen mochte.

Erst wirkte Zane überrascht, aber nur einen Augenblick. Seine Arme schlossen sich um sie und zogen sie an sich, erwiderten ihre Leidenschaft. Seine Hände streichelten ihren Rücken. Irgendwo in ihrem Geist sagte eine Stimme *Nein*, aber ihr Kehlkopf folgte der Anweisung nicht. Erst als seine Hände tiefer wanderten, drückte sie ihn fort. *Nein,* sagte ihr Verstand wieder. »Nicht hier«, erklärten ihre verräterischen Stimmbänder.

Er stand auf, zog sie mit auf die Beine. Seine rechte Hand umschloss ihre Linke. »Ich weiß einen Ort«, flüsterte er und führte sie aus dem Garten.

»Manchmal kann ein einziger Tag den Lauf der Geschichte verändern – oder eine Nacht. Das war ein solcher Moment, auch wenn es mir damals nicht klar war.«

— Tagebucheintrag

14

Thonon-les-Bains, Region Frankreich, Terra
Terranische Hegemonie

2. September 2604

Bewusstsein und Erinnerung kehrten allmählich zurück und wuschen wie der kühle Lufthauch vom Fenster her über Rhean. Irgendetwas war anders, aber sie brauchte mehrere Sekunden, um es zu erkennen und die Puzzleteile zusammenzusetzen. Die Sonne strahlte hell und schien durch große, offene Verandatüren, während ihre Wohnung außer im Wohnzimmer kleine, versiegelte Fenster besaß. Das Bett war mit feinen Laken bespannt – Seide, wie es schien –, während sie in einem Federbett schlief. Eine prächtige Mahagonikommode statt ihres einfach gehaltenen Eichenmöbels. Ein ihm Gegensatz zu ihrem nicht beleuchteter Spiegel. Kein Kommgerät, während sie ständig erreichbar war. Und an der Wand hing eine Art runde Scheibe, die sie nicht genau erkennen konnte.

Sie stützte sich auf die Ellbogen auf und drehte den Kopf, blinzelte den Schlaf aus den Augen. Die ›Scheibe‹ verwandelte sich in ein Sonnenschwertwappen. Jetzt flutete die Erinnerung durch ihren Kopf.

Ein heimlicher Abschied aus dem Hof des Sternenbunds, ein geheimer Orbitalfährenflug, Champagner am Seeufer, leidenschaftliche Küsse, Momente der Ekstase. »Scheiße.« Es war nur ein Flüstern, aber in der Stille des sonnenhellen Schlafzimmers klang es überlaut.

Sie setzte sich auf, ließ die Laken herabfallen, und suchte das Zimmer nach ihren Kleidern ab. Ihre Schuhe lagen in einer Zimmerecke, zusammen mit der Unterwäsche, aber ihre Uniformhose und das Hemd waren nirgends zu sehen. »Schwein«, knurrte sie, schwang die Beine aus dem Bett und tapste fluchend hinüber zu ihren Sachen.

Obwohl das Leben in der Akademie und im Militäreinsatz ihr jeden Hauch von Verlegenheit über ihren nackten Körper abgewöhnt hatte, fühlte sie sich nur in BH und Höschen in einem fremden Haus auf eine seltsame Art verletzlich. Sie öffnete einen Schrank und durchsuchte den Inhalt, zog ein großes, einfarbiges Hemd heraus.

Sie zog es über den Kopf und drehte sich um, um das Resultat im Spiegel zu betrachten. Es spannte etwas um die Brust und war für ihren Geschmack deutlich zu kurz. Zane war halt kleiner als sie, wenn auch schlank und drahtig – *Typisch!,* dachte sie ärgerlich –, doch bis sie ihre eigene Uniform wiederfand, blieb ihr wenig Wahl. Die schaute hinüber zur Schlafzimmertür, dann zu den offenen Verandatüren, und entschied sich für letztere.

Durch die dünnen, wehenden Gardinen trat sie auf eine sonnenüberflutete Terrasse hinaus. Eine von Bäumen gesäumte Allee durch prachtvolle Gärten verlor sich in der Ferne, dahinter erstreckte sich glitzernd der See, auf dem sie weiße Segel einiger Boote sah.

»Guten Morgen, Schönheit«, erklang eine Stimme mit leichtem Akzent rechts von ihr. Zane saß an einem Tisch aus schwarzem Metall. Aus einer kleinen Kaffeetasse stieg leichter Dampf auf, und ein Sortiment Wurst- und Käsesorten, Marmeladen und Obst stand auf dem Tisch. Er hielt eine Gabel mit Rührei in der einen und einen Compblock in der anderen Hand. Sie ignorierte seine Begrüßung.

»Ich scheine meine Sachen verlegt zu haben. Und meine Leibwache.«

»Dank Miss Suchanow, der letzteren, die momentan im Erdgeschoss schläft, sind die ersteren in der Waschküche. Sie hat Anweisung gegeben, sie vorerst nur vakuumzuverpacken, für den Fall, dass der SB-Geheimdienst sie wegen der gestrigen Vorfälle untersuchen will.«

»Evie schläft?«

»Sie war die halbe Nacht wach, und auch wenn es früher Nachmittag Ortszeit ist« – er deutete zum Himmel – »ist es am Puget Sound 4 Uhr morgens. Sind Zeitzonen nicht was Wunderbares?« Zane legte den Compblock hin und stand auf. Er trug weite Shorts und ein weißes T-Shirt. Er kam zu ihr herüber und reckte sich, um ihr einen Kuss zu geben. »Und ich habe mir immer eingeredet, es wären nur hohe Absätze und eine bestimmte Haltung. Wie groß bist du eigentlich?«

»Eins siebenundachtzig.«

»Das ist … 'tschuldigung, ich muss das erst umrechnen. Knapp unter sechs Fuß zwei, richtig? Ich bin nur fünf zehn.« Er stellte sich kurz auf die Zehenspitzen. »Aber ich mache es auf andere Weise wett.«

Rhean rollte die Augen. »Immer diese Übertreibungen. Überhaupt, dieses altertümliche Maßsystem ist doch schon vor Jahrhunderten abgeschafft worden.«

»O ja, sicher. Offiziell jedenfalls. Aber bei uns hat es sich irgendwie trotzdem gehalten. Die Sonnen sind eine Kultur der verschiedensten Maße: Meilen und Kilometer, Meter und Fuß, Zoll und Zentimeter. Ganz zu schweigen von Gewichten und Flüssigkeitsmaßen. Ein Pint Bier klingt einfach besser als ein halber Liter.«

Rhean hob abwehrend die Hand, bevor er sich weiter auslassen konnte. Als Antwort führte er sie an einen freien Stuhl und drückte sie sanft hinunter. Sie zupfte verlegen am Saum des Hemds, der über ihre Schenkel hochrutschte, als sie sich setzte.

Zane grinste sie lüstern an und genoss die Aussicht.

Mit heißem Kopf legte sie sich eine Serviette über die Beine.

Der Davion-Prinz kehrte an seinen Platz zurück, nahm die Kaffeekanne und schüttete ihr eine Tasse ein, gefolgt von einem Glas Wasser aus einer funkelnden Karaffe. »Er ist frisch gemahlen, und das Wasser stammt aus der Region, aus einer *kleinen* Abfüllung, die seit Jahren in Familienbesitz ist.«

»Ich habe das Logo gesehen«, kommentierte sie trocken, nahm einen Schluck und schaute sich zu den nicht weit entfernten Bergen um. »In der Liga lautete der Werbespruch ›Der Geschmack der alten Erde‹, glaube ich.«

»Im Commonwealth und den Sonnen auch.« Er grinste. »Das Werk liegt etwa 8 K entfernt da lang.« Er deutete entlang des Seeufers nach Osten. »Wenn du möchtest, können wir es besichtigen.«

Rhean schürzte die Lippen und deutete mit beiden Händen auf ihre Aufmachung, indem sie die Hände mit nach außen gedrehten Daumen in etwa sechs Zentimeter Abstand von ihrem Körper von oben nach unten bewegte und sich räusperte.

»Ich bin sicher, mit Hilfe des Personals und der örtlichen Boutique finden wir eine Lösung. Schließlich sind wir in Frankreich, dem Zentrum der Modewelt.«

»Danke, ich verzichte auf die lokalen Sehenswürdigkeiten. So weit von zu Hause ist es hier nicht.«

Jetzt war es an Zane, überrascht zu sein.

»Wir haben ein Haus etwa zwei Täler entfernt dort entlang. Im Val d'Illiez.« Sie deutete nach Nordosten. »Es liegt am Rhônetal und den Dents du Midi. Ein hervorragendes Skigebiet.« Sie schnitt sich eine Scheibe Käse ab und steckte sie in den Mund, bevor sie nach dem Toast griff. »Vati hat es gekauft, kurz bevor der Vertrag unterzeichnet wurde, aber er benutzt es kaum noch.«

»Eines von mehreren auf Terra, wenn ich mich richtig entsinne. London, Paris, Prag et cetera.«

Rhean legte den Toast ab, den sie mit Butter bestrichen hatte, und schaute Zane nüchtern an. »Du hast dir also tatsächlich den Marik-Familienbesitz auflisten lassen.«

»Oui, aber dabei ist es geblieben. Wie wir vereinbart haben.«

»Das habe ich gesehen. Und das Verfahren ruht.«

»Woran sich auch nichts ändern wird, wie wir ebenfalls vereinbart haben. Falls du möchtest, dass es dauerhaft niedergeschlagen wird, müssen wir weiterverhandeln.«

Rheans Augen wurden schmal. »Das hier ist kein Honorar für das Zurückziehen des Verfahrens. Mein Ruf als unparteiische Verhandlungsführerin ist momentan reichlich angeschlagen.«

»Ich habe es nie für einen Teil des Geschäfts gehalten. Ein hübsches Mädchen ist über Nacht geblieben, zwei erwachsene Menschen, die in beiderseitigem Einverständnis ihre gegenseitige Gesellschaft genossen haben. Ohne irgendwelche weitergehenden Verpflichtungen. Du solltest wissen, dass ich Geschäft und Vergnügen streng getrennt halte.« Er nippte an seinem Kaffee. »Jedenfalls meistens.«

»Ich kann also in die Fähre hinüber nach Genf springen oder zurück zum Hof fliegen, und wir vergessen, dass das hier jemals geschehen ist?«

»Ich bezweifle, dass ich es vergessen kann, aber falls du gehen möchtest, kannst du das jederzeit tun.«

»Sobald ich etwas anzuziehen habe.«

»Sobald du etwas anzuziehen hast.« Er lächelte. »Möchtest du das? Gehen?«

»Hier und jetzt weiß ich darauf ganz ehrlich keine Antwort. Die Situation macht mir Angst. Es ist kompliziert.«

»Das ist es immer.«

»Ja, aber das hier ist keine schließlich Büroaffäre. Sex zwischen Leuten wie uns ist nie ausschließlich Sex. Es ist immer auch Politik.«

»Und ich habe gedacht, ich würde dir in einem Moment der Trauer Trost spenden.«

»Ausbeuter.« Es lag kein Vorwurf in ihrer Stimme, und das Lächeln auf ihren Zügen löschte wohl auch den letzten möglichen Zweifel Zanes. »Verderber!«

Er setzte eine Unschuldsmiene auf und schaute sie mit großen Augen an.

»Du siehst aus wie Rinalla.«

Er schnaubte. »Das kann man kaum als Kompliment bezeichnen. Andererseits versteht sie es wenigstens, Spaß zu haben, im Gegensatz zu manchen anderen.«

Rhean runzelte die Stirn und trank einen Schluck Wasser. »Arbeite hart und vergnüge dich härter, das ist ihr Motto. Auch wenn es schwer fällt, festzustellen, welchen Teil davon sie in einem ge-

gebenen Moment in die Praxis umsetzt. Und ich weiß sehr wohl, mich zu amüsieren.«

»Du bist allerdings in der Regel ein wenig … abweisend.«

»Das ist professioneller Abstand. Ich wahre meine Objektivität. Und lasse mich nicht von persönlichen Wünschen beeinflussen.«

Zane ignorierte ihre Worte. »Trotzdem macht es dir nichts aus, zu kokettieren, wenn es dir nutzt.« Er fixierte sie. »Nicht, dass du letzte Nacht sonderlich zurückhaltend oder abweisend gewesen wärst …« Er streckte die Hand aus.

Mit brennenden Wangen schaute Rhean auf den Tisch, wo er die Hand auf ihre gelegt hatte und sanft mit dem Daumen über die Haut zwischen ihrem Daumen und Zeigefinger strich. Sie zog die Hand zurück. »Ich sollte mir wirklich etwas zum Anziehen suchen.« Sie hob die Serviette von den Beinen und legte sie sorgfältig gefaltet auf den Tisch, dann stand sie auf.

Zane erhob sich ebenfalls und kam einen Schritt auf sie zu.

Rhean wich zurück.

»Möglicherweise muss ich das Verfahren doch wieder aktivieren. Und unrechtmäßig von den Mariks in Besitz genommenes Davion-Eigentum zurückfordern.« Ein lüsternes Grinsen breitete sich auf seinen Zügen aus. »Angefangen mit diesem Hemd.«

Rhean wich noch einen Schritt zurück, dann einen dritten. Ihre Schultern berührten die Wand, und sie legte die Hände auf den glatten Stein. Sie verlagerte das Gewicht auf den rechten Fuß, dann hob sie den linken und setzte auch dessen Sohle an die Wand, sodass ihr Knie eine Barriere gegen seinen Vormarsch bildete.

Zane ignorierte das Hindernis und beugte sich vor. Seine bloßen Beine strichen über ihre, als er die Hände neben ihre Schultern legte. Sie drehte den Kopf beiseite, um seinem Kuss auszuweichen, aber das leise Schmunzeln ihres Mundes spornte ihn an. Sie wich mit einer weiteren Drehung einem erneuten Versuch aus, dann wollte sie sich unter seinem Arm hindurch ducken.

Er packte sie um die Taille und zog sie an sich. Sie fühlte seinen Atem auf dem Hals, dann einen sanften Kuss knapp unter dem Ohr. Seine freie Hand kam herum und streichelte ihr Gesicht. Die

Hand glitt tiefer und öffnete geschickt den obersten Hemdknopf. Dann küsste er sie wieder, und die Hand öffnete den nächsten Knopf.

»Du kannst jederzeit ›Halt‹ sagen.«

Sie tat es nicht.

»Und nachdem das Schicksal den Lauf der Dinge verändert hat, scheint es besonderes Vergnügen daran zu haben, einem den Boden unter den Füßen wegzuziehen.«

— *Tagebucheintrag*

15

Basiliuskathedrale, Moskau,
Region Russland, Terra
Terranische Hegemonie

19. September 2604

»Sie hätten eine größere Kirche aussuchen sollen«, murmelte Rinalla. Sie standen auf den Stufen der Kathedrale der Fürbitten der heiligen Jungfrau vom Berge, besser bekannt als Pokrowskij- oder Basiliuskathedrale. Die roten Ziegeltürme der prächtigen Kirche wanden sich mit mehrfarbigen Kacheln verziert und von ebenso farbenprächtigen Zwiebelkuppeln abgeschlossen in den wolkenlosen Himmel. Es war ein imposantes Bauwerk, doch es wurde von den Mauern des Kremls auf der anderen Seite des Roten Platzes weit überragt. Nur Tanyas Familie und die ranghöchsten Würdenträger, zu denen auch Rhean und Rinalla zählten, durften ins Innere der engen Zentralkapelle, wo Tanya aufgebahrt lag. Der Hauptgottesdienst würde hier draußen stattfinden, wo die Besucher das Geschehen auf riesigen Bildschirmen verfolgen konnten, die verschiedene Sendeanstalten des Sternenbunds aufgestellt hatten. »Christus Erretter ist viel größer.« Die zierliche Magestrix hatte sich nach ihrer Ankunft in der Stadt am Tag zuvor auf Erkundung begeben.

»Es hat historische Gründe. Dieser Ort hat eine besondere Bedeutung für die Einheimischen.« Sie schloss mit einer weiten Geste den ganzen Platz und die Gebäude ringsum ein. »Ganz gleich wie kümmerlich«, fügte sie flüsternd hinzu.

So weit das Auge reichte, war der Rote Platz von Menschen übersät, von den Mauern des Kremls und der Gruft des Unbekannten Soldaten an der Südwestseite bis zu den gewaltigen Einkaufstempeln im Fin-de-Siècle-Stil am Nordostrand und von der

Basiliuskirche im äußersten Nordwesten bis zum Ehrenmal von 2014, das an das Ende des Zweiten Russischen Bürgerkriegs und die NATO-Besetzung der Stadt erinnerte. Die Menge erstreckte sich auch noch weiter nach Süden von dem prächtigen Denkmal bis zur Moskwa. Rhean hatte noch nie eine derartige Trauerkundgebung erlebt. *Wie viele dieser Menschen hatten eine Ahnung, wer Tanya Kerensky war, bevor Leonard Kurita sie erstochen hat?* Aber sie war zu einem Symbol geworden, für das russische Volk und für den Sternenbund. Die Menschen sahen in ihr eine Heldin, eine Frau, die sich zum Schutz ihres Herrschers geopfert hatte.

Rhean erinnerte sich nur an eine intelligente junge Frau, mit der sie sich über Musik und das Leben unterhalten und Schach gespielt hatte. *Eine Mutter und Freundin.* So würde sie Tanya in Erinnerung behalten, nicht als die blutbesudelte Soldatin, die sie in der Sternenkammer am Leben zu erhalten versucht hatte.

Leonard war zurück ins Draconis-Kombinat geflohen und hatte in einem hastig aufgesetzten Communiqué behauptet, während der Ratssitzung hätten Agenten des Sternenbunds einen Mordversuch auf ihn unternommen.

Nicholas hatte die ungewöhnliche Maßnahme ergriffen, die Aufzeichnung der Überwachungskamera an die Medien zu geben. Die draconische Botschaft hatte die Bilder als gefälscht bezeichnet, aber die Bevölkerung, die zum ersten Mal eine unredigierte Sitzung des Hohen Rats sah, glaubte die Version Unity Citys. Kurita hatte die VSDK mobilisiert, und ein Krieg schien unvermeidlich. Einen Moment lang musste Rhean an Iwan den Schrecklichen denken, den russischen Herrscher und ersten Zaren, der die Basiliuskathedrale hatte erbauen lassen. Würde man Leonard einmal Leonard den Schrecklichen nennen?

Sie schloss die Augen und verdrängte den Gedanken. Es gab drängendere Probleme.

»Auf wen warten wir noch?« Rhean riss die Augen auf und sah, dass eine große, schlanke Gestalt an ihrer Seite aufgetaucht war. Albrecht, der dritte ihrer vier noch lebenden Brüder und der ungeduldigste der Mariks. Quentin, ihr ältester Bruder, nur zwei

Jahre jünger als sie selbst, erschien wenig später, seinen dösenden Sechsjährigen, Tomas, auf der Schulter.

»Auf Davion und Liao«, antwortete Rinalla. Albrecht schenkte ihr ein strahlendes Lächeln, das sie erwiderte. Der Junge – für Rhean blieb er einer – schwärmte für die Magestrix, seit er sie fünf Jahre zuvor kennengelernt hatte, aber Rhean hatte ihrer zierlichen Freundin überdeutlich zu verstehen gegeben, dass ihre Brüder tabu waren, und erstaunlicherweise hatte sich Rinalla daran gehalten. Albrecht war acht Jahre jünger als Rhean und damit ein knappes Dutzend Jahre jünger als Rinalla. Selbst die Canopierin würde sich ja wohl nicht mit Kindern einlassen. Rhean stockte. Zane war fast dreizehn Jahre jünger als sie.

Albrecht knurrte. »Typisch, dass wir auf den Adonis warten müssen.« Er schnaufte. »Den hätte Kurita erstechen sollen statt der Russin.«

Rhean erinnerte sich, dass es Gerüchte über eine Auseinandersetzung zwischen Zane und ihrem Bruder gab. Vermutlich über ein Mädchen. Albrecht hasste es, zu verlieren, und er hatte die Verbissenheit eines Bullterriers. In manchen Berufssparten war das eine bewundernswerte Eigenschaft, aber bei Mitgliedern eines Herrscherhauses konnte man sie nur als Schwäche werten. Diplomatie und Takt waren für Albrecht Fremdwörter.

»Warum treibst du nicht einfach alle zusammen, die du nicht magst, Albi«, warf Quentin ein. »Lubjanka ist gleich da hinten.« Er deutete nach Nordwesten. Der berüchtigten Zentrale einer Serie aufeinanderfolgender russischer Geheimpolizeien hatte man die fünfhundert Jahre angesehen, als Rhean sie in der Akademiezeit besichtigt hatte. Inzwischen waren in dem Gebäude ein ›Spionagemuseum‹ und eine Bar untergebracht, die verschiedenste neonfarbene und stark alkoholhaltige Cocktails anbot, deren Namen an Sowjet- und Spionagethemen angelehnt waren. Eine der Hauptattraktionen auf der damaligen Reise hatte darin bestanden, dass sie sich an den Dozenten vorbei in die Bar geschlichen hatten. Die Erinnerung an den Kater danach ließ sie heute noch zusammenzucken.

»Denkt daran, wo ihr seid, Jungs.« Rhean fiel mühelos in die Rolle der älteren Schwester, und sie konnte die Kieferknochen beinahe knirschen hören, als sie sich ihre Erwiderungen verkniffen. Sie fegte Albrecht Flusen von der Schulter. Wie die meisten Gäste trugen auch alle drei Mariks Schwarz, aber während Quentin einen eleganten und funktionalen Geschäftsanzug trug und Rhean ein hochelegantes, fließendes Kleid, wirkte Albrecht, als hätte ihn jemand durch eine Hecke gezerrt. Rhean richtete auch seine Krawatte, dann trat sie mit einem Stirnrunzeln einen Schritt zurück. »Ich gebe es auf. Du brauchst eine Frau.«

»Nicht so sehr wie du einen Mann, Reh.«

»Ich bin mit meiner Arbeit verheiratet, Jungchen. Einer von euch wird mal mein Nachfolger.«

Quentin schauderte. Er stand auf dem nächsten Platz der Thronfolgerliste. Wie ihr Vater war auch er Wirtschaftswissenschaftler, aber anders als dieser hatte er nicht die geringste Neigung zur Politik. »Komm schon, Reh. Such dir einen netten jungen Mann und schaff dir Kinder an. Bewahre Tomas und mich vor einem Schicksal schlimmer als der Tod.«

»Verlass dich besser nicht darauf. Deine Schwester hat einen furchtbaren Geschmack, was Männer angeht.«

Rhean schleuderte der Canopierin einen warnenden Blick zu.

Rinalla rollte mit den Augen. »Ungefähr so wie ihr Musikgeschmack. Ryan Suarez, Gott erbarme sich.« Er war ein Gitarrist von Oriente, der sich im iberischen Erbe seiner Heimatwelt sonnte. Außerdem sah er unglaublich gut aus und war der Schwarm zahlloser Teenager.

Rhean zog den Kopf ein, sodass die breite Krempe des Huts ihr Gesicht vor Albrecht und Quentin verbarg. Ihre Brüder legten es als wohlverdiente Scham über diese Eröffnung aus. Nur Rinalla sah die Erleichterung auf ihrem Gesicht.

»Und wo wir schon von Milchbubis reden ...« Albrechts Stimme triefte vor Abscheu. Ein kleiner Konvoi von Fahrzeugen mit dem Sonnenschwertwappen fuhr soeben vor. Rheans Herz machte einen Hüpfer, und sie atmete tief durch.

»Wir sehen uns.« Quentin verschwand in der Kapelle, den schlafenden Sohn in den Armen.

Rhean nahm es kaum war. Sie fühlte Rinalla die Hand auf ihren Unterarm legen. Als sie sich umschaute, sah sie den besorgten Ausdruck auf dem Gesicht der Magestrix.

»Keine Angst«, flüsterte sie. Es war Rinalla nicht schwer gefallen, der erschöpften Rhean alle Einzelheiten des Ausflugs zum Genfer See zu entlocken. Die Canopierin drückte fester zu, und ihr Blick wechselte besorgt zwischen ihrer Freundin und den sich öffnenden Wagenschlägen hin und her.

Rheans Puls beschleunigte sich, als Zane ausstieg. Er war wie immer perfekt gekleidet, in einem dunklen Geschäftanzug von unübersehbarer Qualität, mit einer Sonnenschwertnadel am linken Aufschlag. Er nickte den zur Begrüßung versammelten Würdenträgern zu, dann winkte er halb der Menge zu, die seine Ankunft begeistert beklatschte. Er bedeutete ihr mit einer Geste, sich zu beruhigen, und erstaunlicherweise gehorchte sie. Dann wendete er sich wieder den Rängen der Würdenträger zu, und seine Augen glitten über jedes Gesicht. Bei ihr machten sie einen Moment länger Halt, so schien es ihr, doch dann bewegten sie sich weiter. Rhean blinzelte.

Sie erwartete, dass er näher trat und dem Patriarchen und dem Ersten Lord, die nur ein paar Meter entfernt standen, die Hand schüttelte, wie es ihr Vater ein paar Minuten zuvor getan hatte, aber stattdessen drehte er sich wieder zum Wagen um und streckte die Hand aus. Eine sorgsam manikürte Hand ergriff sie und stützte sich auf ihn. Eine elegante, honigblonde Frau stieg ins Licht der Spätherbstsonne und blinzelte. Sie war zierlich und sehr schlank. Nicht so klein wie Rinalla, aber locker dreißig Zentimeter kleiner als Rhean.

Warum es ihr schwer gefallen war, aus dem Wagen zu steigen, wurde bald deutlich: In ihrer rechten Armbeuge lag ein kleines Kind. Die Frau lächelte Zane an, und er lächelte zurück. Der Davion-Prinz legte schützend den Arm um ihre Schultern, dann trat er näher und ergriff die Hand des Ersten Lords.

»Wer zum Teufel ist das?«, flüsterte Rhean heftig und drehte sich mit großen Augen zu ihrer Freundin um. »Du weißt es. Ich sehe es dir an.«

Rinalla schaute mit traurigem Blick zu ihr hoch. »Das ist Elaine Romera«, antwortete sie. Ihre Finger gruben sich wie Krallen in Rheans Arm. »Seine Frau.«

* * *

Nowodewitschij, Moskau, Region Russland, Terra
Terranische Hegemonie

Ein plötzlicher Windstoß riss an Rheans Kleid und peitschte es um ihre Beine. Sie bemerkte es gar nicht, auch wenn sie instinktiv eine Hand auf den Kopf legte, um zu verhindern, dass ihr Hut in den Teich oder weiter in die Vororte Moskaus flog. Seit dem Gottesdienst in der Basilskirche bewegte sie sich wie eine Schlafwandlerin. Während der Fahrt hierher nach Südwesten hatte sie kein Wort gesprochen. In der Kirche Unserer lieben Dame von Smolensk auf dem Gelände des Nowodewitschij-Konvents hatte ein zweiter Gottesdienst stattgefunden, an dessen Einzelheiten sie kaum eine Erinnerung hatte. Rinalla hatte sie auch über diese Hürde geführt, und erst nach der eigentlichen Beisetzung hatte Rhean die Kontrolle über sich zurückgewonnen.

Es war ein ernster Ort, aber auf seine Weise auch schön. Tanyas Familie hatte den Vorschlag Nicholas', sie auf dem David-Cameron-Friedhof zu bestatten, abgelehnt, ebenso wie den einer Beisetzung an der Kremlmauer, möglicherweise dem prestigeträchtigsten Friedhof ganz Russlands. Stattdessen hatten sich die Kerenskys für ein Grab hier entschieden, und die Liste derer, die Tanya vorausgegangen waren, war nicht weniger beeindruckend: Anton Tschechow, Sergej Eisenstein und Nikolai Gogol. Auch Oleg Tikonow hatte hier die letzte Ruhe gefunden, ebenso wie die Gorbatschows. Es war eine gute Wahl. Dieser Friedhof war eine sehr viel elegantere Umgebung als die Stadtmitte.

Leise Schritte in Rheans Rücken rissen sie aus den Gedanken. Sie drehte sich halb um und sah Zane den Hang herabkommen. Wortlos trat er neben sie und schaute über den See zum bewaldeten Ufer auf der anderen Seite.

»Du hättest es mir sagen müssen.«

»Du hast nicht gefragt.«

»Und das ist eine Rechtfertigung?« Sie spuckte es aus, als könnten Worte ihren Schmerz wiedergeben. »›Nicht meine Schuld, sie hat nicht gefragt‹. Wichser.« Sie ahmte gnadenlos seinen Davion-Akzent nach.

»Es hätte nur Schwierigkeiten gemacht.«

»Verdammt richtig.« Sie wirbelte herum. »Ich schlafe nicht mit verheirateten Männern.«

»Dann sehen wir die Ehe unterschiedlich. Ich sehe sie als ein Band zwischen zwei Menschen. Kein ausschließliches Band, aber sehr wohl ein Band.« Seine Stimme blieb kühl, und er schaute weiter über den See.

»Wie schön für dich. Weißt du was – es gibt verschiedene Ansichten über die Heiligkeit der Ehe. Manche von uns verfügen nicht über deine flexible Moral.«

»Manche Leute machen auch ihre Hausaufgaben.«

»Willst du damit sagen, es ist meine Schuld, dass du ein Hurenbock bist?«

»Ich stelle nur fest, dass du den Geheimdienstapparat eines ganzen Reiches zur Verfügung hast, und du hast dir nicht einmal die Mühe gemacht, dir die Titelseiten so ziemlich aller Zeitungen der Vereinigten Sonnen anzusehen?« Darauf wusste sie nichts zu entgegnen. Rinalla hatte es gewusst. Warum hatte sie nichts gesagt? War sie davon ausgegangen, dass Rhean es schon wusste?

»Wie lange?« Ihre Stimme war kaum lauter als ein Flüstern. »Ich habe sie noch nie auf Terra gesehen.«

»Vier Jahre.«

Rhean riss erstaunt die Augen auf. *So lange!*

»Elaine und ich haben uns auf der Akademie kennengelernt und geheiratet, kurz bevor ich meinen Abschluss gemacht habe.«

Beim Studium der Hausfürstenprofile hatte sie seine Zeit in Point Barrow übersprungen und dadurch dieses Detail nicht mitbekommen. Jetzt hätte sie sich dafür einen Tritt versetzen können. »Und sie hasst es zu reisen. Sie wird sprungkrank. Deshalb war sie noch nie hier. Sie hat für dieses Begräbnis eine Ausnahme gemacht und ist immer noch bis zu den Augäpfeln mit Drogen vollgepumpt, um durchzuhalten.«

»Und das Kind?«

»Meine Tochter und Erbin, Sarah. Sie ist vier Monate alt.«

»Glückwunsch.« Rhean erkannte, dass sie das ernst meinte, obwohl sie eine kalte Leere in ihrem Herzen fühlte. »Dir ist klar, dass es zwischen uns damit aus ist.«

»Das habe ich bereits aus deiner Reaktion geschlossen.« Sein übliches Grinsen zupfte an den Mundwinkeln. »Aber das ist deine Entscheidung.«

»Du hast gesagt, wenn ich will, kann ich gehen.«

»Das kannst du, aber ich kann nicht behaupten, dass es mir gefällt.«

Mir auch nicht, wollte sie sagen, aber sie schaffte es nicht. »Es muss sein.«

»Na dann.« Er drehte sich zu ihr um, dann schloss er sie in die Arme.

Rhean erwiderte die Umarmung und vergrub ihr Gesicht einen Moment in seinem Haar. Dann zog sie den Kopf zurück, gab ihm einen schnellen Kuss auf den Mund und stieß ihn fort.

Er blinzelte sie überrascht an, dann riss er schockiert die Augen auf, als ihre rechte Hand auf ihn zuflog. Er hob die Hand an die brennende Wange.

Sie legte die Hand auf seine andere. »Wie du *das* erklärst, ist ganz allein deine Sache.« Ihre Stimme war voller falscher Freundlichkeit. »Von nun an ist unser Verhältnis rein geschäftlich.« Sie trat einen Schritt zurück, ohne die Hand zurückzuziehen.

»Rein geschäftlich«, erwiderte er tonlos, als sie sich umdrehte. Ihre Bewegung streckte seinen Arm, und er behielt ihre Hand in der seinen, so lange er konnte. Sie warf einen Blick zurück, als ihre Arme sich zur vollen Länge ausgestreckt hatten, ein trauriges Lächeln auf den Lippen. Dann trennten sich ihre Hände, und sie wandte sich ab, ging den Hang hinauf zu den weißen Mauern des Klosters.

Sie schaute nicht mehr zurück.

Teil 3:

Fall

»Das Leben ist wie ein rutschiger Hang. Man kann sich vorsichtig einen Weg suchen und verhindern, dass man abrutscht, was so ziemlich dem entspricht, was ich bis dahin getan hatte. Allerdings ist das nicht gerade aufregend. Oder man wirft sich Hals über Kopf in den Abstieg, jagt mit halsbrecherischem Tempo talwärts und vertraut darauf, dass man es irgendwie schafft, den Hindernissen unterwegs rechtzeitig auszuweichen. Das war Rinallas Methode.

Oder man versucht das Erstere und rutscht aus, mit dem Ergebnis, dass man blind hangabwärts taumelt. Das beschreibt ziemlich treffend, was mir passierte.

— *Tagebucheintrag*

»In der Schicksalsmaschine greifen unzählige Zahnräder ineinander. Manchmal sieht man voraus, was sie fabrizieren, bei anderen Gelegenheiten erkennt man gar nichts, bis es zu spät ist. Ich gebe zu, ich war zu sehr durch den drohenden Krieg gegen das Kombinat abgelenkt, um wirklich zu verstehen, was an jenem Weihnachten geschah.«

— Tagebucheintrag

16

Prospektallee, Atreus City, Atreus
Marik-Commonwealth, Liga Freier Welten

22. Dezember 2604

»Fahr kurz ran«, grunzte Albrecht und legte die Akte auf den kühlen Ledersitz. Die gepanzerte Limousine zog mit einer Eleganz an den Straßenrand, die man einem Fahrzeug von ihrem enormen Gewicht niemals zugetraut hätte. »Ich bin gleich wieder da.«

Die Leibwächter murrten nicht, sondern passten sich an. Er suchte den Blumenladen öfters auf, und seine Leute waren mit seinen Schwachstellen und Eingängen vertraut. Albrecht wusste, bis er die Tür erreicht hatte, hatten sie das Gebäude überprüft, falls sie es nicht schon getan hatten.

Der schwere Schlag des Wagens öffnete sich mit dem Zischen einer versteckten Hydraulik, und er trat hinaus in die kalte Luft. Die Kälte ließ ihn krampfartig einatmen, und er schmeckte die Abgase in der Luft. Viele Fahrzeuge hier in der Stadt benutzten noch immer Verbrennungsmotoren.

»Guten Tag, Lilliah.« Er nickte dem Mädchen am Tresen zu und winkte locker ab, als sie zu einem Knicks ansetzte. Sie war hübsch, wenn auch für seinen Geschmack zu unterwürfig. Aber sie leistete gute Arbeit. »Das Übliche, denke ich, aber mit ein paar Bandorchideen, wenn es geht.«

Das Mädchen nickte und machte sich daran, die Blumen zusammenzustellen. Lilien, Rosen und andere, deren Namen er nicht kannte. Die Sträuße, die sie fabrizierte, waren eine Pracht, und ihre Empfängerinnen in aller Regel begeistert. Dieser allerdings war nicht wie üblich für eine seiner Geliebten bestimmt – auch wenn das Mädchen auf seine Weise wohl recht süß war –, sondern als Dankeschön für geleistete Dienste.

Vor ein paar Jahren hatte Rhean irgendwie eine fixe Idee über den Tod ihrer Tante Therese entwickelt und von ihm verlangt, die Akten zu überprüfen, die vom Hof des Sternenbunds auf Atreus eingetroffen waren. Es war eine undankbare Aufgabe gewesen, die zahllose öde Stunden Archivarbeit beinhaltete, und sie hatten das Ganze schon ziemlich aufgegeben. Jedenfalls bis er sein Nachforschungsteam bei einer generellen Unterhaltung über ›fehlende‹ Dokumente und die dadurch entstehenden Probleme in der neu gegründeten Raumpiraterie-Bekämpfungseinheit erwähnt hatte. *Und die politische Peinlichkeit, derartige Lücken dem Lyranischen Nachrichtendienst zu erklären,* dachte er zynisch. Das LNC war als Partner an der Raumpiraterie-Einheit beteiligt. Es hatte sich herausgestellt, dass eine der Damen in der Abteilung in den Neunzigern in den Büros des NND gearbeitet hatte und sich an den Strom von Dokumenten erinnerte. Sie hatte die Lücken schließen können, und das hatte Albrecht zu dem Bericht verholfen, der jetzt im Fonds seiner Limousine lag. Ihn explosiv zu nennen, war eine Untertreibung. Er hatte nicht die leiseste Idee, wie er mit dem Inhalt umgehen sollte. Das konnte sich die ach-so-ernste Rhean überlegen. Jedenfalls würde sie ihn jetzt nicht mehr verspotten.

Lilliah hatte den Strauß inzwischen fertig, schnürte ihn mit einem violetten Band zusammen und packte das Gebinde dann in Papier und Folie.

»Perfekt wie immer. Die Rechnung geht an das übliche Konto.«

Sie knickste noch einmal und bedankte sich für den Besuch.

Einer der Leibwächter öffnete die Ladentür, als er hinaus in die eisige Kälte trat. Albrecht hielt den Blumenstrauß in der linken Armbeuge, als er schnellen Schritts zum wartenden Wagen ging, und vergrub das Gesicht in den Blumen, um den Duft zu genießen. Ein Portier in Livree öffnete die schwere Wagentür. »Soll ich die Blumen in den Gepäckraum legen, Señor?«

»Nicht nötig. Auf dem Sitz liegen sie gut. Es ist nicht weit.« Er schaute über die Allee hoch zu den Türmen der Generalhauptmannsresidenz, die hinter dem Parlamentsgebäude in den Himmel ragten. Das Atrium mit dem Büro des Generalhauptmanns funkelte in der Spätnachmittagssonne. Er legte den bunten Strauß vorsichtig auf die Polster, dann schob er sich daran vorbei auf seinen noch warmen Platz. Die Tür schlug zu, und ebenso elegant, wie sie gekommen war, fädelte sich die Limousine wieder in den Verkehr ein. Albrecht griff nach der Akte.

* * *

Wohnung des Generalhauptmanns, Atreus City, Atreus Marik-Commonwealth, Liga Freier Welten

Ein leises Wummern ließ Generalhauptmann Brion Marik von den Papieren aufschauen. Er blickte hinüber zu den synchron vibrierenden Fensterscheiben. *Donner, so spät im Jahr?* Seine Hand war schon halb am Knopf der Sprechanlage, als sich die Seitentür öffnete. Er erwartete, seinen Adjutanten zu sehen, oder möglicherweise Rhean, falls sie immer noch über den Truppenverlegungen und politischen Berichten saß, die er ihr am Morgen auf den Schreibtisch geknallt hatte, aber stattdessen schaute er zu Ross MacArthur hoch, seinem Sicherheitschef, der von einem halben Dutzend Wachleuten begleitet wurde.

»Wenn Sie bitte mitkommen würden, Generalhauptmann. Es hat einen Zwischenfall gegeben.« MacArthur wartete nicht auf eine Antwort, sondern kam quer durch das Büro zu Brions Sessel. Der wusste, dass es sich keineswegs um eine Bitte gehandelt hatte, und dass der stämmige Geheimdienstler von Stewart ihn aus dem Sitz heben und zwingen würde, mitzukommen, falls er zögerte. »Was ist los?«, fragte er im Aufstehen und griff sich die Papiere vom Schreibtisch.

»Die Situation ist im Fluss, Generalhauptmann.« Das hieß, es konnte noch mehr geschehen. »Sie erhalten einen Bericht, sobald wir in einem gesicherten Raum sind. Wir sind dabei, die Familie zu versammeln.« Sanft, aber bestimmt steuerte MacArthur seinen Schützling zur Tür. Erst als sie fast dort waren, warf der Sicherheitschef einen Blick zurück zu den Fenstern.

Brions Augen folgten dem Blick, und er sah etwa einen Kilometer entfernt eine schwarze Rauchsäule aufsteigen.

Sie gingen schweigend den Korridor entlang, zwei Wachen voraus, zwei links und rechts neben Brion und MacArthur, zwei hinter ihnen. Der Gang war menschenleer, und sie erreichten den Sicherheitsaufzug in unter einer Minute. Dort warteten vier weitere Wachen, zwei in der Kabine und zwei auf dem Gang. Im Gegensatz zu den in Zivil gekleideten Männern, die ihn begleiteten, trugen diese vier volle Gefechtsmontur und waren mit Sturmgewehren bewaffnet. Brion hob die Augenbrauen und blickte sich zu MacArthur um. Der Agent verzog keine Miene.

»Paps, was ist los?«, fragte sein jüngster Sohn Ward, als der Generalhauptmann aus dem Aufzug in die spartanische Kelleretage des Palastes trat. Der Junge wartete gemeinsam mit seiner Frau Emma, die Brions jüngsten Enkel im Arm trug, den erst vier Monate alten Kurnath. Die Türen eines zweiten Aufzugs öffneten sich und gaben Rhean und Quentin mit ihren Leibwachen den Weg frei.

»Ross wollte es mir gerade erklären, nicht wahr, Ross?« Er betrachtete den Sicherheitsmann, aber dessen einzige Reaktion bestand darin, auf die langsam aufschwingenden Panzertür des Bunkers zu deuten. Im Gänsemarsch traten sie hindurch. Der Raum hinter der Tür war ebenso spartanisch wie der Korridor, aber zumindest möbliert.

Brion ließ sich auf einem Sessel nieder und wartete, während die anderen sich ebenfalls setzten. MacArthur blieb stehen. »Ich höre, Ross.«

»In der Stadt gab es einen Anschlag. Einen Bombenanschlag.«

»Im Ministerialdistrikt?«, fragte Brion und ließ sich dabei gedanklich von der Rauchsäule leiten, die er gesehen hatte.

MacArthur nickte. »Ja, auf der Prospektallee. Als Vorsichtsmaßnahme haben wir Sie an einen sicheren Ort verbracht, bis deutlicher ist, welcher Art die Bedrohung ist.«

Ward runzelte die Stirn. »Aber warum gerade uns? Da drüben könnte das jeder Irre sein, der Groll auf seinen örtlichen Abgeordneten hat. Es sei denn ...«

Brion blinzelte. David war nicht auf dem Planeten, aber wo war Albrecht?

»Das Ziel des Anschlags war die Fahrzeugkolonne Ihres Bruders, Sir. Ersten Berichten nach ist nicht mit Überlebenden zu rechnen.«

Noch ein Sohn verloren, dachte Brion. *Erst Arthur und jetzt Albi.* Emma hatte entsetzt die Hand vor den Mund geschlagen und war den Tränen nahe.

Ward legte ihr den Arm um die Schultern. Quentin und Rhean wirkten benommen, doch hinter Rheans Augen konnte er die Gedanken fast wirbeln sehen.

»Ich vermute, für eine sichere Aussage ist es noch zu früh, aber gibt es irgendeinen Verdacht, wer dafür verantwortlich sein könnte?«, fragte sie zögernd.

»In ein paar Stunden wissen wir mehr.«

»Rhean, kümmere dich mit Mac und dem NND darum. Du hast Zugriff auf alle erforderlichen Mittel.« Sie nickte ernst. »Zumindest, so lange es die Kriegsanstrengungen nicht beeinträchtigt.« Die Vorbereitungen für einen Schlag des Sternenbunds gegen das Draconis-Kombinat liefen auf Hochtouren, und auch das Militär der Freien Welten würde dabei eine Rolle zu spielen haben. »Außerdem habe ich noch eine Aufgabe für dich.«

* * *

Dormuth, Marik
Marik-Commonwealth, Liga Freier Welten

27. Dezember 2604

Rhean streifte die Fliegerjacke ab, als sie den Raum betrat. Statt den langsamen Atmosphäreneintritt des Landungsschiffes abzuwarten, hatte sie sich in einem *Stingray*-Luft/Raumjäger mitnehmen lassen – ein erregendes Erlebnis, auch wenn sie kein Verlangen verspürte, das allzu oft zu wiederholen.

»Wie ist die Lage?«, fragte sie die um den Tisch versammelten Personen.

»Und Ihnen auch einen guten Morgen, Marik. Schön, dass Sie es noch einrichten konnten«, erwiderte Lambert Allison. Sie schleuderte ihm einen Blick zu, den er gar nicht bemerkte. Er widmete sich bereits wieder den Daten auf seinem Monitor.

»Seit dem letzten Bericht hat sich nicht viel getan, Inspekteurin«, fügte der übersechzigjährige Prinz Narinder Selaj in respektvollerem Ton hinzu. Mit dem kurzgeschorenen weißen Haar und Kinnbart erinnerte er eher an einen Großvater als an einen Provinzfürsten. »Seit dem 12. ziehen die SBVS nahe Dieron Truppenverbände zusammen.«

Fünfzehn Tage alte Nachrichten. Das muss besser werden, dachte sie. *Wir reisen schneller als das Licht, aber Nachrichten kommen nicht schneller voran, als die Kurierschiffe sie befördern können.* Deshalb war sie in die Kommandozentrale des Liga-Militärs nach Marik gekommen, um die Verzögerungen zu minimieren. *Und dieses Arschloch Lambert wirft mir vor, ich hätte getrödelt.*

»Eine Neuigkeit gibt es allerdings, wenn auch nicht militärischer Natur, und bisher unbestätigt«, stellte der Prinz von Regulus fest.

»Als da wäre?«, fragte sie zurückhaltend, während sie ihre Jacke über die Rückenlehne des Stuhls hängte und Platz nahm.

»Unser Handelslegat hat Gerüchte aufgeschnappt, dass Elaine Kurita möglicherweise aus Protest über die Exzesse ihres Bruders Selbstmord begangen hat.«

Rhean beugte sich interessiert vor. »Und die ältere Schwester, Sanethia?«

»Nichts. Sie bleibt von der Öffentlichkeit abgeschottet. Allerdings hat in letzter Zeit niemand Siriwan gesehen, und das verheißt nichts Gutes.«

»Ist Leonard gegen sie vorgegangen?«

Eine weitere Teilnehmerin mischte sich in das Gespräch ein: NND-Direktorin Maria Kreiss. »Das lässt sich zu diesem Zeitpunkt nicht feststellen. Möglich wäre es, und unberechenbar genug ist er auch, aber ebenso gut könnte es sein, dass sie sich von ihm distanziert, besonders in Erwartung militärischer Maßnahmen.«

Lambert schniefte. »Niemand steht gerne auf der Verliererseite.« Das ließ sich zwar als leichte Hybris auslegen, aber andererseits hatten die VSDK angesichts der Truppenstärke, die der Sternenbund zusammenzog, wenig Aussichten, den Sieg davonzutragen.

»Und unsere Vorbereitungen?«

»Verlaufen entsprechend der im letzten Bericht enthaltenen Zeitplanung.« Als ältester und ranghöchster anwesender Offizier fiel Selaj mehr oder weniger von selbst die Führungsrolle zu. »Einsatzgruppe Adler wird am 2. Januar von Tamarind aufbrechen, während Einsatzgruppe Falke am 9. von Oriente abfliegt. Sie werden Dieron beide Ende Februar erreichen, zehn Tage vor dem von den SBVS veranschlagten Termin.«

Rhean nickte. »Gut, gut. Überspielen Sie mir Terminplan und Aufstellung auf den Compblock. Ich sehe sie mir dann an.« Sie schaute sich unter den versammelten Offizieren um. »Und die Grenzen?«

»Sind sicher, Inspekteurin. Es gibt kleinere Zwischenfälle zur Peripherie, aber nichts, was über das Übliche hinausginge.«

Rhean nickte. Das meiste wusste sie bereits aus den Berichten. »Mareschall Kozurek.« Der Mareschall von Tamarind schaute sie an. »In welchem Zustand sind die 19. und 62. Miliz?«

»Personal- und Materialbestand für beide Einheiten ist auf Sollstärke. Die 19. hat momentan etwas wenig Panzertruppen, aber bis Januar erhält sie ein neues Panzerbataillon.«

Rhean nickte nachdenklich. »Nur als Vorwarnung, nach der Besprechung heute Nachmittag warten neue Aufgaben auf sie.« Es war nicht nötig, mehr zu sagen. *Piratenjagd. Vergeltung.* Sie legte die Fingerspitzen aneinander und betrachtete die Versammlung. Die Sieben Söhne Solons nannte man sie, die Oberbefehlshaber des Militärs der Freien Welten. Sie atmete tief durch. »Ich weiß, meine Ernennung war für manche von Ihnen ein Schock, vor allem, weil ich keine Erfahrung als Kommandeurin auf Brigade- oder Armee-Ebene besitze.« Das war die andere ›Aufgabe‹ gewesen, die ihr Vater für sie gehabt hatte. Er hatte sie zu seiner offiziellen Stellvertreterin für militärische Fragen ernannt, zur ›Inspekteurin der Grenzbefestigungen‹, wie das Parlament es ausdrückte, eigentlich ein Titel, der Generalhauptmännern im Ruhestand verliehen wurde. »Aber Sie alle kennen mich. Zum Teil waren wir gemeinsam auf der Akademie.« Sie lächelte Lambert an, der ihren Blick erwiderte, ohne mit der Wimper zu zucken. »Und Sie wissen, ich kann Truppen im Kampf führen.« Sie berührte die nur noch schwach erkennbare Narbe an ihrem Kinn. »Und wenn es nötig ist, kann ich mich durchsetzen.« Mehrere Söhne Solons lächelten. Robinson schien Jahrzehnte zurückzuliegen, nicht erst Monate. Ihre Gedanken wanderten zurück. *Zum Teufel mit ihm!,* riss sie sich in Gedanken zusammen. »Ich verlasse mich auf Ihre Hilfe bei der Einarbeitung. Und jetzt brauche ich eine Dusche. In fünfzehn Minuten wieder hier?«

Rund um den Tisch wurde genickt.

Stühle wurden scharrend zurückgeschoben, und die Versammlung löste sich auf. Rhean bedeutete Selaj mit einer kurzen Geste, zu warten, und er setzte sich wieder. Während sie darauf warteten, dass die anderen den Raum verließen, goss er sich ein Glas Wasser ein.

»Ich hoffe, Sie fassen meine Anwesenheit hier nicht als Beleidigung auf, Narinder. Nach meinem Vater waren Sie der Kommandeur des MFW. *Und der Befehlshaber hier.*

Er zuckte die Achseln. »Das Rad dreht sich. Das Glück kommt und geht. Deine Anwesenheit hier beeinträchtigt mich nicht.« Ein trockenes Grinsen trat auf sein Gesicht. »Und jetzt darfst du dich mit dem Parlament herumschlagen, und ich kann mich wieder aufs Soldatsein konzentrieren.«

Das brachte Rhean zum Lachen. Es war das erste Mal seit Albrechts Tod. Ihr Lächeln verblasste und machte einer traurigen Miene Platz.

»Du vermisst deinen Bruder?« Sie nickte. »Natürlich tust du das. Es ist eine Tragödie, jemanden so jung zu verlieren. Gibt es irgendwelche Neuigkeiten von den Ermittlungen?«

»Nichts Konkretes. Der NND glaubt, dass Verbindungen zu einer der Piratenbanden bestehen, auf die seine Einheit Jagd gemacht hat, aber definitiv ist das nicht. Alle Bauteile der Bombe waren Massenware.«

»Regulus hilft, wo wir können. Du brauchst nur zu fragen.«

»Danke. Aber jetzt ...« Sie drehte sich um und griff sich die Fliegerjacke. Als ihr der Schweißgeruch in die Nase stieg, verzog sie das Gesicht. »sollte ich wirklich besser duschen.« Sie stand auf und ging.

»Und?«, fragte Lambert von der Tür her, kaum dass Rhean den Raum verlassen hatte.

»Sie ist ein nettes Mädchen«, stellte der ältere Mann in neutralem Ton fest und schaute zu der Tür, durch die sich die neue Inspekteurin entfernt hatte.

»Sie ist eine heimtückische Kuh, und Sie wissen genau, dass ich das nicht gemeint habe.« Der Blick des Orientanen wurde stechend.

Selaj schüttelte den Kopf, und Lambert grunzte. »Wir wollen hoffen, dass es so bleibt.«

»Es heißt, die Zeit heile alle Wunden. Den Teufel tut sie.«

— Tagebucheintrag

17

Cameron-Palast, London, Region England, Terra
Terranische Hegemonie

2. November 2610

»Freut mich, dass Sie es einrichten konnten, Herzogin. Mein Cousin erwähnte, dass Sie viele der jüngsten Empfänge verpasst haben.« Die Sprecherin war eine dickliche, dunkelhaarige Frau, deren akzentgefärbte Stimme Rhean irgendwie vertraut erschien. Sie war vielleicht zehn Jahre älter als sie selbst, schätzungsweise fünfzig. Die Marik zermarterte sich das Hirn, aber sie kam nicht darauf. »Ich hatte viel um die Ohren«, erwiderte sie. »Sie müssen entschuldigen … ich kann mich nicht an Ihren Namen erinnern.«

»Warum solltest du auch, Rhean. Wir sind uns vor langer, langer Zeit begegnet, aber im Gegensatz zu Nicholas scheue ich normalerweise das Scheinwerferlicht. Ich bin heute auch nur hier, weil Lydia krank ist und eine Soiree des Ersten Lords nun mal eine Gastgeberin braucht.«

Sie lächelte freundlich. »Ich gebe dir ein Tipp. Als wir uns zum ersten Mal begegnet sind, woran du dich bestimmt nicht mehr erinnerst, warst du zwei und ich neun. Du hast mir ein paar meiner Wachsmalstifte stibitzt, und dein Vater hat dich gerade noch erwischt, bevor du die Wandmalereien im Salle du Conseil erweitern konntest.«

Rhean hob verlegen die Hand an den Mund. »Tomasina!« Ein Grinsen trat auf ihre Züge. »So sehr ich mich auch dagegen gewehrt habe, meine Urgroßmutter ließ sich nicht davon abbringen, diese Geschichte zum Besten zu geben.« Sie drehte sich zu ihrem Begleiter um. »Tomasina … ist es noch Cameron-Havley?«

»Cameron-Havley-Weston«, korrigierte die ältere Frau.

»Ist für den Cameron-Stern verantwortlich.« Sie deutete auf den unübersehbaren, L-förmig verlängerten Stern über dem Eingang, das Symbol des Sternenbunds. Sie trug selbst eine Broschenversion, knapp unter dem Marik-Adler auf dem Revers ihres dunkelvioletten Bolerojäckchens. Weitere Adler zierten als Goldstickerei den Saum der Jacke sowie die Korsage und den Saum des langen, fließenden Rocks.

»Verantwortlich ist etwas zu viel der Ehre. Meine missglückten Sterne waren der Keim einer Idee, die Onkel Ian den anderen Hausfürsten gezeigt hat.« Sie schaute traurig auf ihre Hände. »Aber das ist ein Menschenalter her. Wir müssen uns unbedingt unterhalten, aber erst musst du mir diesen hübschen jungen Mann vorstellen.«

Sie musterte Rheans Begleiter, und als ihr Blick und der Rheans sich trafen, nickte sie anerkennend.

Rhean hatte in den letzten Monaten schon viel zu oft gehört, wie gut sie zueinander passten. Ja, er sah gut aus, und sie waren auch gleich groß, aber trotzdem fand sie die Umstände recht seltsam. »Ich bitte um Verzeihung, ich hätte euch sofort bekannt machen sollen. Das ist Baron Carlton Allison von Oriente, mein Verlobter.«

»Herzlichen Glückwunsch! Wann ist es denn so weit?«

»Nächsten Juni auf Atreus. Ich werde dafür sorgen, dass du eine Einladung bekommst.«

»Wachsmalstifte?« Carlton warf ihr einen fragenden Blick zu, als sie weitergingen, Rheans Hand auf seinem Unterarm. Der dunkle Samt seiner Jacke war warm.

»Eine uralte Geschichte. Ich bin sicher, Vati wird sie dir irgendwann erzählen.« Ihre Augen waren schmal. Tomasinas Reaktion hatte sie etwas verunsichert. Sie war seit Jahren mit Carlton befreundet, was angesichts der Abneigung, die Lambert gegen sie empfand, schon erstaunlich genug war, und den längsten Teil dieser Zeit war Carlton völlig versessen nach ihr, eine ganz und gar aussichtlose Liebe. Sie mochte ihn, aber das war auch schon alles. So sehr sie Carltons Gefühle auch erwidern wollte, es gelang ihr nicht. Ihre Verlobung beruhte nicht auf Liebe, zumindest nicht ihrerseits, sondern war eine Pflichtübung.

»Du wirst auch nicht jünger«, hatte Brion Marik beim letzten Weihnachtsfest festgestellt. »Du *brauchst* einen Erben.« Sie hatte mit den Augen gerollt und offene Verachtung für die Kandidatenliste gezeigt, die er ihr präsentierte. »Ich habe die Gerüchte über dich und die Magestrix nie geglaubt, aber wenn du dir keinen Ehemann auswählst, dann übernehme ich es für dich.« Er war die ganze Angelegenheit nüchtern und geschäftsmäßig angegangen, selbst als sie die Beherrschung verloren hatte. »Ich bin keine Zuchtstute, die du für das höchste Gebot versteigern kannst«, hatte sie ihn angefaucht.

»Nein, du bist eine zukünftige Generalhauptmännin, und du hast nicht nur die Pflicht, die Linie fortzuführen, sondern auch, Allianzen zu schmieden.« Damit war alles gesagt, auch wenn er ihr ein Jahr Zeit gegeben hatte, selbst eine Wahl zu treffen und ihre Vermählung in die Wege zu leiten. Und so kam es, dass sie jetzt gemeinsam hier waren. Carlton hatte keine allzu große Ermunterung gebraucht, um ihre Freundschaft zu einer Art Romanze auszubauen, aber es bis zum Heiratsantrag zu bringen, war trotzdem eine Herausforderung gewesen. Nicht, dass sie kalte Füße bekommen hätte, aber sie wollte verhindern, dass er sich Illusionen machte, bei ihrer Ehe könnte es sich um mehr als die Verbindung zweier Dynastien handeln. Das hatte Fingerspitzengefühl verlangt.

»Tanzen wir?«, fragte Carlton, der ihre abwesende Miene bemerkte. Etwa sechs Paare drehten sich auf der Tanzfläche zu Tschaikowski.

Sie rieb sich die Schläfen und versuchte, den dumpfen Druck zu lösen, der ihr zu schaffen machte. »Noch nicht. Erst brauche ich etwas Süßes und Sprudelndes.« Sie zwang sich zu einem Lächeln, als Carlton zwei Gläser Champagner vom Tablett eines vorbeikommenden Kellners griff.

»Konban wa, Marik Rhean-san.« Eine Porzellanpuppe trat in ihr Blickfeld und verbeugte sich. Sie trug einen prachtvollen Kimono und wirkte so zierlich und zerbrechlich, als könnte der kleinste

Windhauch ihr Ende sein. Die beiden muskelstrotzenden Leibwächter in schwerer Schutzkleidung, die sie flankierten, verstärkten diesen Eindruck noch.

»Konban wa, Kurita Sanethia-sama.« Rhean erwiderte die Verbeugung der Koordinatorin eine Spur tiefer. Carlton tat es ihr gleich. »Wie gefällt Ihnen England? Es ist Ihr erster Besuch hier, nicht wahr?«

»Es ist eine interessante Region mit vielen schönen Museen und Theatern.« Sanethia Kurita war eine berühmte Kunstmäzenin, auch wenn sie den größten Teil ihrer über fünfzig Lebensjahre in ziemlicher Abgeschiedenheit verbracht hatte. Während der Herrschaft ihres Bruders hatte sie traditionelle japanische Kleidung und Gebräuche angenommen, die sie jetzt nach und nach auch bei Hofe einführte. Es ging das Gerücht, sie träume davon, dem Kombinat eine Hauptstadt von klassisch japanischer Architektur zu schenken, allerdings war eine so trostlose Welt wie New Samarkand für eine derart künstlerische Ambition denkbar ungeeignet.

»Und wie geht es Siriwan-sama?« Siriwan McAllister-Kurita hatte drei Mal auf dem Thron des Koordinators gesessen, zum ersten Mal fünfundneunzig Jahre zuvor, und zum letzten Mal erst vor zwei Jahren, nachdem sie – Gerüchten zufolge – das Ableben ihres entehrten Enkels Leonard in die Wege geleitet und die kurze Amtszeit seines Sohnes Blaine beaufsichtigt hatte. Dieselben Quellen bezeichneten Siriwan auch jetzt als graue Eminenz hinter dem Thron, und angesichts des kaum größer vorstellbaren Kontrastes zwischen der zurückhaltenden Sanethia und ihrem Bruder sah Rhean wenig Anlass, daran zu zweifeln.

»Es geht ihr ausgezeichnet, danke. Ich werde Großmutter ausrichten, dass Sie sich nach ihr erkundigt haben.« Sie lächelte und neigte den Kopf. »Aber das Reisen ermüdet sie, und sie zieht es vor, auf New Samarkand zu bleiben, obwohl ihr Interesse am Kombinat und dem Sternenbund ungebrochen ist.« Die alte Dame zählte 113 Lenze und blieb die Spinne im Zentrum des Kombinatsnetzes, die sie bis auf Leonards wilde Jahre seit fast einem Jahrhundert war. »Es ist nicht leicht, hier ohne ihren weisen Rat zu agieren, doch ich bin zuversichtlich.« In ihren Augen lag ein gewisses Funkeln, und Rhean musste unwillkürlich schmunzeln. *Sieht aus, als wäre Sanethia doch keine reine Marionette.*

Lord Kurita – ähnlich der lyranischen Tradition, Hausfürsten ungeachtet des Geschlechts immer als ›der Archon‹ zu bezeichnen, wurde selbst eine Koordinatorin wie Sanethia im offiziellen draconischen Sprachgebrauch als ›Lord‹ bezeichnet – setzte ihre Runde durch den Saal fort. Rhean und Carlton machten es eine Weile ebenso, bevor sie sich mit einem am Buffet gefüllten Teller in eine Ecke des Saals zurückzogen. Rhean schlug ihm auf die Finger, als er nach einem Stück Kuchen griff, rümpfte aber die Nase, nachdem sie selbst hineingebissen hatte.

»Unfassbar. Sie haben es tatsächlich geschafft, eine Quiche anbrennen zu lassen.« Angewidert warf sie das Stück zurück auf den Teller.

Carlton griff zu und probierte ebenfalls. »Schmeckt doch einwandfrei«, konterte er mit vollem Mund und zuckte die Schultern.

Rhean stellte den Teller ab und nahm ihr leeres Glas. Sie wedelte damit. »Also, dafür darfst du mir Nachschub holen.« Er lächelte und griff sich sein eigenes Glas. Rhean beugte sich vor und gab ihm einen leichten Kuss auf die Wange, bevor er in der Menge verschwand. Ihr Schädel pochte immer noch, und sie hob die Hände wieder an die Schläfen. *Dieser verdammte Lärm,* dachte sie. Ein paar Sekunden beobachtete sie das Treiben im Ballsaal, dann trat sie durch die in einem leisen Windhauch wogenden Gardinen auf den Balkon. Die Sonne ging unter, und ihre letzten Strahlen funkelten auf dem großen See, der sich vom Palast in die Ferne zog. In früheren Jahren war sie zusammen mit Rinalla auf den See hinaus gerudert, begleitet von einer kichernden Claudia und Nicholas' Sohn Joseph. Die Magestrix und ihre Tochter waren leider schon wieder unterwegs heim nach Canopus IV.

Plötzlich tauchte ein Champagnerglas vor ihr auf, und instinktiv griff sie zu, obwohl sie über das abrupte Erscheinen überrascht war. Normalerweise ließen sie Gehör und Periphersicht selten im Stich, in einem Mech ein unschätzbarer Vorteil. Sie brauchte einen Moment, um zu erkennen, dass die Hand, die das Glas hielt, schlanker und brauner war als die Carltons, und nicht in einem violetten, sondern einem grünen Ärmel steckte.

»Wir scheinen eine Menge Zeit damit zu verbringen, übers Wasser zu blicken.«

Sie wirbelte herum.

Zane sah hinaus auf den See und beobachtete sie nur aus dem Augenwinkel.

Sie starrte ihn kurz an, dann drehte sie sich wieder um und täuschte Desinteresse vor. Allerdings ohne viel Erfolg, denn ihre Augen zuckten immer wieder zu ihm hinüber. »Ich dachte, unser Verhältnis wäre rein geschäftlich.«

»Konversation ist Geschäft. Es ist ein unverzichtbarer Teil der Politik.« Er nippte an seinem Champagner. »Und es ist ja auch nicht so, als hätten wir seit Moskau kein Wort mehr gewechselt.«

»Ich bin nicht allein hier, Zane«, zischte sie durch zusammengebissene Zähne. »Mein *Verlobter* ist auch hier.«

»Genau wie meine Frau.« Er klang leicht amüsiert. »Und keine Sorge. Dein Junge ist ein paar Minuten beschäftigt.« Ohne Zweifel hatte einer von Davions Handlangern Carlton in ein Gespräch verwickelt. Er war, ganz im Gegensatz zu ihr, sehr gesellig und extrovertiert. Man sprach ihn gerne an. Es fiel nicht weiter auf.

»Du hast also dafür gesorgt, dass wir ungestört sind.« Sie hob das Glas. »Und was willst du?«, wiederholte sie.

»Nichts.« Seine Stimme war vorbildlicher Unschuld. »Nur mit einer alten Freundin plaudern. Ich habe den Eindruck, du weichst mir aus.«

Sie schnaubte. »Und was willst du?«

»Ich möchte dir nur einen freundschaftlichen Rat geben. Erspar dir eine lieblose Ehe.«

»Wie die zwischen dir und deiner Frau?«

»Ja, wie meine mit Elaine.«

»Seltsam. Ihr zwei produziert ein Kind nach dem anderen. Ich hätte gedacht, nach dem zweiten wäre der ehelichen ›Pflicht‹

Genüge getan.« Zane antwortete nicht, und sie wirbelte wütend herum. »Verschwinde, Zane. Ich mische mich nicht in dein Leben an. Erweis mir zumindest die Höflichkeit, das zu erwidern.«

Zane reagierte ganz anders als erwartet. Er lachte. »Oho! Da habe ich aber einen wunden Punkt getroffen.«

Wäre Rheans Blick eine Waffe gewesen, hätte er Zane durchbohrt und eingeäschert. »Verpiss dich.«

»Und wenn nicht, was tust du dann?« Ein breites Grinsen stand auf seinem Gesicht.

»Ich …«

Glas klirrte. Sie hatte die Champagnerflöte nicht absichtlich fallen gelassen, sie auch nicht auf den Boden geschleudert oder wütend zerdrückt. Tatsächlich hatte sie nicht einmal bemerkt, dass sie fiel. Erst das Klirren und die verspritzende Flüssigkeit drangen in ihr Bewusstsein. »Scheiße!« Sie sank in die Hocke, um die Scherben aufzusammeln. Augenblicklich flammte der Kopfschmerz wieder auf.

»Lass mich helfen.« Zane hockte neben ihr. Ihre Hände berührten sich, und Rhean zuckte zurück.

»Ich komme allein zurecht.« Sie hob die Kristallsplitter auf, dann stützte sie sich mit der Linken an der Balustrade ab, um das Gleichgewicht zu halten.

»Das sehe ich.« Sie war außer Balance, und er nutzte die Gelegenheit.

Instinktiv schlug sie mit der Rechten zu, als er sich nach dem Kuss zurückzog, bremste sich aber, bevor die Glasscherben seine Haut berührten. »Du dre…«

Wieder küsste er sie. Sie versuchte, zurückzuweichen, konnte es aber nicht, ohne zu fallen.

»Ungehobelter Klotz«, zischte sie, als er sie freigab. »Schwachsinniger Bastard.«

Sie küsste ihn, mit entsetzt aufgerissenen Augen.

Zane stand auf und zog sie mit hoch. »Wir haben noch ein paar Minuten. Komm.« Er zog an ihrer Hand. »Ich weiß, wo die Gästezimmer sind.«

»Der Schein trügt. Wenn man nicht jedes Detail beachtet, kann man leicht die falschen Schlüsse ziehen und Freude in Verzweiflung verwandeln.«

— *Tagebucheintrag*

18

Rhean Mariks Wohnung, Atreus City, Atreus
Marik-Commonwealth, Liga Freier Welten

27. März 2611

»Guten Morgen, Sonnenschein«, rief Madeleine fröhlich vom Sofa, eine dampfende Kaffeetasse in der Hand und aufmerksam beobachtet von Hektor und Paris, die mit wedelnden Schwänzen vor ihr saßen und auf eine Gelegenheit zum Betteln hofften. »Ich habe Croissants.« Sie hatte eine weiße Serviette auf dem Schoß der marineblauen Hose. Der Service war effizient wie immer gewesen, und Rhean, die im Bademantel ins Zimmer trat, hatte ihr Eintreffen gar nicht mitbekommen. Das konnte … schwierig werden.

»Ich habe keinen Hunger, Maddy.« Sie strich sich mit den Fingerspitzen über den Mund und ging weiter. Ihre linke Hand fiel von ihrem Bauch, und sie hoffte, dass die Freundin nicht bemerkt hatte, dass sie sich ihn gehalten hatte, und auch nicht, wie übel ihr war.

Sie erreichte das Schlafzimmer, drückte die Tür halb zu und streifte den Bademantel ab. Sie griff nach dem dunkelvioletten Rock, den die Zofe bereitgelegt hatte. »Kommt Colin auch?«, rief sie über die Schulter, während sie den schimmernden Seidenstoff zurechtrückte, bevor sie die cremeweiße Bluse anzog.

»Später. Er hat noch Papierkram zu erledigen. Die Freuden des Regimentsbefehls. Aber er bringt die Kinder mit, und die Schwester dieser beiden hier.« Das war Andromache, eines von über zwölf Jungen, die Athena im Laufe der Jahre geworfen hatte. Die alte Dame war vor fünf Jahren verschieden, aber ihre Kinder und Enkel herrschten über die Hundebevölkerung des Marik-Palastes. Rhean hatte die meisten der Welpen an Freunde und Verwandte verschenkt.

Die große, schlanke Marik schloss den letzten Knopf der Bluse und schlüpfte in die seidene Jacke – natürlich im Violett Haus Mariks. Dann zupfte sie die Kragen von Jacke und Bluse zurecht. »Ich wette, der kleine Andy ist gewachsen.«

»So klein ist er nicht mehr, Fred. Andrew wird dieses Jahr zwanzig, und Alice ist fünfzehn.«

Rhean trat aus dem Schlafzimmer, noch damit beschäftigt, die Ohrringe anzulegen. Ihr volles Haar floss über die linke Schulter. »Mein Gott, ich fühle mich alt. Ich habe das Gefühl, wir wären gestern erst auf der Akademie gewesen. A propos, Lambert ist immer noch ein Arsch.«

»Ich bin sicher, die Wertschätzung ist gegenseitig. Macht er irgendwelche Schwierigkeiten?« Sie stellte die Tasse ab und tätschelte die Hunde. Die Sternenbundabzeichen auf ihren Aufschlägen blitzten im Licht. Sie war jetzt Sternenbund-Kommissarin Bonnington-Eastwick und hatte die Position im Liga-Militär lange aufgegeben.

Rhean ließ sich in einen freien Sessel sinken, und Paris trottete herüber, um zu betteln. Sie schlug ihm auf die Schnauze, und er schnappte spielerisch nach ihrer Hand. »Nicht der Rede wert. Ich schätze, er ist immer noch verärgert über meine Anwesenheit, aber es ist nicht mehr so schlimm wie früher.«

Sie war jetzt seit etwas über fünf Jahren Inspekteurin der Grenzbefestigungen, und während sie mit den meisten der Sieben Söhne gut zurechtkam, hatte Allison bei allem, was sie tat, etwas einzuwenden. »Weiß der Himmel, wie das erst wird, wenn ich Generalhauptmännin werde.« Sie schnaubte und streckte die Hand nach einer Tasse Kaffee aus. Sie nippte vorsichtig daran und sog das bittere Aroma tief ein.

Fast augenblicklich wusste sie, dass das ein Fehler gewesen war. Sie spürte, wie sich ihr Magen verkrampfte. »Entschuldige mich.« Sie rannte ins Bad. Als sie ein, zwei Minuten später wieder erschien, musterte Maddy sie aufmerksam.

»Und?«

»Und was?«

»Und welcher deiner Männer war es?« In ihrem Blick lag Belustigung. Natürlich hatte Rhean ihr erzählt, was auf Terra geschehen war, genau wie Rinalla.

Rheans Augen wurden schmal. »Das ist keine Morgenübelkeit.«

»Wenn du es sagst.«

»Maddy, ich bin nicht schwanger.« Auch wenn sie sich nicht erklären konnte, wie sie schon wieder Zanes Charme hatte erliegen können. Fast sieben Jahre hatte sie ihn auf Distanz gehalten und allen Versuchen seinerseits widerstanden, ihre Beziehung zu erneuern.

Ihre Freundin runzelte die Stirn. »Und was ist es dann? Lebensmittelvergiftung?«

»Vermutlich, aber es hat sonst keine Auswirkungen, und eigentlich müsste es längst vorbei sein.« Sie rieb sich den Nacken. »Und als wäre das noch nicht genug, habe ich auch noch eine gottverdammte Migräne. Schon wieder.«

Maddy beugte sich vor und nahm Rheans freie Hand. »Was sagt der Arzt?«

»Das habe ich mehr oder weniger vor mir hergeschoben.«

Maddy rollte die Augen und setzte eine strenge Miene auf. »Das passt gar nicht zu dir, Fred. Ich bin diejenige, die Dinge vor sich herschiebt. Dein Motto war immer: Erledige es gleich, dann hast du morgen nichts zu bereuen. Wirst du auf die alten Tage weich?«

»Nein, ich bin nur beschäftigt.«

»Na, wenn du heute Abend auf dem Empfang in den Ballsaal kotzt, sind dir die Schlagzeilen sicher.« Madeleines Tonfall war locker, aber ihre Miene streng. Sie sagte *Bring das in Ordnung*.

»Schon gut, schon gut. Ich gehe heute Nachmittag hin. Zufrieden?«

»Ja. Und wenn nicht, tritt dir Col in den Arsch, ohne Rücksicht auf eine mögliche Bestrafung. Er hat den Papierkrieg eh satt.« Sie grinste, als sie beide aufstanden und zur Tür gingen. Auf dem Korridor warteten Evangeline und Annelise mit weiteren Sicherheitsleuten. »Unser Publikum wartet.«

* * *

Großer Parlamentssaal, Atreus City, City
Marik-Commonwealth, Liga Freier Welten

»Wie ich sehe, hat unsere große Kommandeurin es noch nicht für nötig gehalten, uns mit ihrer Anwesenheit zu ehren.« Lamberts Laune war so düster wie der Rotwein in seinem Glas. Die Menge wogte je nach Stimmung tanzend oder im Gespräch durch den Prunksaal. Der Großherzog von Oriente ignorierte sie wie üblich.

»Reh war heute Morgen mit der Gräfin von Atematwa in der Ausstellung«, erwiderte sein Begleiter. »Vermutlich wurde sie aufgehalten.«

»Pah. Du suchst nur nach einer Entschuldigung für sie, weil sie deine Verlobte ist. Erstaunlich genug, dass ihr nicht irgendwo in einer Ecke hängt und knutscht.«

Er unternahm keinen nennenswerten Versuch, die Verachtung in seiner Stimme zu verbergen. Lambert wusste, welchen Machtgewinn eine Verbindung der Familien Allison und Marik versprach, aber der Gedanke, in wenigen Wochen mit ›der Schlampe‹ verschwägert zu sein, missfiel ihm ungeheuer. »Und Maddy Bonnington ist schon da.« Er deutete auf die andere Seite des Saals, wo Madeleine und Colin Eastwick sich mit ein paar anderen Sternenbund-Lakaien unterhielten.

»Sie wird schon noch kommen.«

»Deinetwegen? Mach dich nicht lächerlich, Kleiner«, knurrte er Carlton an, der zornig zurückstarrte. »Ich würde nichts auf ihre Liebe für dich setzen. Sie ist auf andere Beute scharf.«

Carlton löste den Blickkontakt mit seinem Bruder und war bemüht, sich nicht anhören zu lassen, wie wütend und verletzt er war. »Jahrelang habe ich mir deine Anspielungen und das Geschwätz über Rhean und die Centrella angehört. Lass mich mit eurer Spielplatzrivalität in Ruhe. Ich weiß, was ich weiß, und all dein Gift wird daran nichts ändern.«

»Ach, du *weißt* es, ja, Kleiner? Das werden wir ja sehen. Du hast sie auf einen Altar gehoben, aber glaube mir, wenn sie herunterfällt, wird sie dich erschlagen.« Wein schwappte aus seinem Glas.

Wie viel hat Lambert getrunken?, fragte sich Carlton. Er atmete tief durch, um ruhig und gelassen zu antworten, da fiepte sein Komm. Er zog das Gerät aus der Tasche und überflog die Textnachricht auf dem Bildschirm. Er wurde blass. »Viel Spaß noch, Bruder«, verabschiedete er sich nüchtern, drehte um und ging.

»Kleiner Scheißer«, knurrte Lambert leise. Er nahm einen Schluck Wein, dann noch einen zweiten, mit dem er das Glas leerte. Er hielt einen vorbeikommenden Kellner an und ersetzte das leere Glas durch ein volles, bevor er den Blick über die Menge schweifen ließ.

Der Großherzog von Oriente sah Narinder Selaj den Saal betreten, ein hübsches junges Ding im Sari am Arm. Seine Tochter? Enkelin? Geliebte? Er drehte sich um und sprach mit dem Mädchen. Der Regulaner beugte sich vor, gab dem Mädchen einen Kuss auf die Wange und versetzte ihr einen Schubs in Richtung der feiernden Menge. Einen Moment schaute er ihr nach, dann begegnete sein Blick dem Lamberts. Der Weg, den er sich durch die Gäste bahnte, war kerzengerade. Er war ein Tiger, der durch den Dschungel streifte. Die Leute sahen in ihm eine prachtvolle, eindrucksvolle Erscheinung, aber in Wahrheit war er ein kaltblütiger Killer. Selaj war es gewesen, der vor all den Jahren den Befehl gegeben hatte, der ihre Ziele formulierte und dafür sorgte, dass alles Nötige geschah. Er war brutal und gnadenlos. Und die Menschen liebten ihn.

»Ihr Bruder ist bereits fort, sehe ich«, murmelte der weißhaarige Prinz. »Mein Timing lässt nach.«

»Er ist sicher zu seiner Schlampe davongeschlichen. Sie hat ihn um den Finger gewickelt. Er ist nur noch eine Marik-Marionette.«

»Er hätte für die Wiederherstellung dieses Teils unserer Allianz wertvoll sein können. Seit Marions Tod lässt die Koordination zu wünschen übrig. Die Brüder sind ein anderes Problem.«

»Die Schlampe können wir vergessen. Sie ist genau wie ihr Waschlappen von einem Vater, viel zu weich und um ›Rechte‹ besorgt statt um die Bedürfnisse der Freien Welten. Wir sollten die Kuh einfach brechen und fertig. Die Brüder wären viel zugänglicher.«

Narinder warf ihm einen warnenden Blick zu, dann lächelte er rätselhaft. »Sie haben Ihr Komm nicht beachtet, nicht wahr?«

Lambert erinnerte sich vage an einen Vibrationsalarm. Das Tonsignal hatte er kurz vor dem Streit mit Carlton abgeschaltet. Er steckte die Hand in die Tasche, um es zu suchen.

»Nicht nötig«, sagte Selaj und schnurrte fast, als er sein Gerät hob und Lambert den Bildschirm zeigte. »Sie hat Krebs.«

* * *

Erzengel-Raphael-Klinik, Atreus City, Atreus
Marik-Commonwealth, Liga Freier Welten

28. März 2611

Rhean lag auf der Seite, den Kopf auf dem Kissen. Die Laken waren kühl und steif, das nach Desinfektionsmittel riechende Krankenzimmer makellos ordentlich. *Im Gegensatz zu meinem Leben,* dachte sie. Sie hatte die Hände vors Gesicht gehoben und betrachtete eine Haarsträhne. Ihre Finger spielten geistesabwesend mit der rotbraunen Locke, eine Fingerübung, deren Alltäglichkeit eine beruhigende Wirkung auf sie ausübte. Sie sah das Haar, nahm es aber nicht wahr. Ihr Verstand rang immer noch mit dieser abrupten Schicksalswendung, und ihre Haarpracht, unvermeidliches Opfer des bevorstehenden Kriegs in ihrem Innern, hatten keine wirkliche Bedeutung. Es ging ihr um ein Gefühl der Normalität. *Hätte ich Maddy vor dem Arztbesuch nicht nach Hause schicken sollen?,* überlegte sie. Jetzt hätte ihr eine Schulter, an der sie sich ausweinen konnte, gut getan. Noch führte man Tests durch, und bis zu einer sicheren Diagnose würden noch Tage vergehen, doch die Ärzte gingen von einem aggressiven und bösartigen Tumor aus. Sie hatten ihr den medizinischen Namen für ihre Erkrankung mitgeteilt, aber sie hatte ihn nicht behalten. In den kommenden Tagen und Wochen würde sie noch reichlich Gelegenheit haben, nachzufragen. Im Nachhinein erkannte sie, dass sich die ersten Symptome schon im vergangenen Herbst gezeigt hatten. Die Ärzte hatten das Gesicht verzogen und die Luft zwischen den Zähnen eingesaugt, als Rhean sie beschrieben hatte. Das war kein gutes Zeichen. Sie hatte keine definitive Prognose, doch sie wusste selbst, wie gefährlich jede Verschleppung der Behandlung war. Wie viel Zeit hatte sie durch ihre Weigerung, sich untersuchen zu lassen, bereits verloren?

Rhean bemerkte nicht, wie sich die Tür öffnete, doch das leise Schnappen, mit dem sie sich schloss, drang in ihr Bewusstsein vor. Trotzdem reagierte sie nicht, sondern spielte weiter mit ihrem Haar.

»Reh, ich bin gekommen, sobald ich es erfahren habe.« Carltons Stimme war leise und besorgt. »Ich hatte keine Ahnung …«

»Niemand hat es geahnt.« Sie war überrascht, wie heiser ihre Stimme klang. »Nicht einmal ich.« Sie drehte weiter die Haarsträhne um die Finger, fasziniert vom Farbenspiel. Sie hörte Schritte, fühlte eine leichte Berührung an der Schulter. Sie zuckte, und die Hand zog sich zurück. »Rhean …«

»Ich kann das nicht, Carlton.«

»Wir werden damit fertig.« Liebevoll, ernst.

Rhean verspürte Schuldgefühl. *Es ist besser für ihn.* Sie ließ die Haarsträhne los und drehte sich zu ihm um. Er war den Tränen nahe. »Nein, das werden *wir* nicht. Lass los, Carlton. Ich kann dich nicht heiraten.«

»Aber …«

Sie schnitt ihm das Wort ab. »Ich *werde* dich nicht heiraten. Es wäre nicht fair, dir das aufzubürden.«

»Aber gemeinsam können wir …«

»Lass mich allein«, krächzte Rhean. »Das ist schon Strafe genug, auch ohne, dass ich dich mitleiden lasse.«

»Strafe?« Die Besorgnis wich Verwirrung.

Verdammt, dachte sie. *Eine unglückliche Wortwahl.*

»Ich verstehe nicht. Ich liebe dich. Ich will dir beistehen.«

Rhean drehte sich wieder zurück, griff nach einer anderen Strähne. Mehrere Sekunden sagte niemand etwas. »Ich tue, was immer du willst«, hörte sie ihn sagen.

»Dann geh«, erklärte sie schließlich. Einige Zeit glaubte Rhean fast, die Gefühle in seinem Innern kämpfen zu hören. Dann Schritte, und der Klang der sich öffnenden Tür.

»Du weißt, wo du mich finden kannst, wenn du irgendetwas brauchst, Rhean. Was es auch sein mag. Du brauchst es nur zu sagen, und du bekommst es.« Das Schloss schnappte ein, und sie hörte seine Schritte sich auf dem Korridor entfernen.

»Zane«, flüsterte sie.

»Chemotherapie. Strahlentherapie. Chirurgie. In diesen ersten Monaten haben sie alles versucht. Aber ich wusste, dass nur eines mir wirklich helfen konnte.«

— *Tagebucheintrag*

19

Wohnung des Generalhauptmanns,
Atreus City, Atreus
Marik-Commonwealth, Liga Freier Welten

12. März 2612

»Nein.« Brion Mariks Stimme war hart wie Stahl. »Du bleibst hier.« Er stand auf und stützte sich mit einer Hand auf dem Schreibtisch ab, während die andere durch die Luft schnitt.

»Du brauchst mich, Vati.« Rheans Stimme zitterte leicht, doch auch sie enthielt Stahl. »Ich kann es mit nicht leisten, noch eine Sitzung zu versäumen.« Durch die Therapie war sie bleich und abgemagert, und ihre ohnehin große und schlanke Gestalt wirkte dürr. Ihr Blick allerdings war fest und brannte unter dem Schal hervor, den sie regelmäßig um den Kopf trug, seit ihr die Haare ausgefallen waren. Sie fühlte sich nackt ohne sie, als hätte die Chemotherapie sie einen Teil ihrer Persönlichkeit gekostet. Vierundvierzig Jahre lang hatte sie mindestens schulterlange Haare gehabt, und nun war sie kahl. Schlimmer noch als kahl, haarlos, ohne ein Haar irgendwo an ihrem Körper.

»Wenn du zusammenbrichst, wäre das noch schlimmer. Außerdem ist Quentin gut vorbereitet. Nein heißt nein.«

»Oh, bitte. Quentin hat nicht den leisesten Schimmer vom Militär. Er hat seine Zeit im MFW als Kommunikationsoffizier abgeleistet!« Sie unterstrich ihren Einwand mit den Händen. »Da könntest du ebenso gut Tomas oder Wayne schicken.« Ihre Neffen waren dreizehn und knapp neun.

»Es sind reichlich Ratgeber zur Stelle. Die Fürsten werden da sein.« Er meinte den Großherzog von Oriente und den Prinzen von Regulus. Es gab reichlich Fürsten in der Liga Freier Welten, aber ›die Fürsten‹ hatte eine spezielle Bedeutung.

»Ich kann meine Arbeit wieder aufnehmen, Vati. Die Ärzte haben es bestätigt.« Sie gestikulierte zu den auf dem Schreibtisch verstreuten Papieren. »Hör auf, mich in Watte zu packen. Ich bin kein kleines Kind.«

»Ich brauche dich gesund. Die Freien Welten werden es überleben, wenn du zwei Sitzungen versäumst.«

»Aber *mir* wird es schaden. Ich muss mit. Ich muss dabei sein und etwas beitragen.« Ihre Blicke bettelten.

Brion atmete durch und nickte.

Sie lächelte. Ein Jahr zuvor wäre sie wahrscheinlich aufgesprungen und um den Schreibtisch gerannt, um ihn zu umarmen. Jetzt fand sie kaum die Kraft, gerade zu sitzen, auch wenn sie sich das natürlich nicht anmerken ließ.

»Du wirst Melissa als Beraterin mitnehmen. Und Quentin. Er muss sich trotzdem in die Materie einarbeiten.« Für den Fall ihres Todes, meinte er. Der Generalhauptmann wollte zwar, dass seine Tochter ihm ins Amt folgte, auf das sie sich seit dreißig Jahren vorbereitete, aber er war nicht bereit, sich völlig darauf zu verlassen. Seine Kräfte ließen nach, und er brauchte einen Erben, der bereit war, seine Stelle einzunehmen.

»Herzogin Humphreys wird sicher dafür sorgen, dass ich aufpasse.« Die formidable Herzogin war fast fünfzehn Jahre älter als ihr Vater, spielte aber trotzdem noch eine aktive Rolle in der Politik der Freien Welten und des Sternenbunds. Sie war eine Seniorkommissarin und Madeleines Chefin, aber im Gegensatz zu Rheans Freundin betrachtete sie die Funktion als Herzogin der Liga weiterhin als ihre Hauptaufgabe. Sie genoss den Respekt der Hausfürsten und Regierungen der Peripherie, und kaum jemand konnte es sich leisten, ihren Rat zu ignorieren oder ihre Zurechtweisungen abzuschütteln. »Wenn ich keine Maulschelle riskieren will.« Vater und Tochter lächelten bei der Vorstellung. Melissa Humphreys war so etwas durchaus zuzutrauen.

»Und du nimmst ein Ärzteteam mit. Ich will keine Einwände hören.«

Rhean nickte resigniert.

»Ich gebe allen Bescheid.«
»Wir fliegen am Mittwoch.«

* * *

Orbitalkorridor, Terra
Terranische Hegemonie

4. April 2612

»Das ist nicht nötig. Ich komme zurecht«, protestierte Rhean von der Andruckliege aus. Zwei Raummatrosen hatten sie angeschnallt und den Sitz der Sicherheitsgurte überprüft. *Ich bin kein kleines Kind, das so etwas zum ersten Mal macht,* hatte sie innerlich gekocht.

»Anweisung deines Vaters. Jemand muss sicherstellen, dass dir nichts zustößt, und wir hatten noch keine Gelegenheit, uns zu unterhalten. Warum also sollte ich nicht zwei Fliegen mit einer Klappe schlagen.« Die Greisin ließ sich vorsichtig auf eine freie Liege sinken und griff nach den Gurten. Ihr half niemand, wie Rhean zynisch feststellte. Es sei denn, er oder sie legte Wert darauf, den Kopf abgerissen zu bekommen. »Seit Canopus ist viel geschehen.«

Kann man wohl sagen, dachte Rhean.

»So, fertig. Dieser Teil der Raumfahrt hat mir noch nie gelegen.«

Der Ausdruck auf Melissa Humphreys' Gesicht sagte etwas anderes. Sie wirkte erregt, und ein breites Grinsen machte sie um Jahre jünger.

Rhean nahm sich einen Beutel Fruchtsaft und bot ihn Melissa an. Sie griff zu, und Rhean nahm sich selbst ebenfalls einen. Sie zog den Strohhalm heraus und saugte den Saft durch das Ventil. Das war der Teil der Raumfahrt, den sie tatsächlich hasste: Die Schwerelosigkeit und die Notwendigkeit, sich von Brei und Saft aus Tüten zu ernähren. *Wie im Krankenhaus,* dachte sie trocken.

Ein Alarm klang auf, dann traf es sie wie ein Schlag in den Rücken. Die Manöverdüsen feuerten und drehten das Landungsschiff vor dem Eintauchen in die Atmosphäre. Die Drehbewegung ließ Rheans Magen Purzelbäume schlagen, gefolgt von mehreren weiteren Stößen. Dann setzten die Bremstriebwerke ein, und der Andruck presste die beiden Frauen in die Polster. Aus der Nähe der Tür, wo die Hunde in einem Käfig untergebracht waren, ertönte ein leises Winseln. Das musste Paris sein. Hektor machte seinem Namenspatron alle Ehre. Er war der stoischere der beiden und gab selten einen Laut von sich.

»Zane Davion.« Der Name erklang ohne Vorwarnung, und Rhean keuchte auf. Jetzt verstand sie, warum die Herzogin gerade diesen Zeitpunkt ausgewählt hatte, ihr Gesellschaft zu leisten. Auf diese Weise konnte sie sichergehen, dass niemand sonst in der Nähe war. Selbst ihre Leibwächter waren in den eigenen Kabinen.

»Was ist mit dem Prinzen?«, fragte sie zögernd.

»Spiel mir nicht das Unschuldslamm vor, Mädchen. Du und er.«

Rhean starrte sie an.

»Mach den Mund zu. Du siehst aus wie schwachsinnig.«

»Woher …« Sie rang um Worte.

Humphreys wedelte trotz der steigenden Andruckwerte abfällig mit der Hand. »Ich kenne dich seit deiner Jugend, und Rinalla noch länger. Glaubst du ernsthaft, ich bekäme nichts von euren Spielchen mit?«

»Aber …«

»Ihr wart diskret? Keine Sorge, Rin hat nichts davon ausgeplaudert, was du ihr unter dem Siegel der Verschwiegenheit erzählt hast, auch wenn sie mit ziemlicher Sicherheit Mühe hatte zu verstehen, warum.« Melissa hob die Augenbrauen. »Du bist nicht so schlau, wie du dir einbildest. Es gibt Personen, die davon wissen. Sei dankbar, dass Kreiss damit erst zu mir gekommen ist, statt zu deinem Vater.«

Rhean stöhnte. »Verdammt. Ich habe mich darauf verlassen, dass die Leibwächter den Mund halten. Dieses ganze ›absolute Vertrauen‹.« Normalerweise behielten Sicherheitsleute die Aktivitäten ihrer Schützlinge für sich, es sei denn, deren Sicherheit verbat es. Ein Schützling musste absolutes Vertrauen in seine Leibwache haben, wenn sie ihn wirksam beschützen sollte. Er durfte keine Geheimnisse vor ihnen haben und musste sich darauf verlassen können, dass keiner von ihnen etwas ausplauderte.

»Zum Genfer See durchzubrennen war ein ziemlicher Sicherheitsbruch.« Die ältere Frau schmunzelte, als sie Rheans staunendes Gesicht sah. »Allerdings, es ist schon seit damals bekannt, doch es war nicht die erste Affäre dieser Art, und es wird auch sicher nicht die letzte sein. Als du eure Freundschaft mehrere Jahre abgebrochen zu haben schienst, hielt ich es für erledigt, aber wie ich sehe, war das ein Irrtum.«

Rheans Wangen wurden heiß.

»Erspare es mir. Ich habe zwanzig Jahre auf Canopus IV zugebracht. Mich schockiert kaum noch etwas.« Sie lächelte. »Aber ich wüsste gerne, was du jetzt vorhast, nachdem du dich zurück in die Delegation manövriert hast.«

»Meine Anwesenheit ist nötig, damit …«

»Verkauf mich nicht für dumm, Mädchen. Du weißt verdammt gut, dass wir auch ohne dich auskommen. Auch wenn du die Inspekteurin bist, dreht sich das Liga-Militär nicht einzig und allein um dich. Du *wolltest* mit nach Terra.«

Rhean antwortete erst nach ein paar Sekunden. »Ich muss mit ihm reden.«

Humphreys nickte. »Du bist nicht so undurchschaubar, wie du dir einbildest.« Sie machte eine lange Pause. »Es ist eine schwierige Situation.«

»Verlange nicht von mir, dass ich ihm aus dem Weg gehe. Das werde ich nicht.«

»Natürlich nicht. Ihn zu vermeiden wäre in deinem Beruf unmöglich. Ich wollte sagen: Sieh dich vor. Diskretion ist das Zauberwort hier. Keine Schäferstündchen auf Cameron-Empfängen. Sucht euch einen Ort, an dem euch keine Dienstboten, Reporter oder Familienangehörige überraschen können.«

Rhean lachte zögernd und unter der Belastung des Andrucks recht mühsam. »Und kennst du einen solchen Ort?«

»Wie der Zufall so will, ja.«

* * *

Altstadt, Lausanne, Region Schweiz, Terra
Terranische Hegemonie

9. April 2612

Ein altes Ehepaar stieg die abgeschliffenen Stufen von der Kirche herab, ohne die Sicherheitsleute zu beachten, an denen es vorbeikam. Die beiden suchten sich vorsichtig einen Weg über das tückische Kopfsteinpflaster und stiegen bedächtig über Flecken nur halb geräumten Schnees, den ein letztes Aufbäumen des Winters hinterlassen hatte, bevor sie sich zurück unter die hölzernen Vordächer duckten, die den halben sich an bunten Geschäften und Wohnhäusern hangabwärts windenden Gehsteig bedeckten. Es war eine Postkartenidylle.

Rhean beobachtete die beiden von der kleinen Terrasse am Fuß der Freitreppe, mit dem Rücken an die niedrige Mauer gelehnt, die das Café säumte. Ein elektrisches Heizgerät nahm der Frühlingskälte die Schärfe und hielt den Bereich um die Tische schneefrei. Trotzdem hatte sich Rhean warm eingemummelt, in einer daunengefütterten Skijacke und Pudelmütze. Eine Decke lag über ihren Beinen, und in den behandschuhten Händen hielt sie eine dampfende Tasse heiße Schokolade, an deren Rand noch ein paar Sahnetupfer zu sehen waren.

Während sie dem alten Pärchen nachschaute, trank sie noch einen Schluck und genoss die Süße und das Aroma der dicken Flüssigkeit. Er verspätete sich. Sie hatten bei ihrem kurzen Wortwechsel nach der Ankunft am Hof 14 Uhr ausgemacht, und inzwischen war es fast halb drei. *Noch eine halbe Stunde,* dachte sie. *Dann geh ich nach Hause.*

Sie bemerkte aus dem Augenwinkel eine Bewegung und drehte den Kopf zu Evangeline, die am Eingang des Cafés stand, eine Hand ans Ohr gehoben. Sie schaute zu Rhean herüber, dann zuckte ihr Blick die Freitreppe hinauf. Rhean folgte der Bewegung zu Annelise, die von dort oben die Terrasse überschaute. Sie redete mit mehreren Neuankömmlingen. Rhean wusste ihre Namen nicht, aber sie kannte sie: Es waren crucische Leibwächter. Sie schloss erwartungsfroh die Augen. Schritte näherten sich über die Treppe, dann zog jemand einen Stuhl zurück. Es gelang Rhean nicht, das Grinsen zurückzuhalten. Sie öffnete die Augen. Das Grinsen gefror und zerplatzte.

Eine blonde Frau saß ihr gegenüber, in einem langen blauen Wollmantel und einer Pelzmütze. Sie war unverwechselbar. Elaine Romera. Nein, Elaine *Davion*. Nicht das schwache, zaghafte Mädchen aus Moskau, sondern eine entschlossene und zornige Wölfin.

»Nicht der Anblick, den Sie erwartet hatten?« Die Stimme der Davion war so frostig wie die Luft. »Das tut mir leid.« Ihr Tonfall strafte die Worte Lügen.

»Lady Davion.« Rhean hatte Mühe, Worte zu finden.

»Eine freundliche Warnung, *Miss Marik*. Finger weg!« Ihre Augen waren schmal und wirkten wie auf die ältere Frau gerichtete Laser. »Ich mag es nicht, wenn man mit meinem Ehemann poussiert.«

»Ich wusste nicht, dass er verheiratet ist.«

»Beim ersten Mal. Er hat die Angewohnheit, das für sich zu behalten. Aber für Ihre späteren Indiskretionen können Sie sich nicht auf Unwissenheit herausreden, ganz gleich, was für ein charmanter Hurensohn er ist.«

»Es …«

»Sagen Sie nicht, dass es Ihnen leid tut. Das tut es nicht, und ihm ebenso wenig. Ich weiß, dass er nicht treu sein kann. Der Himmel weiß, wie viele Zofen und Bürodamen er schon gehabt hat. Ich beachte es gar nicht mehr. Aber Sie – bei Ihnen ist das eine ganz andere Sache.« Ihre Augen funkelten, und sie stieß wütend den Finger in Rheans Richtung. »Ihre kleine Affäre bedroht das Gleichgewicht der Macht in der Inneren Sphäre.« Sie atmete durch. »Sie beide sind Fürsten Großer Häuser oder werden es bald. Wenn Sie sich zerstreiten, wäre das kein Schlafzimmergewitter, es wäre Krieg.«

»Ich habe es ihm ganz ähnlich erklärt.«

»Und trotzdem haben Sie weitergemacht. Wie ich schon sagte, er ist ein charmanter Hurensohn. Ich möchte Ihnen etwas zeigen, um die Angelegenheit ins rechte Licht zu rücken.« Sie griff in eine Manteltasche und zog ein kleines Stück Papier heraus, ein Bild. Es zeigte zwei Kinder, ein Mädchen von sechs oder sieben und ein Kleinkind. »Das sind Sarah und Samuel. Und das hier …« Sie stand auf und öffnete den Mantel. Ihr Bauch war geschwollen. »Das ist entweder Mathew oder Marie.« Sie schloss den Mantel wieder und setzte sich. »Nur, damit sie wissen, womit Sie es zu tun haben.«

»Ich halte Abstand. Rein geschäftlich«, antwortete Rhean leise.

»Das wäre auch besser. Sie und mein Mann waren in Genf nicht gerade diskret, und es wäre eine Schande, wenn die Aufnahmen publik würden.« Die Drohung stand zwischen den beiden Frauen im Raum. Elaine stand auf und schaute auf Rhean herab. »Einen schönen Geburtstag noch, Miss Marik.« Dann drehte sie sich um und ging.

»Es heißt, ein Unglück kommt selten allein. Ich kann es nicht bestreiten. Auf jeden Fall war mein Gespräch mit Elaine nur das erste in einer Serie von Unglücken, und in dem, was folgte, lag eine bittere Ironie.«

— *Tagebucheintrag*

20

Marik-Flucht, Hof des Sternenbundes,
Unity City, Nordamerika, Terra
Terranische Hegemonie

24. April 2612

Rhean saß in Gedanken versunken auf ihrem Balkon. Die Reste des Mittagessens lagen auf dem Tisch, neben einer halbleeren Kaffeekanne und einem Buch, in dem sie nur ein paar Seiten gelesen hatte. Der Autor kannte sich zwar mit der Militärterminologie aus, war aber offensichtlich nie MechKrieger gewesen, und seine vor dem Hintergrund eines der Andurien-Kriege spielende Handlung war eine reine Ansammlung von Heldentum und Ruhm, die mit der Wirklichkeit auf dem Schlachtfeld rein gar nichts gemein hatte. Rhean war ein Rätsel, wie es der Roman auf die terranischen Beststellerlisten geschafft hatte. Sie suchte nach einer Ablenkung, aber ›Gezückte Dolche‹ eignete sich nicht dafür.

Der Himmel war bedeckt, doch die Luft war mild. *Kein Vergleich mit Lausanne,* kam ihr in den Sinn. »Verdammt«, murmelte sie wütend. So sehr sie sich auch bemühte, Zane und die Begegnung mit Elaine zu vergessen, irgendetwas erinnerte sie ständig daran. Auf der Akademie war sie gejoggt, um unerwünschte Gedanken zu vertreiben, und hatte einen zen-artigen Zustand der völligen Konzentration erreicht. Doch in ihrer derzeitigen Verfassung hätte sie froh sein können, es bis ans Ende des Korridors zu schaffen. An Fünfzehn-Kilometer-Strecken wie in ihrer Jugend war nicht zu denken. *Verräter,* klagte sie ihren Körper an.

Was nach Elaines Abgang in Lausanne geschehen war, wusste sie nur noch bruchstückhaft. Sie erinnerte sich, dass ihre Leibwächterinnen gekommen und sie in den Wagen geschafft hatten. Danach an eine Fahrt durch die Stadt ans Seeufer, am IOC und den Kurita-Lagern an der Uferstraße vorbei. Jemand – vermutlich Evie – hatte entschieden, dass eine Rückkehr nach Genf auf einem Stratosphärenflug mit einer zwischen beinahe katatonischer Lähmung und hysterischem Heulen hin und her wechselnden Rhean eine unnötige Belastung darstellte. Also waren sie weitergefahren, an Montreux und dem Châteaux de Chillon vorbei, das Rhônetal hinauf. Am nächsten Morgen war sie in Troistorrents aufgewacht und hatte den Tag damit zugebracht, sich wieder in den Griff zu bekommen.

Rinalla war gekommen, um ihr Gesellschaft zu leisten, und sie hatte es geschafft, sie aufzuheitern. Aber die Magestrix hatte einen abwesenden Eindruck gemacht, für den Rhean keine Erklärung wusste. Als sie schließlich am Hof des Sternenbunds eintrafen, war offiziell erklärt worden, dass die beiden sich vor der Ratssitzung im Gebirge vergnügt hatten. Die meisten glaubten es.

Sie rollte den Nacken, um den Verspannung zu lösen, dann schaute sie zurück in die Wohnung, wo ein Stapel Unterlagen auf sie wartete. Bis zum Beginn der Ratssitzung blieben noch sechs Tage, aber bis dahin musste sie auf dem neuesten Stand sein. Sie erhob sich mit einem leisen Stöhnen und humpelte ins Wohnzimmer. Das war eines ihrer ›Defizite‹, wie die Ärzte es nannten: eingeschränkte Koordinationsfähigkeit durch den Tumor und die späteren Operationen. Sie hoffte darauf, die Auswirkung ausgleichen lernen zu können, aber noch schwankte sie bei jedem Schritt wie angetrunken und benutzte in der Regel einen Gehstock. Sie reckte sich, rollte die Schultern und drehte die Hüfte. Dann griff sie nach den obersten sechs Ordnern. Sie war halb zurück auf dem Balkon, als sich die Küchentür öffnete und Evie hereinhuschte.

»Die Centrellas sind auf dem Weg hierher.«

Rhean fiel die Mehrzahl in dem Satz auf. Also begleitete Claudia ihre Mutter. »Gerettet«, flüsterte sie, drehte auf dem Absatz um und ließ die Akten wieder auf den Stapel fallen. »Gib mir eine Minute, bevor du sie reinlässt.« Sie ging hinüber zum Spiegel und überprüfte den Sitz des Schals. Einzelne Mitglieder der Marik-Delegation hatten sich als Zeichen der Sympathie den Kopf rasiert, eine Geste, die die sehr zu schätzen wusste, aber trotzdem machte es ihr zu schaffen, kahl zu sein. Dann setzte sie sich auf ihren üblichen Platz auf dem Sofa.

Rinalla und Carla erschienen Arm in Arm, umwuselt von Paris und Hektor, die durch die Ankunft von ihrem Platz im Flur aufgescheucht worden waren. Das Mädchen war ihrer Mutter im selben Alter wie aus dem Gesicht geschnitten. Rinalla war einen Hauch älter gewesen, als sie und Rhean sich kennengelernt hatten – ein Ereignis, an das sich zumindest Rhean noch lebhaft erinnerte –, aber in Carlas Haltung und ganzem Auftreten drückte sich derselbe sinnliche Schalk aus. Allerdings war Carla nicht ganz so frech, wie es ihre Mutter gewesen war. Sie würde einmal eine großartige Magestrix werden. Niemand Geringerer als Rheans Vater hatte ihr wirtschaftliches Können gelobt, eine beachtliche Leistung in jenem Alter.

Rhean strahlte die beiden Canopierinnen an. Die Hunde kamen herüber und setzten sich neben sie. Besuch bedeutete Kekse, und sie wussten genau, wo sie am meisten abstauben konnten. »Tee, die Damen?«, fragte sie.

Beide nickten, aber ohne die Freude der Gastgeberin.

Das ließ auch Rheans Lächeln verblassen. »Ich dachte, ich wäre diejenige von uns, die Probleme hat«, stellte sie fest. »Was ist los?«

»Das wird meine letzte Ratssitzung. Während der Sommerpause wird Carla mich als Magestrix ablösen.«

Rhean keuchte auf. »Du trittst ab?«

Ihre Freundin nickte. »Aus Gesundheitsgründen.« Sie nahm den Tee an, den ein Diener ihr reichte, und trank. »Fortgeschrittenes Glioblastom Multiforma.« Nach einjähriger Krebsbehandlung wusste Rhean genau, was das bedeutete.

»Du hast einen Tumor.«

»Hier oben, genau wie du.« Rinalla tippte sich an den Schädel. »Aber meiner lässt sich nicht behandeln.« Carla drückte die freie Hand ihrer Mutter.

»Das tut mir so leid.«

»Was denn, Reh. Ich hatte eine gute Zeit. Genau genommen haben die Ärzte mir die Wahl gelassen: schwere Chemotherapie, die mir möglicherweise sechs Monate zusätzlich verschafft, allerdings mit Nebeneffekten, die dafür sorgen, dass ich die ganze Zeit leide wie ein Hund – ist nicht bös gemeint, Junge.« Sie beugte sich vor und kraulte Hektor die Ohren, der genießerisch die Augen schloss. »Oder sie sorgen dafür, dass ich keine Beschwerden habe, und ich kann meine letzten Monate darauf verwenden, eine geordnete Nachfolge zu regeln.«

Und noch einmal alles genießen, was das Leben zu bieten hat, hing unausgesprochen im Raum. »Besser, Carla tritt den Posten an, solange sie noch jung und kraftvoll ist, und keine alte Jungfer wie du.« Die Andeutung des alten Humors brachte das Lächeln zurück auf Rheans Züge.

»Ich werde am größten Teil der Frühlingssitzungen als Beobachterin teilnehmen, um die Auswirkungen auf den Sternenbund zu minimieren«, warf Carla ein, die immer noch beide Hände um die Hand ihrer Mutter gelegt hatte.

Rhean lächelte sie an. In Carlas Alter war sie noch auf der Akademie gewesen. »Du wirst das großartig machen.« Sie drehte sich wieder zu Rinalla um. »Du hast es schon gewusst, als wir in der Schweiz waren, oder?« Sie fragte mit leiser Stimme.

Rinalla nickte. »Aber der Zeitpunkt war nicht geeignet, es dir zu sagen.«

»Tut mir leid.« Rhean fühlte die Hitze in ihre Wangen steigen.

Die Canopierin winkte ab. »Ich bin stolz darauf, wie du gegen deine Krankheit angekämpft hast«, flüsterte die Magestrix fast. In ihren Augenwinkeln standen Tränen. »Aber ich habe nicht deine Reserven an Kraft und Mut.«

Das ließ Rhean verdutzt blinzeln. Sie betrachtete sich keineswegs als stark. Dickköpfig wie ein Maulesel, ja, aber stark? Sie beugte sich hinüber und nahm Rinallas Hand. Im nächsten Moment lagen sie einander schluchzend in den Armen.

»Also«, sagte Rinalla, als sie sich aus der Umarmung löste. »Ich glaube, jetzt bleibt nur noch eines zu tun.«

Rhean schaute sie mit fragend zur Seite gelegtem Kopf an. »Eine Party geben!«

* * *

Unity City Raumhafen, Unity City, Terra
Terranische Hegemonie

2. Juli 2612

Rhean schattete die Augen schützend mit einer Hand ab, als sie dem kugelförmigen Landungsschiff nachsah. Auf dem sonnengrellen Plasmafeuer der Schubtriebwerke beschleunigte es himmelwärts, brach auf dem Weg in die Umlaufbahn durch die vereinzelten Wolken, und seine Rauchspur zerfaserte langsam im Wind. Sonnenlicht blitzte auf dem Rumpf des schon weit entfernten Schiffes. Einen Moment redete sie sich ein, es sei das Sonnenschwert auf der Rumpfseite gewesen, das aufgeleuchtet hatte. Sie schaute hinauf, bis das Schiff nur noch ein winziger Punkt war, dann drehte sie sich endlich um, schwer auf ihren Gehstock gestützt.

»Ist Zane fort?«, fragte Rinalla aus der klimakontrollierten Kühle der Lounge.

Rhean nickte, dann setzte sie sich neben die wartende Freundin. »Ich sollte auch langsam ans Abreisen denken. Wir sind die Vierten hinter Sword-1.« Das canopische Schiff sollte in einer halben Stunde abheben. Sie hatten den LaderMechs beim Verstauen der Container mit Waren und Gepäck zugesehen, während deren größere militärische Vettern um das Gelände patrouillierten. Rhean war klar, dass sie nie wieder einen Mech steuern würde, aber das änderte nichts an ihrer Überzeugung, dass diese Maschinen eine der schönsten – und erschreckendsten – Erfindungen der Menschheit waren.

Sie standen auf und umarmten sich. »Adieu«, flüsterte Rhean. Ein definitiver Abschied, kein simples ›Auf Wiedersehen‹. Wörtlich genommen, Auf Gott, ein Abschied bis zur Begegnung im Jenseits.

Es war ein verbales Eingeständnis dessen, was sie beide wussten – dass in ein paar Monaten mindestens eine von ihnen, wenn nicht sie beide, tot sein würde. Rhean fühlte Tränen aufwallen. »Geh, schnell, bevor ich noch eine Szene veranstalte«, flüsterte sie Rinalla zu. Sie lösten sich und sah, dass die Canopierin ebenfalls den Tränen nahe war.

Die Magestrix ging ein paar Schritte auf den Ausgang zu, hinter dem ihre Limousine wartete, dann drehte sie sich noch einmal um. »Du.« Rinalla stieß den ausgestreckten Zeigefinger in ihre Richtung. »Wirst überleben. Egal wie, du überlebst. Das musst du.« Dann war sie fort, verschwunden hinter einer Wand von Sicherheitsleuten.

Rhean kehrte auf den Balkon zurück, stützte sich auf das Geländer und beobachtete den Wagen, der über das Landefeld kurvte, bis er vor einem schlanken, aerodynamischen Landungsschiff anhielt. Jemand brachte ihr ein Wasser, aber sie weigerte sich, ihren Aussichtspunkt zu verlassen, bis die Luken des Schiffes sich geschlossen hatten und es die riesige Startbahn entlang des Puget Sound erreicht hatte. Selbst aus zwei Kilometern Entfernung war das Donnern der Triebwerke ohrenbetäubend, als sich das riesige Schiff vom Boden erhob. Einmal in der Luft, drehte es nach Westen über den Pazifik ab, bevor es zum Steigflug in die Umlaufbahn ansetzte.

»Gehen wir«, erklärte sie an niemanden gerichtet und ließ sich zu ihrem eigenen Wagen eskortieren. Nach der warmen Sommerluft war das Innere der Limousine nachgerade eisig, und sie zitterte ein paar Sekunden, bis sie den Arm ausstreckte und die Klimaanlage justierte.

Die Frühjahrssitzung war vorbei, aber sie und ihr Vater hatten sich entschieden, über die zweimonatige Sommerpause auf Terra zu bleiben und die Schauplätze alter Untaten zu besuchen, solange sie noch die Gelegenheit hatten.

Vati spürte das Alter und seine Sterblichkeit, ein Gefühl, das ihr inzwischen nur zu vertraut war. Auf Atreus konnte David die Stellung halten, ein weiterer Marik, der sich auf einen gänzlich unverhofften Posten vorbereiten musste. Quentin durchlief noch einen Schnellkursus in den Verantwortlichkeiten eines Generalhauptmanns, und da sein Sohn mit gerade fünfzehn Jahren noch zu jung zur Amtsnachfolge war, wurde David zu Quentins möglichem Nachfolger ausgebildet. Das Ganze war ein Unterfangen von byzantinischen Ausmaßen, doch Rhean sah die Methode hinter dem Wahnsinn.

Sie schaute hoch und sah Evie auf dem Beifahrersitz bei einem hitzigen Gespräch über Funk. Sie warf einen Blick aus dem Fenster und sah, dass sie durch ein bewaldetes Tal rasten, kein Anblick, den sie auf dem Weg vom Raumhafen zu ihrer Wohnung erwartet hätte. Sie beugte sich vor und drückte den Knopf, der die Trennscheibe zum Fahrer senkte.

»Wieso fahren wir nicht durch den Westtunnel?«

»Wir sind auf Bitten des Generalhauptmanns unterwegs zum Grace Memorial, Inspekteurin«, erwiderte Evie nüchtern.

»Wie geht es ihm?«

»Adler ist wohlauf, soweit ich weiß.« Das war der Codename ihres Vaters, dem Wappen Haus Mariks angelehnt. Alle Mariks waren als Greifvögel identifiziert. Sie selbst war Fischadler. »Es geht um Wanderfalke.«

»Quentin? Was ist passiert?«

Evangeline machte ein bedauerndes Gesicht. »Ich weiß nur, dass es ein medizinischer Notfall ist. Tut mir leid.«

Als die Limousine eine Viertelstunde später vor dem Krankenhaus eintraf, wussten sie schon mehr. Ihr Bruder hatte einen Herzanfall erlitten.

»Wir haben Tennis gespielt«, erklärte ihr Neffe, als sie eintrafen. »Und Papa ist einfach umgekippt.« Tomas hatte sein struppiges Haar mit einer Baseballmütze gebändigt, die ein *Stuka*-Logo trug. Der junge Luft/Raum-Fan war mächtig stolz darauf, dass er sie einem Davion-Piloten hatte abschwatzen können. Rhean drückte den Jungen und zog ihn neben sich auf den Sitz, als sie sich zu ihrem Vater setzte.

»Wie stehen die Chancen?«

Brion zuckte kaum merklich die Schultern und deutete mit einer Kopfbewegung zu dem weiß gekleideten Arzt, der in diesem Moment aus der Notaufnahme kam. Er blieb vor dem Marik-Fürsten stehen. Rhean legte den Arm um Tomas. Seine Mutter war gestorben, als er erst sechs Jahre alt war, und sein Vater hatte ihn allein aufgezogen.

»Generalhauptmann, Inspekteurin, Master Marik.« Er nickte Tomas zu. »Es tut mir leid.«

»Eine Menge Leute sind davon ausgegangen, dass ich das Amt nie antreten und ein Krebsopfer werden würde, lange bevor mein Vater seinen Kampf gegen die Krankheit verliert. Ich glaube, es war der Tod Quentins, der mein Nachfolger hatte werden sollen, der mich angetrieben hat. Es war pure Dickköpfigkeit, Tomas die Chance zu verschaffen, sich auf das Unvermeidliche vorzubereiten. Als ich dann Generalhauptmännin wurde, betrachteten dieselben Pessimisten mich im Grunde nur als Platzhalterin bis zur Volljährigkeit meines Neffen.«

— *Tagebucheintrag*

21

Sternenkammer, Hof des Sternenbunds,
Unity City, Nordamerika, Terra
Terranische Hegemonie

2. Mai 2614

Rhean wartete auf ihrem Sessel, bis die anderen Hausfürsten sich versammelten. Melissa Humphreys saß auf dem Beisitzerplatz schräg hinter ihr, der einmal Rheans fester Platz gewesen war. *Was für ein Paar,* dachte sie. *Die siechende Generalhauptmännin und ihre achtzigjährige Adjutantin.* Man hatte ihnen der angeschlagenen Gesundheit wegen gestattet, vor den anderen zur ersten Sitzung des Hohen Rats im Frühjahr 2614 Platz zu nehmen. Rhean schloss die Augen.

Siebenundsiebzig Tage, dachte sie. So lange war sie jetzt Generalhauptmännin. Das Zählen war ihr zur Gewohnheit geworden. Jeder weitere Tag war ein Geschenk. Nach der Krebsdiagnose hatte man ihr eine Lebenserwartung von drei Jahren eingeräumt. Die waren jetzt vorbei. Lebte sie auf geborgter Zeit?

»Rhean-san, konban-wa. O genki desu ka?« Ihre Lider zuckten hoch, als sich eine Frauenstimme auf Japanisch nach ihrem Wohlbefinden erkundigte. Sanethia Kurita stand vor ihr. Die zierliche Koordinatorin verneigte sich, und Rhean senkte antwortend den Kopf.

»Ohayo, Sanethia Kurita-san. Genki desu. Anata wa?«, erwiderte sie die Frage mit der Bestätigung, dass es ihr gut gehe. Das war natürlich eine krasse Lüge, doch sie wusste, was die Höflichkeit verlangte. »Ich entschuldige mich, dass ich nicht aufstehe, um Sie gebührend zu begrüßen. Mein Gleichgewicht ist nicht mehr so gut wie früher.«

Claudia Centrella kam hinter der Koordinatorin vorbei und winkte, ein Gruß, den Rhean schwach erwiderte.

»Hai, genki desu. Es ist schön, Sie hier zu sehen. Mein Beileid zum Verlust Ihres Vaters. Er war ein guter Mann.« Sie nickte einem ihrer Adjutanten zu. »Wir werden uns bei einem Essen weiter unterhalten, ja?«

Rhean nickte, und Sanethia verbeugte sich noch einmal, bevor sie zu ihrem Sessel schwebte.

»He.« Kevin Steiner erschien als Nächster. Er hatte den Dinesen-Teil seines Namens ein paar Jahre zuvor offiziell abgelegt. Das hatte irgendetwas mit dem Ende eines dynastischen Streits zwischen beiden Familien zu tun gehabt. Familienstreitigkeiten. Als wäre es nicht schon Herausforderung genug, sich mit den wieder einberufenen Generalstaaten herumzuschlagen, dem Parlament des Lyranischen Commonwealths. Er warf einen Blick auf ihre von Blutergüssen übersäten Arme, eine Nebenerscheinung des seit Beginn des jüngsten Behandlungszyklus drastisch gefallenen Blutplättchenwerts. »Du siehst …«

»Beschissen aus, ich weiß. So fühle ich mich auch.« Sie streckte zur Begrüßung die Hand aus, zog ihn zu sich herab. Dann gab sie ihm einen Kuss auf beide Wangen und zupfte seinen Kragen zurecht. »Immer noch unverheiratet, wie ich sehe.«

»Evangeline ist schon verheiratet.« Er zuckte die Schultern und grinste. Das war zu einer Art regelmäßigen Frotzelei zwischen ihnen geworden. »Und du willst mich nicht.« Er streckte sich hinüber und schüttelte Nicholas Camerons Hand, als sich der Erste Lord neben die Generalhauptmännin schob.

»Ach, inzwischen ist Evie deine erste Wahl? Du brichst mir das Herz«, grinste sie den Archon an. Es kostete Mühe, fröhlich zu sein, aber das Lächeln auf seinem Gesicht war alles, was sie an Belohnung brauchte. »Wir sehen uns später.«

Sie wendete sich zum Ersten Lord. »Danke für die Worte bei Vatis Beerdigung.« Nicholas und Kevin waren die einzigen Hausfürsten gewesen, die an der Zeremonie auf Atreus teilgenommen hatten, auch wenn Sanethia Kurita und Sundermann Liao Vertreter geschickt hatten. Von New Avalon war nur eine knappe Beileidsdepesche eingetroffen.

»Das war das Mindeste, was ich tun konnte.« Er klopfte ihr auf die Schulter und ging weiter an seinen Platz, dicht gefolgt vom capellanischen Kanzler, der mit jedem der versammelten Fürsten Höflichkeiten austauschte.

Humphreys lehnte sich vor und reichte ihr einen dünnen Ordner. »Neue Wirtschaftsprognosen.« Ihre Stimme klang düster. Der Wettbewerb aus den Peripheriestaaten machte der Wirtschaft der Freien Welten trotz Brions Bemühungen um Abhilfe schwer zu schaffen, was die schlimmsten Befürchtungen der Herzogin bestätigte.

Rhean öffnete den Ordner und überflog die Zahlen. Innerlich stöhnte sie und wollte sich gerade zu ihrer Adjutantin umdrehen, als der letzte der Hausfürsten den Saal betrat, schlank und gutaussehend wie immer.

»Generalhauptmännin«, sagte Zane kalt und förmlich, als er vorbeiging.

»Prinz Davion«, erwiderte sie ebenso kühl. Rhean bemerkte Humphreys' Blick und hatte Mühe, ihn zu deuten. Um den Mund wirkte ihr Gesichtsausdruck warnend, doch um die Augen schien er voller Mitleid. Sie drehten sich beide wieder nach vorne.

»Gut, wir sind alle versammelt«, stellte der Erste Lord fest. »Ich habe ein paar Bemerkungen vorab, dann können wir die Frühjahrssitzung 2416 des Hohen Rats des Sternenbundes eröffnen.«

* * *

Sternenkammer, Hof des Sternenbundes,
Unity City, Nordamerika, Terra
Terranische Hegemonie

7. Mai 2614

»Ich wüsste allerdings nicht, inwiefern das relevant ist«, verkündete Sundermann Liao. »Die Konföderation zahlt bereits jetzt einen übertriebenen Beitrag zur Aufrechterhaltung der Sternenbund-

Transportmittel innerhalb unserer Grenzen. Eine Ausweitung des Kurierdienstes könnte das Fass zum Überlaufen bringen.«

»Sie hängen ja auch nicht am äußersten Ende einer langen Nachrichtenkette«, bemerkte Henry Calderon mit einem Anflug von Bitterkeit. Er war im Jahr zuvor in den Vordergrund getreten, als er sich vermittelnd in einen Handelskonflikt zwischen der Terranischen Hegemonie und dem Lyranischen Commonwealth eingeschaltet hatte. Nicholas hatte die Einmischung des nicht stimmberechtigten Ratsmitglieds verärgert, und zwischen den beiden war es zu einem Wortgefecht gekommen, das Henry in seiner Heimat zum Helden gemacht hatte. Rhean musste zugeben, dass Nicholas im Unrecht und Calderons Vorschlag sinnvoll gewesen war, auch wenn sich Henry nicht gerade diplomatisch ausdrückte.

»Ein schneller Kurier braucht – wie lange? – zwei Wochen nach Atreus.« Rhean deutete in Sanethia Kuritas Richtung. »Drei nach New Samarkand. Vier nach Canopus.« Ihre Bewegung schloss auch Claudia ein. »Es muss eine Möglichkeit geben, die Kommunikation zu verbessern. Mehr Kuriere? Schnellere Schiffe?«

»Die Naturgesetze lassen sich nicht beugen«, warf Sanethia mit leiser, aber deutlicher Stimme ein. »Ebenso wenig wie die Grenzen menschlicher Belastbarkeit.«

»Dann müssen wir den Menschen eben aus der Gleichung entfernen«, mischte sich Kevin in das Gespräch. Er beugte sich vor und tippte einen Befehl in seine Konsole. Ein nadelförmiges Schiff erschien auf dem Schirm, einem Sprungschiff ähnlich und doch anders. »Ein paar meiner Leute haben die Idee eines Drohnen-Sprungschiffs entwickelt. KF-Antrieb, Speicherbänke und Kommunikationsphalanx. Keine Notwendigkeit für Lebenserhaltung oder Dockkrägen.«

»Interessant.« Rhean drehte sich zu Zane um. »Aber reichlich teuer. Man bräuchte ein oder zwei pro System, und das Problem der Ladezeiten bliebe bestehen.«

Kevin nickte seinem Freund zu. »Das stimmt, aber mit durchdachter Planung könnte man die Übertragung von Nachrichten beschleunigen. Ein Schiff könnte ins System springen und seine Nachrichten übermitteln, kurz bevor das dort wartende abspringt.«

»Das ändert nichts daran, dass die Schiffe ihren Antrieb wieder aufladen müssen. Wenn sie nicht sprungbereit sind, heißt es warten, und das könnte fast eine Woche dauern.«

»Aber eine Expressverbindung einmal die Woche wäre immer noch besser als das, was wir jetzt haben.«

Die ganze Runde nickte zustimmend.

»Ich lege es dem Wissenschaftsrat vor«, erklärte Nicholas. »Es ist eine Verfeinerung des heutigen Systems, daher erwarte ich keine größeren Einwände. Herb wird es erst bei der Finanzierung.«

Rhean hüstelte. »Das wird sicher erst einmal reichen, aber ich finde trotzdem, wir sollten nach einer grundlegenderen Lösung Ausschau halten.«

»Was schlagen Sie vor, Generalhauptmännin?«

»Wir benötigen ein echtes überlichtschnelles Kommunikationssystem. Wir sind in der Lage, Menschen und Material durchs All zu transportieren, indem wir die einsteinsche Physik überlisten. Warum nicht auch Funksignale?«

Richard Amaris schnaubte. »Und Sie besitzen ein mystisches Artefakt, das Funksignale zwischen den Sternen transportieren kann, ja?«

»Nein, aber ich besitze Wissenschaftler, die es für machbar halten. Rhylene HyperTech arbeitet an einer Theorie, die man in Kürze vorzustellen hofft.«

Nicholas lächelte. »Und wie kurz ist in Kürze?«

»Innerhalb von fünf Jahren, hat man mir gesagt.«

Der Erste Lord wirkte nachdenklich. »Die Hegemonie hat eigene Teams, die an diesen Fragen arbeiten. Wir sollten die Teams von Rhylene und Dr. DeBurke zusammenbringen. Sie könnten auf den Ideen des anderen aufbauen.«

»Ganz sicher. Aber Rhylene wird seine Patente beschützen.«

Cameron hob die Augenbrauen. »Konzerngewinne vor dem Nutzen für die Menschheit, Rhean? Albert würde sich im Grabe umdrehen, könnte er das hören.«

Sie runzelte die Stirn. »Anerkennung für die geleisteten Anstrengungen und Ausgaben. Die Freien Welten haben eine Menge in dieses Projekt investiert.«

»Ich könnte die Patente zum Wohl des Sternenbundes enteignen.«

»Und Rhylenes Techs könnten einen Anfall von Massenamnesie erleiden«, schleuderte sie zurück.

»Touché. Dann sollten wir beide dieses Thema unter uns erörtern.« Er nickte ihr zu, und sie erwiderte die Geste. »Schön. Punkt elf, Rüstungsaufträge ...«

* * *

Unity City, Nordamerika, Terra
Terranische Hegemonie

10. Juni 2614

Drei Hunde tollten am Strand entlang, jagten Vögel und bellten die Brandung an. Sie waren ausgelassen wie Welpen. *Ich wünschte, ich könnte die Zeit auch so zurückdrehen,* dachte Rhean. Es war ein Ruhetag, eine Pause von den endlosen Diskussionen, und sie war mit Madeleine an den Pazifik gefahren.

Madeleine schlenderte bequem über den Strand, Rhean humpelte am Stock nebenher.

Andromache rannte zu den beiden herüber, verfolgt von ihren Brüdern, und schleppte einen viel zu großen Ast hinter sich her. »Sie übernimmt sich jedes Mal«, stellte Maddy lächelnd fest.

Die drei Hunde tänzelten um den Ast und bellten ihn an. Die zierliche Adlige hob einen kleineren Stock vom Strand und warf ihn Richtung Wasser. Die Tiere hetzten hinterher. »Geht es?«

»Ich bin froh, draußen zu sein. Wenn wir noch in der Sternenkammer wären, stünde ich kurz davor, jemandem den Kopf abzureißen.«

»Zane?«

Rhean nickte. »Nicht nur. Die Feindschaft zwischen Nick und Henry blüht und gedeiht, und Sundermann ist fast so schlimm wie Aris.«

»Aber vor allem ist es Zane.«

»Er ist ein Wichser.« Aus irgendeinem Grund hatte sie eine Vorliebe für dieses Schimpfwort entwickelt, und sie sprach es grundsätzlich mit demselben Davion-Akzent aus, mit dem Annelise es regelmäßig benutzte.

»Elaine setzt ihm vermutlich immer noch zu.« Rhean winkte ab. »Und Carlton weist du immer noch ab?«

Rhean schüttelte sich. Sie war mehr als unfair zu dem jüngeren Allison gewesen, doch angesichts der Tatsache, wie sehr die Krankheit ihr Leben bestimmte, fühlte sie sich darin gerechtfertigt. »Er verdient etwas Besseres. Etwas Besseres als das.« Sie deutete auf sich, bleich und verhärmt. »Und Lambert macht es eine perverse Freude, mich immer wieder darauf hinzuweisen, wie sehr ich das Leben seines Bruders zerstört habe.«

»Also der ist ein Wichser«, kicherte Maddy.

»Da hörst du von mir keinen Widerspruch. Aber er ist ein Herz und eine Seele mit Selaj. Ich kann kaum fassen, wie völlig anders er Narinder gegenüber ist.«

»Wir beide sind auch befreundet. Und mit Rinalla warst du ein Herz und eine Seele. Euch beide konnte man kaum als Seelenverwandte bezeichnen.«

»Stimmt, aber irgendetwas an dieser Paarung ist seltsam. Erst habe ich gedacht, es wäre die alte Triumviratssache.« Als die Freien Welten durch den Zusammenschluss der bis dahin unabhängigen Fürstentümer Regulus, Oriente und Marik entstanden waren, hatten die Oberhäupter der drei Herrscherfamilien Erbposten in der Regierung erhalten, die sie zu gleichberechtigten Partnern machten.

Mit der Gründung des Sternenbunds jedoch waren die Mariks zu den fraglosen Herrschern der Liga aufgestiegen und hatten die Allisons und Selajs an die Seite gedrängt. »Aber es scheint persönlicher zu sein.«

»Lambert hasst dich«, stellte Maddy nüchtern fest und warf einen neuen Stock für die sich überschlagenden Hunde. »Für ihn ist es persönlich.«

Rhean schaute ihren davonrasenden Hunden hinterher. »Das versteht sich, und die Sache mit Carlton hat ihn noch zusätzlich aufgebracht, aber warum Narinder? Hat Lambert sein Bild von mir vergiftet?«

Ihre Freundin zuckte die Schultern. »Lass David oder Ward es versuchen. Wenn sie mehr Glück haben, weißt du, dass es gegen dich persönlich geht. Falls nicht, weißt du, dass sie einen Hass auf alle Mariks haben.«

»Ich werde es ihnen vorschlagen.« Sie erteilte ihren Brüdern keine Befehle, auch bei den seltenen Gelegenheiten nicht, wenn sie einen ihrer ›Vorschläge‹ ignorierten. Die Medien stellten Rhean als ›heldenhafte Frau der leisen Worte‹ dar, die sich zum Wohl der Liga gegen ihre Krankheit stemmte. Ihre Brüder hingegen wussten sehr wohl, was für eine Hexe ihre große Schwester sein konnte, und seit der Erkrankung war sie reizbarer denn je.

Rhean drehte sich um und schaute den Strand hinab, wo die Wagen in der Sonne glänzten. Dunkel gekleidete Sicherheitsleute bewachten ihre Fahrzeuge, während ihre Kollegin vor den beiden Spaziergängern und den drei Hunden durch die Dünen streifte. »Drehen wir um.« Sie seufzte beim Gedanken an die Entfernung und stampfte durch den Sand.

»Es war unvermeidlich. Ich hatte eine Glückssträhne gehabt, aber ich war nie dem Glauben erlegen, sie könnte ewig wären. Früher oder später holt das Schicksal einen ein. Trotzdem, mancher dunkle Horizont birgt tatsächlich einen Silberstreif.«

— *Tagebucheintrag*

22

Diplomatenviertel, Unity City, Nordamerika, Terra
Terranische Hegemonie

9. Mai 2615

Carla beugte sich begeistert applaudierend vor, als die Spieler vorbeidonnerten. Rhean beobachtete die Einundzwanzigjährige aufmerksam. Die wenigsten Menschen, die sie sahen, hätten die Andeutung einer Wölbung ihres Bauches bemerkt, aber die Generalhauptmännin erkannte die unverwechselbaren Zeichen im Gesicht der jungen Frau. Sie leuchtete förmlich. Wieder jubelte Carla, als ihr Mann, Colonel Curtis Yabuku, einen weiteren Ball ins Tor beförderte. Seine Teamkameraden drängten sich begeistert um ihn, aber seine Augen waren einzig und allein auf seine Frau gerichtet. Mit ihr allein teilte er seinen Triumph.

Während Carla klein und zierlich war, mit kaffeebrauner Haut, die einen deutlichen Kontrast zu den hellen Stoffen bot, die sie bevorzugte, war Curtis ein wuchtiger Riese, dessen tiefdunkle Haut glänzte, als er über das Spielfeld lief. Er war einer der wenigen Menschen in Rheans Bekanntenkreis, die größer waren als sie, und als sie ihn im vergangenen Herbst kennengelernt hatte, wenige Monate nach der Hochzeit, hatte er die traditionelle Kentetracht seiner Ashantivorfahren getragen, auf die er äußerst stolz war. Er war ein Krieger, der Herr seines Hauses, und es erschien Rhean sehr seltsam, wie beinahe unterwürfig Carla sich ihm gegenüber verhielt. *Das kann nicht gut gehen,* hatte sie damals gedacht.

Das Spiel ging weiter, und wieder war der hünenhafte Yabuku mitten im Geschehen. Es gab ein Gerangel um den Ball, und ein gegnerischer Spieler stürzte. Einen Moment erwartete Rhean eine Schlägerei, erst recht angesichts Curtis' Arroganz, doch der Canopier streckte die Hand aus und zog seinen am Boden liegenden

Gegner mit einem Scherz wieder auf die Beine. In diesem Moment war leicht zu sehen, was ihn bei seinen Leuten und bei Carla so beliebt machte.

»Foul!«, brüllte die Magestrix Sekunden später, als ein schwerer Rempler Curtis zu Boden warf. Diesmal streckte ihm sein Gegner den Arm entgegen, und die Rivalen schüttelten sich die Hand, aber die Miene des Canopiers versprach Rache. Und schon war er wieder fort, rannte zurück an seine Position. Die selbstsicheren Eigenheiten des Colonels wirkten vertraut auf Rhean.

Sie erinnerten sie an Zane.

Das war nicht die einzige Ähnlichkeit. Laut den NND-Berichten, die sie gesehen hatte, waren beide unverbesserliche Schürzenjäger. Curtis schien es als sein Recht anzusehen, sich mit schönen Frauen zu umgeben, auch wenn seine Frau im sechsten Monat schwanger mit seinem Erstgeborenen war. *Genau wie Zane,* dachte sie. *Verflucht noch mal. Wieso verlieben wir uns ausgerechnet in solche Typen?*

Der Schlusspfiff ertönte, und Curtis trottete herüber zur Tribüne. Er kletterte über das Geländer und stieg zu den beiden herauf. Er beugte sich herab und gab seiner Frau einen sanften Kuss. Dann legte er die Hand auf ihren Bauch. »Er wird stark werden.«

»Das wird *sie*«, konterte Carla trocken und erwiderte seinen Kuss.

»Generalhauptmännin.« Er nickte zu Rhean herüber und verneigte sich halbherzig. Curtis wusste offenbar nicht so recht, was er mit ihr anfangen sollte. Sie war eine Frau, und normalerweise hätte er ihr keinen Respekt gezollt, doch andererseits war sie in gesunden Jahren eine Kriegerin gewesen und war immer noch Staatsoberhaupt. Er hatte sich für höfliche Neutralität entschieden.

Rhean neigte antwortend den Kopf, dann hob sie die Hand, um sich eine Strähne aus dem Gesicht zu streichen. Es war ungewohnt, wieder Haare zu habe, selbst wenn sie nur ein paar Zentimeter lang waren.

»Ich will die Jugend nicht stören«, stellte sie diplomatisch fest und griff lächelnd nach dem Stock. Curtis half ihr auf, bevor Annelise zur Stelle war. Wenn er wollte, konnte er ein perfekter Gentleman sein. Sie lächelte ihn an, dann legte sie Claudia die Hand auf die Schulter. »Wir beide sehen uns morgen im Rat.«

»Frisch und guter Dinge«, antwortete Carla fröhlich, und ihre Blicke zuckten zwischen der älteren Frau und ihrem Gatten hin und her.

»Schlafen Sie gut, Generalhauptmännin«, fügte Curtis hinzu, und sein Akzent dehnte die Worte.

Rhean winkte und machte sich unter Annas wachsamen Augen an den Abstieg. Ihr Gehstock begleitete sie mit einem regelmäßigen Knallen auf den Holzbrettern der Tribüne.

* * *

Sternenkammer, Hof des Sternenbundes,
Unity City, Nordamerika, Terra
Terranische Hegemonie

10. Mai 2615

»Sie schlagen also fünfzehn Prozent über vierundzwanzig Monate vor anstelle der momentanen Regelung von zwanzig Prozent über achtzehn Monate.«

»Mehr Zeit zur Rückzahlung.«

»Und weniger Gewinn für die Banken.«

»Der eine gewinnt, der andere verliert.« Rhean hatte die Details der Debatte aus den Augen verloren. Sie verfügte über eine solide Kenntnis wirtschaftlicher Zusammenhänge, aber das Gebiet lag ihr ganz und gar nicht. Zudem hatte sie an diesem Morgen Schwierigkeiten, sich zu konzentrieren, und es kostete Anstrengung, nicht völlig den Faden zu verlieren.

»Die Banken brauchen das Geschäft, und mehr als ein Industriesektor braucht die Geldspritze. Besser ein reduzierter Gewinn als gar keiner, und eine Wirtschaft, die am Boden liegt.« Die Wirtschaft der meisten Großen Häuser stand unter Druck. Im Kombinat herrschte offiziell eine Rezession, und die Liga stand kurz davor. Es bestand kaum Hoffnung, sie zu vermeiden. Das Wichtigste war jetzt, eine *Depression* zu verhindern. Die Peripheriestaaten hingegen, nach dem Vereinigungskrieg mit modernsten Anlagen wiederaufgebaut, gediehen. Besonders das Magistrat Canopus konnte seine Nachbarn in der Inneren Sphäre unterbieten und machte trotzdem noch Gewinn.

Rheans Schädel pochte, und sie warf einen Blick nach unten auf ihren Tisch. Neben dem Wasserglas lagen die Pillen bereit. *Noch nicht,* dachte sie. Die Medikamente linderten das Unbehagen, aber sie erschwerten die Konzentration. *Wie ich es mache, ist es verkehrt.*

»Die wenigsten hier sind Wirtschaftswissenschaftler«, hörte sie jemanden sagen. Liao. »Warum geben wir das nicht an den Wirtschaftsrat und lassen den das Für und Wider debattieren.« Zustimmendes Murmeln.

»Nächster Punkt der Tagesordnung. Die SBVS-Beschaffung für das Steuerjahr 2615«, las Nicholas vor.

»Ich dachte, das hätten wir schon beim letzten Mal besprochen«, warf Kevin ein.

»Das Militärkomitee hat es an uns zurückgereicht. Insbesondere der Vertreter der Freien Welten hatte Einwände.« Die Versammlung drehte sich zu Rhean um, die ratlos auf die Tagesordnung starrte.

»Einen Moment.« Sie wendete sich mit gerunzelter Stirn zu Melissa um und rieb sich die Schläfen.

»Lambert«, flüsterte die alte Herzogin. Das ließ die Synapsen feuern, und Rhean drehte sich wieder nach vorne.

»Es bestehen Bedenken, dass ein beachtlicher Teil des Planungsbudgets nicht ausgewiesen ist. Und insbesondere sehen wir Grund zu der Annahme, dass die SBVS bewusst den Zugang zu Informationen über die Verwendung der betreffenden Gelder blockiert.«

»Gewisse militärische Geheimnisse sind notwendig, Generalhauptmännin. Das werden Sie sicher einsehen.«

»Aber wir sind nicht bereit, Ihnen einen Blankoscheck auszustellen. Die Hegemonie hat das Recht auf militärische Geheimnisse vor den anderen Mitgliedern, aber der Sternenbund ist seinen Mitgliedern Rechenschaft schuldig.«

»Und die entsprechenden Informationen werden den Personen zugänglich gemacht, die darauf ein Anrecht haben. Mitgliedschaft in einem der verbündeten Militärs ist nicht ausreichend.«

Rheans Schädel hämmerte. »Der Großherzog von Oriente war mein Repräsentant«, fauchte sie.

Nicholas ließ sich nicht beeindrucken. »Die fraglichen Dokumente sind nur innerhalb der SBVS zur reinen Ansicht zugänglich.«

»Er ist *mein* Stellvertreter, oder verlangen Sie, dass ich an jeder militärischen Besprechung persönlich teilnehme?«

»Es handelt sich um eine Geheimsache.«

»Schön. Dann geben Sie Mel und mir die Freigabe, die Dokumente einzusehen. Wir werden sie überprüfen. Daran werden Sie ja wohl nichts auszusetzen haben.« Sie besaßen beide einen Offiziersrang der SBVS, und Melissa Humphreys gehörte zu den gefeiertsten Nicht-Terranern der Truppe.

Cameron nickte.

Verdammte Bürokratie, brüllte sie in Gedanken.

Ihre Kopfschmerzen waren unerträglich, und Rhean griff nach einem der Pillenfläschchen vor sich auf dem Tisch und schüttelte sich eine Tablette auf die Handfläche.

Die Hand zitterte, als sie sie zum Mund hob, und auch noch danach beim Griff zum Wasser. So stark sogar, dass sie das Wasser zu verschütten drohte. Rhean hielt sie mit der anderen Hand fest. Nicholas warf ihr einen besorgten Blick zu, während er sprach, aber sie schüttelte den Kopf.

Augenblicklich wünschte sie sich, das nicht getan zu haben. Die Schmerzen flammten auf, die Welt um sie herum wankte. Es gelang ihr, das Glas zum Mund zu führen. Sie trank von der kühlen Flüssigkeit, wartete kurz und trank noch einen Schluck. Der Geräuschpegel im Saal ebbte ab. Wieso sprach keiner mehr? Hatten sie ihr eine Frage gestellt?

Sie hörte ein ohrenbetäubendes Klirren. Welcher dieser tollpatschigen Idioten hatte sein Glas umgeworfen? Ihr Bauch und Schoß fühlten sich kalt und nass an. Seltsam.

Langsam wurde es dunkel, dann abrupt wieder hell. Spielte da jemand mit dem Lichtschalter?

Die ganze Welt neigte sich und kippte weg. Sie hörte einen entfernten Knall, und ihr Nacken wurde warm. Jemand rief nach einem MedTech. Der Kopfschmerz verblasste. Die Welt schrumpfte auf Stecknadelkopfgröße zusammen und schaltete sich aus.

* * *

Grace-Memorial-Hospital, Unity City, Nordamerika, Terra
Terranische Hegemonie

12. Mai 2615

Rhean hörte ein gleichmäßiges Fiepen und leises Stimmengemurmel. Ihre Augen öffneten sich, und sie fühlte einen Druck auf der Hand. Außerdem lag etwas auf ihrer Nase. Sie schaute nach unten. Es lagen Schläuche auf ihrem Gesicht, vermutlich Sauerstoff, und andere ragten aus ihrem Arm. Sie schickte einen Befehl auf die Reise, und eine Million Kilometer entfernt zuckte ein Finger.

»Willkommen zurück«, sagte eine ferne Stimme.

»Wo … wo bin ich?«, krächzte sie. »Was … geschehn?« Das Sprechen kostete Anstrengung.

»Du bist im Grace Memorial«, antwortete die leise Stimme. »Du hattest einen Schlaganfall.«

Rhean drehte mühsam den Kopf und konzentrierte sich auf die Stimme. Ein von blonden Haaren eingerahmtes Gesicht schälte sich aus der unscharfen Umgebung. Madeleine. Sie hielt Rheans rechte Hand.

»Kopf … weh.«

»Du hast ihn dir beim Sturz angeschlagen. Halb so wild.«

»Sag Tomas … tut mir leid … nicht mehr Zeit.«

Eine neue Stimme drängte sich in ihr Bewusstsein. »Noch habe ich dich nicht aufgegeben, Rhean.« Nicholas Cameron. »Wir haben noch nicht alle Möglichkeiten ausgeschöpft.«

»Chemo … und Strahlung … zu wenig.«

»Ich weiß. Es gibt noch andere Methoden. Sie sind noch experimentell, aber sie bieten eine Chance. Im Gegenzug für technische Unterstützung auf anderen Gebieten.«

Rhean bemühte sich, sich auf ihn zu konzentrieren. »Wie viele … Patienten? Erfolge?«

Der Erste Lord zögerte. »Du wärest die erste.«

Rhean spürte Maddy ihre Hand drücken. Ihre Augenlider sanken, aber sie zwang sie wieder hoch und lachte hackend. »Also … alles oder nichts.« Sie blinzelte, dann fixierte sie Cameron neu. »Warum nicht … nichts zu verlieren. Ist es … Operation … oder Drogen?«

»Weder noch. Es ist eine Gentherapie. Ein direkter Angriff auf die Krebszellen.«

»Oh. Super … wollte schon immer … Fühler und … 'nen Schwanz.« Ein alter Witz über Gentechnik und ihre Gefahren. Sie zwinkerte Nicholas langsam und betont zu. Er lachte.

»Nur dass du es weißt, es ist kein terranisches Verfahren. Es stammt aus einem anderen Haus.« Er trat rückwärts aus ihrem Sichtfeld und machte jemand anderem Platz. Zane.

»He«, sagte sie lahm.

»Selber he.« Er beugte sich vor und strich ihr die Haare aus der Stirn.

»Weiß … Elaine … du hier bist?«

»Mach dir darüber keine Gedanken.« Sie bemerkte, dass er neben sich schaute und zwang ihre Halsmuskulatur, den Kopf zu drehen. Da stand ein Mädchen, zehn Jahre alt, vielleicht elf, und starrte sie feindselig an. Sarah, seine Tochter. Das Baby, das sie vor all den Jahren in Moskau gesehen hatte. »Hier geht es um dich. Darum, dass du eine Chance bekommt. Um Hilfe der Vereinigten Sonnen für die Liga Freier Welten, trotz der Probleme zwischen unseren Staaten.«

»Es ist … nicht … persönlich? Du tätest das … für jeden?«

»Was denkst du?« Er tätschelte ihren Hals.

»Ich bin nicht … leicht zu … haben.«

»Nein, aber eine verdammte Komikerin, das bist du.« Er beugte sich zu ihr herab und setzte ihr einen Kuss auf die Stirn.

Rhean fühlte, wie ihr die Augen wieder zufielen.

»Brauch nur … kurzes Nickerchen. Dann … wieder … voll dabei.« Das Zimmer versank um sie, doch sie war sicher, eine leichte Berührung an ihren Lippen zu spüren.

»Mein Wissen über Genetik ist minimal, aber ich habe die Grundzüge dessen verstanden, was sie mit mir machten. In meiner Vorstellung hatte es die Form einer DNS-Schutzmauer, die eine weitere Ausbreitung des Krebses verhinderte. Gleichzeitig griff die Therapie das Geschwür an, versuchte, in die wuchernden Zellen einzudringen, um dort gleichzeitig deren zerstörerisches Potenzial zu hemmen und sie für andere Therapien empfindlich zu machen. Ich hatte keine Ahnung, dass ich auf dem Weg in die medizinischen Geschichtsbücher war, wenn auch nur als Fußnote der frühen durchwachsenen Erfolge einer zukünftigen Schlüsseltherapie im Kampf gegen den Krebs.«

— *Tagebucheintrag*

23

Ort unbekannt

Zeit unbekannt

Der *Warhammer* stampft durch eine üppig grüne Landschaft. Es ist keine Rhean bekannte Welt. *Vermutlich ist es gar keine Welt der Inneren Sphäre,* stellt eine leise Stimme fest. *So wie du nicht im Cockpit sitzt.* Sie schaut nach unten und erkennt, dass sie nicht *in* dem *Warhammer* sitzt. Sie *ist* der *Warhammer*.

»Nein!«, brüllt sie und schlägt mit dem rechten Arm aus. Ein Baum geht in einer Flammensäule auf, in Brand gesetzt von dem blauen Feuer, das aus ihrem geschützlaufförmigen Arm schlägt. Neue Bäume schießen aus dem Boden, werden von dem tobenden Waldbrand verzehrt und schicken eine gewaltige Rauchwolke in den Himmel.

Der beißende Qualm brennt in Rheans Lunge. Sie hustet, und Raketen jagen hinab in das Chaos, verfolgt von Leuchtspurmunition. Der Wald explodiert. Holztrümmer hageln auf sie herab, und instinktiv reißt sie den Arm vor die Augen.

Ein Blinzeln, und das Feuer ist verschwunden. Der Wald ist verschwunden. Stattdessen ragen verdrehte Metalltürme zum Firmament. Zunächst erkennt sie nichts, dann drängen sich bestimmte Gebäude in ihr Bewusstsein. Es ist Atreus City, aber aus einem ungewohnten Blickwinkel. Sie sieht die Stadt wie aus Uromas Büro. *Meinem Büro.* Sie bewegt sich einen Schritt vorwärts. Die meisten Häuser reichen ihr nur bis zur Taille oder bestenfalls zu den Schultern. Ihre Fenster rattern, als sie vorbeistampft. Sie weiß, wohin sie muss – zum Parlament und Palast.

Als sie sich dem postterranischen Bauwerk mit der Fassade aus Marmor und Chrom nähert, dringt spöttisches Gelächter an ihr Ohr. Eine grinsende Gestalt hüpft auf den Stufen des Parlaments herum, zeigt mit dem Finger auf sie und lacht. »Immer noch die dürre Schlampe!«, schreit sie. Lambert.

Wut packt sie, und sie richtet beide Arme auf das Gebäude. Die Einschläge krachen in das Mauerwerk. Künstliche Blitzschläge tanzen gleißend über die Fassade. Das Gelächter ertönt weiter, kommt jetzt aus dem Palast. Wieder feuert sie. Ihre Waffen verfolgen die irrwitzigen Sprünge des Großherzogs von Oriente. Eine Salve nach der anderen schlägt in die Stadt ein, hinterlässt eine Spur der Vernichtung hinter Lambert, der unbeeindruckt vor ihr herumtanzt. Dann bemerkt sie eine zweite Gestalt, großväterlich, mit silbernem Haar. Sie senkt die Arme auf ihn hinab und konzentriert sich auf Vernichtung.

»Du hast hier keine Macht«, stellt Narinder fest und wedelt verächtlich mit der Hand.

Atreus City verschwindet.

Die Stadt, die an ihre Stelle tritt, ist zugleich anders und ähnlich. Hohe Gebäude aus weißem Marmor erstrecken sich von bewaldeten Berghängen zum blauen Wasser der Bucht. Es ist die schönste Stadt, die sie je gesehen hat. *Der Hof des Sternenbunds,* sagt die Stimme in ihrem Kopf. Im Hintergrund markiert ein hoher Turm die Stadtverwaltung, das Herz von Unity City. Wieder setzt sie sich in Bewegung.

»Wozu diesen Ort beschützen?«, spottet eine vertraute Stimme. »Er ist ein Betrug, dazu gedacht, die Individualität zu ersticken und die Freiheit zu zermalmen.« Die Stimme lacht. »Glaubst du ernsthaft, Cameron wäre bereit, die Macht zu teilen?«

Sie entdeckt die Gestalt bei einem waghalsigen Balanceakt auf dem spitzen Turmdach der Stadtverwaltung. Er ist unverwechselbar, die Sakeflasche in der einen Hand, das Messer in der anderen.

»Du bist tot, Leonard!«, brüllt sie.

»Du auch, Schätzchen.«

Wieder kommen ihre Arme hoch, und sie spürt die Kondensatoren sich aufladen. Sie konzentriert sich auf Leonard Kurita. Blitzartig werden das Dach und der Draconier größer, bis sie ihr ganzes Sichtfeld beherrschen. Sie kann ihn nicht verfehlen, auch wenn ihr klar ist, dass die Feuerwand, die sie ihm entgegenschleudern will, das Gebäude verwüsten wird. *Kollateralschaden,* sagt die Stimme. *Wenn man einen Tumor entfernt, wird unvermeidlich auch etwas gesundes Gewebe mit herausgeschnitten.* Ihre Myomermuskeln spannen sich.

»Nein!«, schreit eine neue Stimme. Weiblich. Vertraut. Rhean dreht den Kopf.

»Du glaubst an diesen Ort und an das, wofür er steht. Du hast ihm dein Leben gewidmet«, ruft Rinalla. Sie ist in durchscheinendes Weiß gekleidet, ein Engel zu Leonards Teufel.

»Brenn ihn nieder«, zischt der draconische Koordinator. »Das Opfer muss sein.«

»Tu es nicht. Deine Schwierigkeiten liegen nicht hier.« Rinalla stößt der Freundin die Hand entgegen, und der *Warhammer* wird durch die Luft geschleudert.

Rhean dreht sich im Flug und zieht die Beine unter den Körper, bevor sie aufschlägt. Trotzdem zwingt die Wucht des Aufpralls sie in die Hocke. Sie muss sich mit einem Arm auf dem Boden aufstützen, um nicht zu fallen. Als sie sich erhebt, hat sich die Umgebung erneut verändert.

Diesen Ort hat sie noch nie besucht, doch irgendwie erscheint er ihr vertraut. Drei Flüsse strömen in eine Stadt, die an die Stein gewordenen Phantasien eines verrückten Mittelalterfanatikers erinnert. Übelkeiterregend malerische Kopfsteinpflastergassen winden sich um einen Berg, auf dessen Kuppe sich eine Burg erhebt, deren Architektur jedem Zuckerbäcker Ehre machen würde. Das ist der Sitz der Macht und ihr Ziel. Die Stadt kitzelt ihre Erinnerung.

Ritter. Burgfräuleins. Drachen. Mythen und Legenden. Artus. Morgana. Lancelot. Camelot. Avalon. *New Avalon.* Diesmal klingt die Stimme amüsiert. *Ein ehemaliger Vergnügungspark.* Rhean muss über das vergessene Detail lachen, das sich in ihrem Unterbewusstsein versteckt gehalten hat.

Langsam aber sicher steigt sie den Berg hinauf. Die Häuser zittern, wenn sie vorbeigeht. Sie will gerade durch das Tor treten, als eine Kindfrau erscheint und ihr den Weg verstellt. »Du kriegst Daddy nicht!«, brüllt das Mädchen. »Lass uns in Ruhe!«

Rhean hält an, scheint gegen eine unsichtbare Wand geprallt. Sie drückt dagegen, spürt sie leicht nachgeben. Wieder drückt sie und starrt streng zu Sarah Davion hinab. »Du verstehst nicht. Ich gehöre hierher. Ich muss ihn sehen.«

»Sie sagte, du sollst gehen.« Eine ältere Stimme. Elaine steht hinter ihrer Tochter.

In den arturischen Legenden gab es reichlich Elaines, souffliert ihr Unterbewusstsein. *Alle waren winselnde Schwächlinge.* Es wäre leicht, sie zu zerquetschen. Rheans Arme zielen auf die Frau und das Mädchen.

Elaine lacht. Plötzlich formt sich ihr Haar zu einem Heiligenschein um ihren Kopf. Sie ist ein Sukkubus, eine Hexe, keine devote Gemahlin. Eine Geste von Zanes Gattin, und der *Warhammer* hebt vom Boden ab.

Rhean versucht, gegen die Magie anzukämpfen. Sie jagt hinauf in die Wolken, dann in den blauen Himmel und weiter hinauf in die Schwärze des Alls. Sie ringt nach Atem, als sie taumelnd an Sonnen vorbeisaust. Hier gibt es keine Luft. Sie erstickt. Ein gewaltiges Gewicht drückt auf ihre Brust. Sie stemmt sich dagegen, es hat keinen Sinn. Sie fühlt ihr Leben davonsickern. Irgendetwas legt sich um ihren Hals, und sie greift nach oben, um es wegzuziehen, doch dann fällt ihr ein, dass sie keine Hände hat, nur Geschützrohre.

»Nein!«, bricht es hysterisch aus ihr heraus. »Nein!«

»Ich habe dich«, sagt eine Stimme, ruhig, besorgt und liebevoll.

Rheans Augen flogen auf.

* * *

Grace-Memorial-Hospital, Unity City, Terra
Terranische Hegemonie

19. Mai 2615

»Ich habe dich«, flüsterte Zane und hielt die bebende Frau. Ihr Kopf lag auf seiner Schulter, und heftiges Schluchzen schüttelte ihren Leib. Sie keuchte nach Luft, als wäre sie unter Wasser gewesen.

»Ich habe dich.« Seine Rechte strich ihr übers Haar.

Ein Arzt erschien in der Tür, dicht gefolgt von zwei Krankenschwestern. Der Arzt sah sich das Krankenblatt und die Instrumentenanzeigen an, während die Schwestern dem Prinzen halfen, Rhean zurück aufs Bett zu heben. Ihre Augen waren weit aufgerissen und sie blickte wild umher, aber bei Zanes Anblick entspannte sie sich, sodass die Schwestern sie zudecken und die zahllosen Sensoren und Infusionen überprüfen konnten. Der weiß gekleidete Arzt sprach leise mit den Schwestern, dann verschwand er.

»Ich dachte, ich hätte dich verloren«, sagte sie in einem heiseren Flüsterton. »Ich dachte, ich hätte meine Chance verpasst.«

Zane reichte ihr einen Trinkbeutel mit Strohhalm.

Sie saugte und rümpfte die Nase über den bitteren Geschmack.

»Trink.« Er lächelte. »Eine Weile stand es auf Messers Schneide.« Seine rechte Hand streichelte ihre Wange, während er mit der Linken ihren Arm mit dem Beutel stützte. »Du warst über eine Woche bewusstlos.«

»Das erklärt die Kopfschmerzen. Ich hasse es, lange zu schlafen.« Ein schwaches Lächeln stahl sich auf ihre Züge. Sie gab ihm den Trinkbeutel zurück. Rhean schaute sich um. »Deine Tochter?«

»Ist bei ihrer Mutter. Kein Grund zur Besorgnis.«

Rheans Gedanken zuckten zurück zu dem Mädchen in ihrem Traum. *Du kriegst Daddy nicht!* Sie schüttelte sich. »Und der Hohe Rat?«

»Da läuft alles glatt. Ich glaube, die anderen haben Angst vor Herzogin Humphreys.«

Rhean grinste. »Sie kann die Stelle haben.«

»Ich glaube, dein Neffe hat sie ihr angeboten. Sie hat abgelehnt.«

»Tomas ist hier?« Sie versuchte, sich aufzusetzen, aber Zane hielt sie mit einer Hand an der Schulter auf.

»Er ist vor einer Woche angekommen und hat das Kommando übernommen. Er hat das Zeug zu einem richtigen Tyrannen, wenn er es darauf anlegt.«

»Er wird diese Stärke brauchen.«

»Vielleicht, vielleicht auch nicht. Du könntest noch Jahre durchhalten. Die Ärzte sind optimistisch.«

Rhean versuchte wieder, sich aufzusetzen. Diesmal gestattete Zane ihr, sich halb aufzurichten. Sie starrte ihn mehrere Sekunden an, dann fiel sie erschöpft zurück in die Kissen. »Es hat funktioniert?«

»Es sieht gut aus. Sicher können wir aber noch lange nicht sein.« Er beugte sich vor und küsste sie auf die Stirn. »Und es könnte Nebenwirkungen geben.«

»Fühler und einen Schwanz?«

Sie lachten beide. Das war schön.

»Was ist mit uns? Elaine wird ausrasten.«

»Das ist sie schon. Was den Rest angeht … Wir nehmen es, wie es kommt.« Wieder beugte er sich vor.

Diesmal hatte Rhean keine Zweifel daran, dass er sie küsste.

»War ich geheilt? Nein, aber die Therapie machte das Leben sehr viel erträglicher und gab anderen Heilverfahren eine Chance. Ich fühlte mich stärker und sicherer, aber mir stand noch ein langer Marsch bevor. Und trotz meiner Begnadigung blieb mir weniger Zeit, als ich dachte.«

— *Tagebucheintrag*

24

Parlament, Atreus City, Atreus
Marik-Commonwealth, Liga Freier Welten

17. November 2615

»Und wir danken der Vorsehung für die Rückkehr der Generalhauptmännin«, verkündete Parlamentspräsident Shavpurtay mit der Art falscher Ehrlichkeit, die in den Medien wunderbar ankam. Rhean mochte ihn nicht, und das Gefühl beruhte auf Gegenseitigkeit. Sie hasste diesen Teil ihrer Pflichten. Die komplexen Regeln und Ränkespiele des Parlaments waren nur noch eine ferne Erinnerung für sie. Jetzt saß sie in ihrer aufgrund der Krankheit erheblich enger gemachten Ausgehuniform reglos an ihrem Platz, den Amtsstab in einer Armbeuge, den adlerköpfigen Gehstock ans Knie gelehnt.

Sie war siebenundvierzig und fühlte sich wie neunzig, auch wenn sie zugeben musste, dass es seit der Rückkehr von Terra besser ging. Die Kopfschmerzen waren weitgehend Vergangenheit, und sie hatte etwas von ihrer Kraft zurückgewonnen. Ihr Haar hatte jetzt eine Länge, die ihr gefiel, und sie trug es in einem Bubikopf, der fast bis zu den Schultern reichte. Sie hatte noch immer Probleme, sich koordiniert zu bewegen, aber daran konnte die Therapie nichts ändern. Es war eine Folge der Zerstörungen, die der Krebs bereits angerichtet hatte.

Beide Seiten der Kammer stimmten murmelnd zu. Ausnahmsweise waren sich die traditionell zerstrittenen Mitglieder des Ligaparlaments einig in der Dankbarkeit für die Rückkehr der Generalhauptmännin. Viele der MdPs waren ihre Gegner, wenn nicht sogar Feinde – sie warf einen Blick hinüber zu Lambert Allison –, eine Last, die jeder Generalhauptmann zu tragen hatte, aber keiner von ihnen war auf das Chaos einer weiteren Nachfolge auf ihren Posten erpicht, schon gar nicht bei einem Thronfolger, der kaum den Kinderschuhen entwachsen war. Der Leiter der Opposition erhob sich und stimmte dem Präsidenten zu.

Nun ging es an die ernsthafte Arbeit. Shavpurtay richtete sich an das Haus und stellte die innenpolitischen Gesetzesvorschläge der Regierung vor. Redner auf beiden Seiten erhoben sich, um deren Einzelheiten zu debattieren. Aus einer bedachten Diskussion wurde schnell ein hitziger Streit, wie nicht anders üblich, und der Parlamentspräsident musste die Abgeordneten einige Male zur Ordnung rufen. Rheans Gedanken wanderten.

Ihre Blicke glitten durch die prunkvolle Kammer, die einem der Traditionsparlamente Terras nachempfunden war. Der ganze Saal war voller Holz, ein deutlicher Kontrast zum Beton, Marmor und Chrom des restlichen Gebäudes. Hölzerne Täfelung an den Wänden, eine Holzdecke in zehn Metern Höhe und prächtig geschnitzte Holzbänke, die sich tribünenartig von den Seitenwänden zum Boden reihten, ausreichend Platz für die Vertreter der Planeten und Provinzen in der Liga Freier Welten. Die Kammer roch auch alt, muffig, nach Ledersitzen und Schweiß. Große Fenster ließen das Tageslicht in den Saal, das die riesigen Gemälde an den Wänden und die Galerie erhellte, die sich unter ihnen rings um die Wände zog. Rhean sah die Baumriesen im Hof sich leicht im Winde wiegen. Ihr Laub flimmerte im Sonnenlicht. Sie schaute hoch, zu dem goldenen Marik-Adler, der über der Empore des Generalhauptmanns hing. Das Metall glitzerte im Sonnenschein. Sie hatte nie erwartet, noch einmal hier zu sitzen.

Die Generalhauptmännin kehrte abrupt in die Gegenwart zurück, als der Präsident die Kammer aufrief, zur Abstimmung in die Vorhalle zu gehen. Während die anderen MdPs langsam den Saal verließen, bot Shavpurtay ihr die Hand. Sie winkte ab und erhob sich langsam aus eigener Kraft aus ihrem Sessel, eine Hand auf die Armlehne gestützt, die andere auf den Stock. Sie vergewisserte sich, dass sie sicher stand, und zupfte ihre Uniformjacke gerade.

»Und Ihre Meinung zu den Vorschlägen, Generalhauptmännin?« Das Lächeln des Präsidenten war schmierig. Sein Platz war neben ihrem, und er hatte genau mitbekommen, dass sie nicht zugehört hatte.

»Meine Meinung ist hier kaum von Belang. Das ist eine Angelegenheit für die Provinzen.« Es hatte lange Jahre der Anstrengung gekostet, das Parlament von der Notwendigkeit zu überzeugen, Elemente der Sternenbundrechtsprechung zu übernehmen, und selbst jetzt, fünfundvierzig Jahre nach dessen Gründung, war der Vorgang noch nicht abgeschlossen. *Eigentlich dürfte mich das nicht überraschen,* dachte sie. *Schließlich haben wir es nach fast vierhundert Jahren noch nicht geschafft, die Rechtsprechung in der Liga zu vereinheitlichen.* Das war der Nachteil der einzigen wirklichen Demokratie unter den Sternenreichen der Menschheit, bei aller Vorherrschaft der Mariks: Alles hier brauchte seine Zeit, und ohne einen Konsens ging überhaupt nichts.

Shavpurtay lächelte wissend. Obwohl er offiziell dem Regierungslager zugerechnet wurde, war er Regulaner und tanzte nach Pfeife der Selajs. Sie vertraute ihm keine Sekunde. »Wie das Volk es will. Bleiben Sie lange auf Atreus?«

Rhean verbarg ihre Überraschung. Sie war nach siebenmonatiger Abwesenheit gerade zwei Wochen zurück auf ihrer Zentralwelt, und der Präsident fragte, wann sie wieder abzureisen gedachte.

»Ich werde den Rest der Parlamentssession bleiben.« Das war bis Mitte Dezember, wenn die Abgeordneten über die Feiertage heim flogen. »Und ich hoffe, im kommenden Jahr wieder hier zu sein, wenn die Kammer wieder zusammentritt.«

»Und Sie sind gesund genug für den Flug nach Terra und zurück?«

»Allerdings. Sie wären überrascht, wie einen die Zeit am Hof aufmuntern kann, bei aller harten Arbeit.« Sie lächelte bei sich.

Der Sprecher warf ihr einen fragenden Blick zu.

»Die Feierlichkeiten sind großartig. Sie sollten uns einmal mit Ihrer Familie Gesellschaft leisten. Ich kann Sie in meinem Gefolge unterbringen, falls sich kein Platz in der regulanischen Delegation findet. Es ist eine wirklich schnelle Route. Nur fünfzehn Sprünge hin und fünfzehn zurück, drei am Tag.«

Der Parlamentspräsident lief grün an und entschuldigte sich.

Rhean grinste ihm hinterher. Shavpurtay litt unter extremer Raumkrankheit. Aber sie hatte ihn nicht angelogen. Die Reisen nach Terra schenkten ihr wirklich neue Kraft. Vor allem, wenn Zane dort auf sie wartete.

* * *

Parlamentsbüros, Atreus City, Atreus
Marik-Commonwealth, Liga Freier Welten

11. Dezember 2615

»Sie ist also wieder weg?« Allison klang gelangweilt. Er lümmelte sich in einem Plüschsessel.

»Heute Morgen. Morgen Abend erreicht sie das Sprungschiff, und dann geht es weiter über das Kuriernetzwerk.« Damit meinte Selaj das Stafettensystem, bei dem ein Landungsschiff von einem Sprungschiff zu einem wartenden nächsten weitergereicht wurde, ein System, das umgangssprachlich als ›Pony Express‹ bekannt war.

Der Prinz von Regulus reichte seinem Gast einen Drink und kehrte zu seinem Platz zurück.

Lambert genoss das Aroma des Weinbrands, bevor er einen Schluck nahm. »Darauf, dass die Belastung sie umbringt«, sagte er schließlich, die Augen geschlossen, um sich ganz dem Genuss des braunen Nektars hingeben zu können.

»Sind Sie so wild darauf, dass der Knabe auf den Thron steigt?« Er trank ebenfalls. »Er ist erst siebzehn.«

»Achtzehn im Januar.«

»Von mir aus, achtzehn. Er wäre eine Katastrophe. Er hat noch nicht einmal die Akademie beendet.«

»Er wäre leicht zu kontrollieren.« Lambert schaute seinen Kollegen über den Rand des Glases hinweg an. »Formbar, besonders ohne Eltern, die ihm den Weg zeigen.«

»Zugegeben. Aber die Generalhauptmännin scheint sich zu erholen, also könnte es bis dahin noch eine Weile dauern.«

»Die Schlampe hatte schon immer ein verteufeltes Glück«, grunzte Lambert. »Von Rechts wegen müsste sie schon tot sein.«

Selaj stand auf und trat ans Fenster, eine Hand auf den Rücken gelegt. »Es gibt noch andere Möglichkeiten.«

»Die gibt es.« Allison zögerte kurz. »Aber einen zu neugierigen Bruder oder eine nuttige Tante aus dem Weg zu räumen, ist etwas anderes als der Mord an einem amtierenden Generalhauptmann. Das würde uns mit Sicherheit den NND auf den Hals hetzen.«

Selaj lächelte. »Es sei denn, er wäre beteiligt.«

»Kreiss macht mit?«

»Ihre Vorgängerin war auf Thereses Seite, und Maria hat mir das gegeben.« Er kehrte an seinen Schreibtisch zurück, zog einen Ordner heraus und warf ihn dem Großherzog von Oriente zu. Lambert schlug ihn auf und blätterte die Seiten mit weiten Augen durch.

»Das ist nicht Ihr Ernst.«

»Kreiss hält es für eine Frage der nationalen Sicherheit, aber Humphreys hat es unter den Teppich gekehrt.«

»Darauf wette ich. Diese alte Hexe. Sie steckt mit unserer lieben Rhean unter einer Decke.« Er blätterte zurück. »Ist das genug für ein Absetzungsverfahren?«

Selaj schwenkte das Glas. Die Eiswürfel klirrten. »Es gäbe eine Schlammschlacht, voller Hörensagen und Indizienbeweise. Wir haben keinen eindeutigen Beweis.«

»Aber sie ist wild auf Davion? Ich dachte immer, sie und diese Centrella … Sie wissen schon.« Der Regulaner verzog keine Miene. »Seit elf Jahren? Und Kreiss hat uns jetzt erst darüber informiert?«

»Sie hat es zunächst nicht für bedeutend gehalten, nur eine einmalige Indiskretion.«

»Und jetzt?«

»Jetzt geht genug vor, um unsere NND-Direktorin glauben zu lassen, dass sie versagt und der Generalhauptmännin erlaubt hat, die Freien Welten an die Vereinigten Sonnen zu verkaufen.«

Lambert setzte das Glas ab. »Und trotzdem können wir die Schlampe nicht ans Kreuz nageln?«

Selaj trommelte mit den Fingern auf dem Schreibtisch. »Nicht ohne hieb- und stichfeste Beweise.«

»Aber wenigstens wissen wir jetzt, wonach wir suchen müssen.« Der jüngere Mann nahm sein Glas wieder auf und trank. Dann beugte er sich vor und streckte den Arm aus. Selaj tat dasselbe, und die Gläser klirrten. »Gute Jagd.«

* * *

Davion-Flucht, Hof des Sternenbundes, Unity City, Terra
Terranische Hegemonie

23. Dezember 2615

»Solltest du nicht bei deiner Frau sein?« Rhean fuhr mit dem Finger Zanes linkes Schlüsselbein nach und schaute zu ihm hoch, das Kinn auf seiner Brust. Ihre Finger zeichneten eine Acht auf seine Haut.

»Sie ist mit den Kindern zum Einkaufen in Paris und kommt erst morgen Abend wieder.« Er fuhr ihr mit den Fingern durch das Haar und strich feuchte Strähnen aus ihrer Stirn.

Der späte Anruf hatte Rhean überrascht, auch wenn sie darauf gehofft hatte. Sie hatten sich im Sommer schon ein, zwei Mal in dieser Wohnung getroffen, aber meistens hatten ihre Begegnungen in Thonon-les-Bains oder Troistorrents stattgefunden.

»Und Sarah?«

Zanes Finger legten sich um ihr Kinn, während sein Daumen ihre Wange streichelte. »Hält den Mund.«

»Tatsächlich?« Rhean drehte sich auf die Seite. »Will sie ihr Wissen als Verhandlungsmasse benutzen?«

»So wie ich die kleine Füchsin kenne, vermutlich. Sie hat eine erstklassige Ausbildung zur Intrigantin.«

»Von dir?«, lächelte sie und klimperte mit den Wimpern zu ihm hoch.

»Nein, von ihrer Mutter. Nicht, dass sie gut miteinander auskämen. Elaine widmet sich ganz den Jungs, weil die noch so klein sind. Sarah ist die meiste Zeit bei mir, angeblich, um die Arbeit kennenzulernen. Ich war nicht viel älter als sie, als ich auf den Thron stieg.«

Neunzehn, im Vergleich zu meinen sechsundvierzig, dachte Rhean. »Ich muss mich mehr um Tomas kümmern«, sagte sie leise. »Ich weiß immer noch nicht, wie viel Zeit mir noch bleibt.«

Zane hob ihr Kinn, dann beugte er sich herab, um sie zu küssen. »Sei nicht so morbide. Du wirst vermutlich steinalt werden und von liebenden Enkeln umgeben abtreten.«

»Davon träumst du!« Das letzte Wort quiekte sie, als Zane sie auf den Rücken wälzte. Ihre Blicke trafen sich, und Rheans Atem wurde tiefer. Sie streichelte mit der linken Hand sein Gesicht, während die Fingerspitzen der Rechten über seinen Bizeps glitten. Sie lächelte zu ihm hoch.

»War es richtig von mir? Ich fand, mir blieb keine Wahl. Es war nur eine Frage der Zeit, bis es offensichtlich wurde. Natürlich hätte ich es noch ein paar Monate hinauszögern können, aber die Wahl des richtigen Zeitpunkts für eine Schlacht ist schon der halbe Sieg. Gut gemacht, Mädchen …«

— Tagebucheintrag

25

Marik-Flucht, Hof des Sternenbundes,
Unity City, Terra
Terranische Hegemonie

19. Januar 2616

»Das freut mich, dass Sie es einrichten konnten. Wir wissen Ihre Anwesenheit zu schätzen. Schön, Sie wiederzusehen.« Innerlich stöhnte Rhean angesichts der Prozession von Gästen, die sie auf diesem letzten offiziellen Empfang vor der Heimreise nach Atreus begrüßen musste. Wo zum Teufel steckte der Junge? Sie schaute zur anderen Seite des Flurs, wo Evie die Schultern zuckte und in ihr Mikro sprach, als hätte sie ihre Gedanken gelesen. Rhean setzte weiter ihr künstliches Lächeln auf und schüttelte den eintreffenden Gästen die Hand. *Zwei Minuten,* signalisierte die Agentin. Tatsächlich tauchte er kurz darauf auf, leicht außer Atem und mit zerzaustem Haar.

»Tut mir leid, Tante Reh«, murmelte Tomas und reihte sich neben ihr ein. »Ich bin ein wenig vom Kurs abgekommen.« Der Junge hatte am Morgen ein Segelflugzeug hinaus über den Puget Sound und die Cascades gesteuert. Die Jahreszeit war dafür noch recht früh, aber er hatte Talent.

»Es ist deine Feier!«, zischte Rhean zurück. »Die Gäste sind zu deinem achtzehnten Geburtstag hier.«

Zerknirscht widmete er sich der Begrüßung der Gäste. Rhean sah es mit Erleichterung. Sie fühlte sich schlecht genug, da konnte sie auf die Belastung durch einen störrischen Teenager verzichten. Sie hatte die letzten zwei Nächte kaum geschlafen, und nur die Schminkkünste ihrer Zofen verbargen dunkle Ringe um ihre Augen.

»Kopf hoch, Fred. Du hast es fast geschafft.« Madeleine Bonnington-Eastwick beugte sich vor und küsste ihre Freundin auf die

Wange. Ihr Mann tat es ihr nach, bevor er weiterging, um Tomas zu begrüßen. Auch ihre Kinder waren mitgekommen: der sechsundzwanzigjährige Andrew und seine zwanzigjährige Schwester Alice. Der Knabe schüttelte Tomas die Hand, blieb dabei aber strikt formell und hielt sich so steif, dass es fast schmerzte. Rheans Augen wurden schmal. *Streit?*

Als Maddys Tochter dem Geburtstagskind einen Kuss gab, sah sie Andrews Brauen sinken. Tomas und Alice küssten einander auf die Wangen, ließen sich dabei jedoch ein wenig mehr Zeit als üblich. Außerdem flüsterte Tomas ihr etwas zu, und als Rheans Blick tiefer sank, sah sie seinen Daumen die Hand der jungen Frau streicheln. *Hallo,* dachte sie und verbarg ihre Überraschung. *Ich sollte mal mit den beiden reden.*

Die letzten Gäste zogen vorbei, und Evie kam herüber, um der Generalhauptmännin ihren Gehstock zu reichen. Sie war stolz darauf, dass sie es so lange geschafft hatte, auf ihn zu verzichten, aber es hatte sie angestrengt.

»Ich muss mich einen Moment setzten«, sagte sie zu Tomas. »Geh rein und mach Konversation. Ich komme dann nach.« Sie brauchte nicht hinzuzusetzen, dass das die Strafe für seine Verspätung war. Evie führte sie in einen Nebenraum, und wenige Sekunden später brachte ein Diener ein Glas Eiswasser. Rhean setzte sich und bedeutete Evie, es auch zu tun.

»Der Junge und die Eastwick-Tochter?«, fragte sie.

»Das ist eine andere Einheit, Generalhauptmännin.« Das war eine ungewöhnlich zurückhaltende Antwort, die gar nicht zu Evie passte.

»Aber du könntest es herausfinden und mir sagen.«

»Ja und nein, Ma'am. Ich könnte es herausfinden, aber ich würde es für mich behalten.«

»Wirklich? Wie lange kennen wir uns schon, Evie?«

»Lange, Generalhauptmännin.« Fünfunddreißig Jahre. »Aber Sie kennen die Regeln. Master Tomas muss darauf vertrauen können, dass seine Leibwächter seine Geheimnisse hüten als wären es ihre eigenen, sonst wäre er versucht, uns auszutricksen.«

Rhean erinnerte sich nur zu gut, dass sie dieses Thema früher schon mit Bezug auf ihre eigenen Indiskretionen behandelt hatten. Sie grunzte. »Na schön. Solange sie nur vorsichtig sind und die Sicherheit ihn im Auge behält.« Sie trank das kalte Wasser und seufzte zufrieden, als es durch ihre Kehle rann. »Kannst du mir sagen, wer sein Chefleibwächter ist?«

Evie überlegte kurz, dann nickte sie. »DiMarco leitet die Einheit, aber wir haben ihn ständig im Blick.«

»Tatsächlich? Wie?«

»Jake.«

Fast hätte Rhean das Wasser auf den Teppich gespuckt. Es gelang ihr mit Mühe und Not, es zu schlucken. »Dein Jake?« Die Leibwächterin nickte. Jacob Suchanow, Evies achtzehnjähriger Sohn, der genau wie Tomas auf die Militärakademie Princefield ging. Beide sollten dieses Jahr ihren Abschluss machen, und in gewisser Weise war nachzuvollziehen, dass der junge Suchanow ein Auge auf ihn hatte. Ob sie wohl Zimmergenossen waren? Es war zu vermuten. Das zu arrangieren, konnte der Sicherheit nicht schwer gefallen sein.

Rhean schaute Evie an und dachte an ihre erste Begegnung. Der Altersunterschied zwischen ihr und der Agentin war zu groß gewesen, als dass sie hätte ihre Zimmergenossin sein können, aber Evangeline war im richtigen Alter gewesen, um noch an der Akademie zu sein. Bei der Sicherheit fing man früh an. »Aber er steht nicht auf der Gehaltsliste.«

»Nein, aber er lässt DiMarco wissen, wenn Tomas auf Abenteuer aus ist. Euch Mariks im Auge zu behalten, ist eine Art Familientradition.« Sie lächelte die Generalhauptmännin an, und Rhean grinste zurück.

»In Ordnung. In Ordnung. Sorgt nur dafür, dass er keinen Mist baut. Ich sollte vermutlich mal mit Maddy reden.«

»Wie Sie wünschen, Generalhauptmännin.«

Der plötzliche Wechsel zur Förmlichkeit ließ Rheans Augen schmal werden, doch dann bemerkte sie den sich nähernden Zeremonienmeister. Mit Hilfe des Gehstocks stand sie auf und verzog leicht das Gesicht. Das Wasser lag ihr schwer im Magen, aber sie zwang sich zu einem Lächeln. »Zurück ans Werk.«

Rhean folgte dem weißhaarigen Offiziellen zurück in den Saal, schüttelte reichlich Gratulanten die Hand und nickte verschiedenen Delegationschefs höflich zu. Kevin Steiner war gekommen, ebenso Carla Centrella mit ihrem herrschsüchtigen Gatten, Sanethia Kurita, Richard Amaris und Henry Calderon. Auch Nicholas Cameron war da, und sein sechzehnjähriger Sohn Joseph unterhielt sich angeregt mit Tomas, während seine Töchter Deborah und Judith in der Nähe des Vaters blieben. Sie waren erst zehn, respektive neun, und noch nicht an öffentliche Auftritte gewöhnt.

Der Zeremonienmeister führte Rhean an ein Rednerpult, und sie wollte gerade das Wort ergreifen, als eine leichte Unruhe im hinteren Teil des Saals sie ablenkte. Zane versuchte, unauffällig hereinzukommen, aber seine Begleitung winkte den Cameron-Mädchen zu, ohne sich um Diskretion zu scheren. Sarah wand sich aus dem Griff ihres Vaters und rannte mit wehendem rosa Kleid durch den Saal. Die drei Mädchen verzogen sich kichernd in eine Ecke. Zane schaute zu Rhean herüber und zuckte die Schultern. Er schien sagen zu wollen: Kinder, was soll man machen?

Sie lächelte zurück und schaltete das Mikro ein.

»Wir wissen alle, warum wir heute hier versammelt sind.« Sie streckte einen Arm zu ihrem Neffen aus. »Komm her, Tomas.«

Der junge Mann brach widerwillig seine Unterhaltung mit Alice ab und trat ans Pult.

Rhean legte ihm den Arm um die Schultern und zog ihn an sich. »Dieser junge Mann wird heute achtzehn und damit nach den Gesetzen der Liga Freier Welten und des Sternenbundes volljährig.« Sie zerzauste sein ohnehin struppiges Haar noch etwas mehr. »Ich könnte mich darüber auslassen, wie stolz ich auf meinen Neffen bin. Darüber, wie er sich in seine Studien gekniet und welche Fortschritte er gemacht hat, obwohl er beide Eltern verloren hat. Und sicher möchte er nicht, dass ich ihn mit einer Aufzählung seiner Eskapaden über die Jahre in Verlegenheit bringe. Etwa mit der Geschichte von einem Flugzeug, das auf den Gorst Flats gelandet ist statt wie vorgesehen am Rand des Unity-City-Raumhafens.«

»Es war ein Abwind«, murmelte Tomas und wurde rot, als die Menge lachte.

»Aber so etwas tue ich ihm nicht an. Eines aber muss ich ihm sagen.« Sie drehte sich um und trat einen halben Schritt zurück, sodass sie ihm die Hand auf die Schulter legen konnte. »Entsprechend den Vorschriften des Nachfolgegesetzes von 2310 erkläre ich, Rhean Marik, Generalhauptmännin der Liga Freier Welten und Herzogin von Atreus, hiermit Tomas Alain Marik zu meinem gesetzlichen Nachfolger sowohl im Amte des Generalhauptmanns als auch als Repräsentant der Freien Welten im Hohen Rat des Sternenbundes.« Es war kein Geheimnis. Seit Jahren schon, seit Quentins Tod, hatte jeder gewusst, dass er ihr Erbe war, aber damit machte sie es offiziell. »Dies erkläre und bekräftige ich Kraft meines Amtes.« Sie streckte die Hand aus und unterzeichnete ein Dokument, dass der Zeremonienmeister ihr überreichte. Anschließend brachte sie ihr Verigraph-Siegel an. Sie schob das Dokument zu Tomas hinüber, der ebenfalls unterschrieb. Rhean hielt es für alle in die Höhe. Applaus brandete auf.

»Das war's, mein Junge«, flüsterte sie Tomas zu. Das Mikrofon hatte sie schon abgeschaltet. »Jetzt gibt es kein Zurück mehr.«

»Ich will hoffen, dass es noch eine ganze Weile dauert, Tante Reh.«

»Halte dich nur bereit, Tom. Und versprich mir, dass du das Wohl der Freien Welten im Augen behältst.«

»Geht klar«, murmelte er.

Sie grub die Finger in seine Schulter. »Versprich es.«

Er verzog das Gesicht. »In Ordnung, ich verspreche es.«

Rhean gab ihn frei und lächelte milde. »Und jetzt geh und kümmere dich um deine Gäste.« Sie gab ihm einen Stoß in Richtung der wartenden Menge von Gratulanten.

Maddy lächelte sie an, und die Generalhauptmännin ging zu ihr hinüber und umarmte ihre Freundin mit einem tiefen Seufzer.

»Erleichtert?«, fragte die Herzogin. »Jetzt, wo alles mit Brief und Siegel abgesichert ist?«

»Ja, aber ich wünschte, diese Herde Elefanten in meinem Bauch würde aufhören, einen Stepptanz aufzuführen.« Sie hielt sich den Leib. »Ich könnte kotzen.«

»Die Medikamente?«

Rhean schüttelte den Kopf. »Ich nehme seit zwei Monaten kaum noch etwas. Vermutlich nur die Nerven. Das habe ich nie verkraftet.«

»Wo wir gerade von verkraften reden ...« Maddy deutete mit einer Kopfbewegung zu Zane, der seine Tochter beobachtete. Sie zupfte an Tomas' Jacke und versuchte, seine Aufmerksamkeit zu erregen.

Rhean grinste. »Sieht aus, als hätte deine Alice eine Rivalin.« Ihre kleinere Freundin runzelte die Stirn.

»Keine Chance. Wir Bonnington-Frauen bekommen immer, was wir wollen.« Sie schaute hinüber zur anderen Seite des Saals, wo ihr Mann über eine von Henry Calderons Anekdoten lachte. »Und wir brauchen keine weiteren Marik-Davion-Beziehungen. Unter euch Hausfürsten gibt es schon genug Inzucht.«

Rhean lachte und umarmte ihre Freundin noch einmal. »Keine Gefahr, so lange wir Leute wie dich haben, die auf uns aufpassen.« Sie warf einen Blick hinüber zu Evie. »Amüsier dich. Ich komme bald wieder, sobald ich diese Elefanten beruhigt habe. Ich möchte diese Übelkeit in den Griff bekommen, bevor das Büffet eröffnet wird. Es wäre eine Schande, das verpassen zu müssen.«

* * *

Das Schloss öffnete sich, und Rhean trat aus der Kabine. Hinter ihr rauschte die Spülung. Evangeline reichte ihr ein feuchtes Tuch, und die Generalhauptmännin wischte sich den Mund ab, dann beugte sie sich über das Waschbecken und spritzte sich kaltes Wasser ins Gesicht. »Hast du oben Bescheid gesagt?«

»Doktor Milton erwartet Sie in Ihren Räumen.«

»Es wird besser sein, die professionelle Meinung des Doktors einzuholen, auch wenn ich mir ziemlich sicher bin, was es ist.« Rhean atmete mehrmals tief durch. »Aber es ist schwer, das sicher zu sagen, so kurz nach der Therapie.« *Mein Körper weiß nicht mal mehr, welches Jahr wir haben, geschweige denn, welche Woche.*

»Und Master Tomas? Sollten wir ihn nicht wissen lassen, dass Sie nicht zurückkommen?«

»Wir wollen ihn damit noch nicht belasten.« *Genauso wenig wie ich ihm sagen werde, dass er einen Aufschub in letzter Minute bekommen könnte.* »Vielleicht lässt der Doktor mich ja doch wieder auf den Empfang.« Rhean richtete sich auf und betrachtete sich im Spiegel. Sie hatte den Krebs überlebt, aber würde sie auch diese jüngste Belastung ihres Körpers überleben? Ihre rechte Hand sank abwärts und streichelte ihren Bauch. Von den politischen Konsequenzen ganz zu schweigen.

»Es ist ironisch. Der ›Tod‹ schenkte mir ein neues Leben, eine Chance, mich von den Ketten zu befreien, die mich fesselten. Dass es ein neues Leben war, das diesen ›Tod‹ auslöste, war für meine Augen ein weiterer Beweis für den Kreislauf des Universums.«

— Tagebucheintrag

26

**Wohnung der Generalhauptmanns,
Atreus City, Atreus
Marik-Commonwealth, Liga Freier Welten**

12. März 2616

Es herrschte schockiertes Schweigen. Rhean betrachtete die zu der improvisierten Sitzung zusammengerufenen Würdenträger: Tomas, ihre beiden Brüder, Großherzog Lambert Allison, Prinz Narinder Selaj, die Herzoginnen Lise Stewart und Melissa Humphreys, Parlamentspräsident Ahmed Shavpurtay, Steuerministerin Danielle Jansen, NND-Direktorin Maria Kreiss und Verteidigungsminister Gilles Pagliarulo sowie ein halbes Dutzend weitere Kabinettsmitglieder. Die Familie wusste es bereits, aber für die anderen war die Eröffnung völlig überraschend gekommen.

»Und der Vater?«, fragte Jansen unverblümt.

»Geht Sie nichts an«, erwiderte sie. Sie bemerkte, dass Selaj und Allison einander heimliche Blicke zuwarfen. Lamberts Blick zuckte zu Kreiss hinüber, die in Meditation versunken wirkte.

Also so sieht es aus. Wie vielen hat die NND-Chefin davon erzählt?

»Ich denke doch, Generalhauptmännin«, stellte Selaj geschmeidig fest. »Das Volk hat ein Recht darauf, die Herkunft derer zu kennen, die es regieren. Um sicherzustellen, dass es keine Legitimitätsprobleme oder Interessenskonflikte gibt.«

»Und warum sollten Sie einen Interessenskonflikt erwarten? Mein Kind wird als Marik aufwachsen. Das sollte genügen.«

»Keineswegs. Sollte der Kindsvater auf seinen Rechten bestehen, gäbe es Konflikte. Diplomatische Konflikte sogar.« Er betrachtete sie gelassen. »Und sollte das Kind Ihr Nachfolger werden, könnte seine Loyalität geteilt sein.«

Selaj weiß es, soviel ist sicher, dachte Rhean. *Das würde er nicht andeuten, ohne es sicher zu wissen.* Sie schaute zum Großherzog von Oriente. In seinen Augen stand blanker Hass. Die Mienen der anderen um den Tisch zeigten eine Mischung aus Schock und Sorge. Die wenigsten waren so feindselig wie die Fürsten von Oriente und Regulus – Stewart und Humphreys waren geradezu mitfühlend –, aber die anderen hatten durchaus ein Recht zur Besorgnis. Und das Schlimmste dabei war, dass Selaj Recht hatte. Das Kind war eine potenzielle Zeitbombe. Doch ihr blieb keine Wahl.

»Ich weiß, Sie müssen das erst verarbeiten, also lassen Sie uns die Sitzung bis heute Nachmittag unterbrechen. Wie sehen uns um fünfzehn Uhr hier wieder.«

Die Versammlung erhob sich und ging bereits in Einzelgespräche vertieft zum Ausgang. Die Fakten wussten sie jetzt. Zumindest die meisten, und sicher würden Kreiss und die beiden Fürsten die verbliebenen Lücken füllen. Wie würden sie darauf reagieren? Das war ein Orkan, der die politische Struktur der Liga bedrohte. Ein unehelicher Thronfolger war für sich genommen schon schwer zu verdauen. Wenn erst bekannt wurde, wer der Vater war, würde ein Feuersturm losbrechen.

* * *

»Sie wollten Beweise.« Lambert Allison klang beinahe triumphierend. »Deutlicher geht es ja wohl kaum.«

»Wir können nicht zweifelsfrei beweisen, dass Zane Davion der Vater ist«, protestierte Kreiss und warf die Hände in die Höhe.

Lambert beugte sich drohend vor. »Wer sollte es sonst sein? Hurt die Generalhauptmännin auch noch mit anderen herum als den Davions?« Er schlug mit der Faust auf den Tisch.

»Sie hat die Botschaft verstanden«, stellte der Prinz von Regulus ruhig fest. »Sie weiß, dass es nur noch eine Frage der Zeit ist.« Er betrachtete die anderen mit nüchterner Miene.

»Warten wir, bis wir klare Beweise haben, oder handeln wir sofort?« Kreiss rutschte unbehaglich auf ihrem Platz herum, während sie fragte. Immerhin bewegten sie sich am Rande des Hochverrats.

»Sie muss weg, und je eher, desto besser. Ich sage, wir geben ihr achtundvierzig Stunden Zeit, zurückzutreten. Oder ...« Seine Hand zuckte wie ein Fallbeil durch die Luft.

»Und wenn sie zustimmt, was dann? Rückzug aus dem öffentlichen Leben? Internes Exil? Verbannung nach New Avalon? Therese die Zweite?« Kreiss fixierte ihre Hände. Normalerweise war sie eine energische Frau, aber jetzt wich sie den Blicken der Fürsten aus.

Selaj und Allison schauten einander an. Sie kannten die Antwort, aber Selaj sprach mit sanfter Stimme auf Kreiss ein, um sie zu beruhigen. »Rhean umzubringen ist zum jetzigen Zeitpunkt die äußerste Notlösung, Maria. Alles ist akzeptabel, was sie von den Hebeln der Macht und ihr Kind aus der Thronfolge entfernt.« Er schaute die anderen an. »Was mir Sorgen bereitet, ist die Möglichkeit, dass sie ablehnt. Sie kann recht stur sein. Das hätte Blutvergießen und Bürgerkrieg zur Folge.«

»Sie kann nicht den ganzen Ligarat ignorieren.« Lambert klopfte mit dem Finger auf den Tisch. »Wir müssen weitere Unterstützung organisieren und unsere Basis verbreitern.«

»Oma Humphreys wird uns was husten, genau wie die Familie und vermutlich auch Stewart. Mit den anderen können wir verhandeln.« *Oder Druck ausüben,* dachte Lambert.

»Außerdem bleibt noch das Parlament«, fügte Selaj hinzu. »Wir *können* sie absetzen. Wir könnten das Amt des Generalhauptmanns aus den Händen der Mariks nehmen, auch wenn die Familie und das Marik-Commonwealth dann sicher wieder Schwierigkeiten machen würden.« In ferner Vergangenheit hatte auch seine Familie einmal den Generalhauptmann gestellt, eine katastrophale Fehlbesetzung, wie jeder wusste, der sich mit der Geschichte der Liga Freier Welten beschäftigte.

»Uns bleiben also ...«, Lambert schaute auf die Uhr, »... vier Stunden, die anderen zu überzeugen, bevor wir uns wieder versammeln. Wir machen uns besser an die Arbeit.«

* * *

Büro des Generalhauptmanns, Atreus City, Atreus
Marik-Commonwealth, Liga Freier Welten

13. März 2616

Rhean saß im Wintergarten, und abgesehen von den Sternen und den Lichtern der Stadt spendete nur eine Schreibtischlampe Helligkeit. Sie hatte die Füße auf den Fensterrahmen gelegt und hielt ein Glas Fruchtsaft in der Hand, während sie dem Strom der Fahrzeuge in der Ferne zuschaute. Ihr Blick zuckte hinüber zu dem Dokument neben ihr auf dem Tisch. Zwölf der achtzehn Anwesenden der Sitzung hatten es unterzeichnet. Sie hatte Widerstand erwartet, aber das war schlimmer als befürchtet. Bis auf ihre Familie hatten nur Melissa Humphreys und ihr alter Akademiekommandeur, General Pagliarulo, ihr die Stange gehalten. Selbst Lise Stewart hatte die Petition der Fürsten von Oriente und Regulus unterstützt. Eine Petition, in der sie die Generalhauptmännin aufforderten, zurückzutreten, oder den Zorn des Parlaments zu riskieren. Natürlich war es sehr viel höflicher formuliert, aber die Botschaft war deutlich: Verschwinde oder wir setzen dich ab.

Die Tür quietschte, und Tomas kam herein. Er lehnte sich an den breiten Schreibtisch der Generalhauptmännin. »Du solltest schlafen gehen, Tante Reh. Es wird bald hell.«

»Ich habe es versucht, aber ich bekomme kein Auge zu.«

»Du wirst doch nicht dreißig Jahre Arbeit aufgeben, nur weil Oriente und Regulus eine dicke Lippe riskieren?«

»Es ist verlockend, dem Rampenlicht den Rücken zu kehren.«

»Ich will die Stelle nicht.«

»Dann steht dir frei, sie abzulehnen. Einer deiner Onkel könnte sie an deiner Stelle antreten.« Sie schaute zu dem Jungen hinüber, der jetzt auch aus dem Fenster starrte.

Er schüttelte den Kopf. »Die machen es auch nicht, also würde sie an jemand anderen fallen.«

»Falls die Mariks das Amt ablehnen, kann das Parlament jemanden ernennen. Ich würde vermuten, das wäre dann entweder Selaj oder Allison. Wäre ein Generalhauptmann Lambert Allison kein Grund zu eitel Freude. Aber der Sitz im Hohen Rat ist Haus Marik garantiert, also müsste den einer von euch übernehmen.«

»Du spielst ernsthaft mit dem Gedanken, nicht wahr?« Rhean grunzte nur. »Du würdest wirklich alles aufgeben?«

Rheans Kopf flog herum. »Ich habe mich auf diesen Posten vorbereitet, seit ich dreizehn Jahre alt war, aber die letzten fünf Jahre Kampf gegen den Krebs haben meine Sicht verändert. Ja, es geht um Pflicht, aber auch um Familie. Ich habe für diesen Posten jede Chance auf ein normales Leben aufgegeben, und dann hat die Krankheit versucht, mir auch noch das bisschen Freiheit zu nehmen, was mir blieb.« Sie legte die Hand auf ihren Bauch. »Irgendwie hat das Schicksal mir eine zweite Chance für ein eigenes Leben gewährt, wenn auch im Konflikt mit meiner Pflicht. Ich habe vielleicht nur noch Monate zu leben, oder vielleicht auch noch Jahre. Ist es selbstsüchtig von mir, wenn ich diese Zeit genießen möchte?«

»Nein«, flüsterte der Junge. »Aber es sendet den Fürsten das falsche Signal.«

»Dann liegt es an dir, ihnen diese Illusion auszutreiben.«

Tomas stöhnte. »O ja, das wird lustig.« Er schaute sie an. »Wohin willst du gehen? Nach Terra?«

Rhean zuckte die Achseln. »Nach Marik vielleicht, obwohl Terra bequemer wäre. Ich bin reich genug, mir ein bequemes Leben zu machen.«

»Ich will nicht herrschen.«

»Ich auch nicht. Genau das macht den Leuten Angst. Wir regieren, ohne auf Macht aus zu sein.«

»Na schön, wenn es denn sein muss. Ich werde die Amtsübergabe mitmachen und David oder Ward eine Chance geben, sich vorzubereiten. Aber ich habe keine Lust, das mein ganzes Leben zu machen.«

Sie beugte sich zu ihm hinüber und berührte seine Hand. »Das musst du nicht. Tu einfach nur, was du kannst.« Sie deutete mit einer Kopfbewegung zum Horizont, wo sich die erste Morgenröte abzeichnete. »Lass uns sehen, was der neue Tag bringt.«

* * *

**Büro des Generalhauptmanns, Atreus City, Atreus
Marik-Commonwealth, Liga Freier Welten**

15. März 2616

Rhean legte den Stift ab und schob das Dokument zu Tomas hinüber. Er unterschrieb ebenfalls, dann schauten sie beide zu der Delegation hoch. Selajs Miene war neutral wie immer, aber Allison genoss die Situation sichtlich.

»Für achtzehn Uhr ist eine Pressekonferenz angesetzt, Generalhauptmann«, sprach der Prinz von Regulus Tomas an. »Es ist eine Gelegenheit, der Öffentlichkeit die neue Lage zu erklären, einschließlich des Rücktritts Rheans aus Gesundheitsgründen.« Es war keine wirkliche Lüge, auch wenn es die Wahrheit dehnte. Rhean sah, wie verärgert ihr Neffe reagierte, als Selaj sie mit Vornamen titulierte. »Sie werden sie entschuldigen.«

»Die *Herzogin* kann den Medien ihre Situation selbst erläutern«, erwiderte er und hatte Mühe, ruhig zu bleiben.

»Ich fürchte, um diese Zeit wird sie bereits auf dem Weg in ihr neues Zuhause sein«, grinste Lambert Allison.

»Tatsächlich?« Rhean schaute Lambert in die Augen.

»Sie wollen doch nicht die Thronfolge in Frage stellen, Rhean?«

Sie drehte sich wieder zu dem großväterlichen Regulaner um. »Falls ich nicht dort bin, wird man einen Staatsstreich vermuten.« *Und genau das ist es,* dachte sie. *Vielleicht sollte ich wirklich einfach abreisen. Es würde Selaj und Lambert recht geschehen, auch wenn es Tomas Schwierigkeiten machen würde.* Ihre Augen wurden schmal.

»Ein guter Einwand. Vielleicht können Sie eine Nachricht aufzeichnen?« Eines war klar, sie wollten verhindern, dass Rhean mit den Medien sprach, zumindest momentan. Wenn sie erst im Exil war, konnten sie es nicht mehr verhindern, auch wenn die Rücksichtnahme auf Tomas einschränken würde, was sie sagen konnte. *Oder können sie es doch?*, fragte sie sich. *Wie weit sind die beiden bereit zu gehen?*

Sie zuckte die Schultern. »Ich bin in meiner Wohnung, bis es Zeit zur Abreise ist. Wenn Sie ein Kamerateam schicken wollen, von mir aus.« Sie stand auf und ging zur Tür. Den Stock schwang sie über die Schulter, eine deutliche Botschaft bezüglich ihrer ›angeschlagenen Gesundheit‹.

* * *

Rhean klopfte ungeduldig auf den Tisch. Sie starrte die beiden Soldaten in Gefechtsrüstung an der Tür an. Sie war ganz und gar nicht erfreut über deren Anwesenheit, ebenso wenig wie Evie. Es war, als würden zwei Raubtiermeuten einander anstarren, bereit, bei der geringsten Provokation anzugreifen. Die Fürsten wollten ganz offensichtlich nicht, dass Rhean ohne ihre Erlaubnis auch nur einen Finger rührte.

Die Soldaten waren Spezialtruppen des NND und unterstanden damit nicht dem Ligamilitär. Ob Evie sie wohl kannte? Die verspiegelten Helmvisiere machten es schwer, sie zu erkennen, aber auf ihre Brustharnische war unter dem Wappen der Freien Welten ein Name graviert.

Es klopfte, und die Soldaten verlagerten das Gewicht von einem Fuß auf den anderen. Die Tür öffnete sich langsam, und eine große, uniformierte Gestalt mit Generalsabzeichen trat ein.

»Carlton!«, stieß Rhean überrascht aus. »Du arbeitest in dieser Sache mit deinem Bruder zusammen?«

»Ich arbeite für die demokratische Führung der Freien Welten.«

»Du nimmst mir übel, dass ich dich abserviert habe. Jetzt weißt du, warum.«

Er zuckte die Achseln. »Ich schätze ein wenig, ja, auch wenn du gesagt hast, dass du mich nicht liebst.« Er zog seine Pistole und holte einen kleinen Metallzylinder aus der Tasche.

Evie keuchte auf und trat vor Rhean. Sie war unbewaffnet, aber sie nahm ihre Leibwächterpflichten trotzdem ernst.

»Auf den Balkon, Rhean«, befahl die Agentin mit rauer Stimme und fixierte Carlton. Der hatte den Schalldämpfer inzwischen aufgesetzt.

»Glauben Sie, das wird helfen, Agentin Suchanow?«, fragte er langsam und hob die Waffe, bis sie auf Evies Stirn zeigte. »Ich glaube, nicht einmal Ihre formidablen Fähigkeiten werden meiner Ex-Verlobten jetzt noch helfen.«

Sein Finger spannte sich um den Abzug.

»Eine Albtraumreise des Verrats, wohin man schaute. Mehr kann ich über diese letzten Stunden nicht sagen.«

— *Tagebucheintrag*

27

Wohnung Rhean Mariks, Atreus City, Atreus
Marik-Commonwealth, Liga Freier Welten

15. März 2616

Auf kürzeste Distanz war die Wirkung der Kugel entsetzlich. Sie schlug durch Haut und Knochen und zertrümmerte alles in ihrem Weg. Mit einem übelkeiterregenden Platschen brach die Rückseite des Schädels auf. Blut, Knochen und Hirn spritzte über Wand und Möbel. Carlton drehte sich leicht und erschoss den zweiten Soldaten mit nicht minder grausamem Effekt. Keiner der beiden Männer sah den Angriff kommen oder konnte etwas dagegen unternehmen.

Evie und Rhean starrten ihn sprachlos an.

»Sie hatten nie vor, dich ins Exil zu lassen. Lambert will deinen Tod, ganz gleich, was die Verschwörung vorzieht. Deine Eskorte sollte dich umbringen, sobald ihr den Planeten verlassen habt.«

»Und Selaj hat das zugelassen?«

»Er hat es angeordnet. Nicht zum ersten Mal, übrigens. Ihre kleine Gruppe hat schon andere ermordet, die ihr im Weg standen.«

Rhean stierte ihn an. »Albrecht?«

Er nickte. »Er war über einiges von dem gestolpert, was sich das ›Triumvirat‹ im Laufe der Jahre geleistet hat.«

»Das Triumvirat? Aber es sind nur zwei. Es sei denn …« Sie wurde bleich.

»Ursprünglich waren es die Fürsten von Marik, Regulus und Oriente, die zusammengearbeitet haben, um das Parlament zu unterminieren. Der Marik-Platz ist seit zwanzig Jahren leer.«

»Ich hatte Albi auf Tante Thereses Tod angesetzt. Hat Narinder den auch befohlen?«

»Er nicht, aber das Triumvirat schon.«

»Wer war es dann?« Ihre Stimme kochte vor Wut. »Dein Bastard von Vater?«

»Nein, deine Urgroßmutter.«

Rhean sackte auf den Parkettboden. Die Eröffnung traf sie wie ein körperlicher Schlag. »Uroma?«, fragte sie ungläubig. »Das kann nicht sein.«

»Deine Urgroßmutter und die anderen ihrer Generation hatten recht eigentümliche Ansichten über die Reinheit der Familienlinie. Das Triumvirat wollte keine mögliche Gefährdung ihrer Position zulassen.«

»Und Thereses Mann war ein Liao.« Rhean stützte den Kopf in die Hände. »Meine Tante war gar nicht das Ziel. Ihr Baby war es. Sie hatten Glück, dass Marie so jung gestorben war, aber sie wollten kein Risiko eingehen, dass das zweite Kind überlebt.«

»Und dein Freund ist ein Davion, und auch noch das Familienoberhaupt. Wenn sie Therese dafür umgebracht haben, dass sie das Kind eines unbedeutenden Liao bekommen hat, was glaubst du wohl, was dir blüht?« Er fügte nicht hinzu, dass die Nachfolgekrise in der Konföderation Capella William hätte ins Kanzleramt tragen können. Die Ermordung seiner Familie hatte ihn aus dem Rennen um das Amt geworfen und den Lauf der capellanischen Politik geändert.

»Tod und Teufel.«

»Du musst hier weg, bevor Lambert und Selaj Verdacht schöpfen. Gib mir deine Jacke und den Stock.« Rhean schaute ihn fragend an, aber sie gehorchte. Er reichte beides an Evie weiter, die die Jacke anzog. Sie passte nicht perfekt, denn Rhean war immer noch spindeldürr, aber es ging. Evangeline löste ihren Pferdeschwanz und ließ das Haar locker fallen. Es war fast genauso geschnitten wie das Rheans.

»Wie sehe ich aus?«, fragte Evie und stützte sich auf den Gehstock. Die Ähnlichkeit war verblüffend.

Rheans Gedanken wanderten anderthalb Jahrzehnte zurück. *Du solltest auch deine Schwester fragen,* hatte Kevin gesagt. Mein Gott, sie war so blind. »Man hat mich Ihnen zugeteilt, weil wir einander so ähnlich sehen«, erklärte Evie in Antwort auf die unausgesprochene Frage. »Damit ich als Ihre Doppelgängerin auftreten kann, wenn die Situation es erfordert. So wie jetzt.« Sie schaute Rhean an. »Aber wenn sie mich für Rhean Marik halten sollen, müssen wir natürlich dafür sorgen, dass Sie niemand erkennt. Holen Sie das Barett und zwei Pullover.« Sie gehorchte. »Und jetzt an damit.«

Rhean betrachtete sich im Spiegel und erkannte sich kaum wieder. Die Pullover sorgten für eine erheblich fülligere Silhouette, sodass sie nicht einmal mehr entfernt an die dürre Generalhauptmännin erinnerte, und wenn sie die Haare unter die Mütze steckte, war dessen typische kastanienbraune Farbe kaum mehr zu erkennen.

»Das reicht«, stellte Carlton fest. »Wir dürfen keine Zeit verlieren. In der Tiefgarage wartet ein Wagen auf euch, aber ich kann euch nicht helfen, ihn zu erreichen. Ich muss die Wachen aus dem Weg räumen.« Er reichte Evie eine Pistole, einen elektronischen Schlüssel und einen Passierschein. »Eure Zugangscodes dürften bereits gelöscht sein, aber damit kommt ihr durch die Türen.« Rhean reichte er eine zweite Pistole. »Bleib im Hintergrund. Evie weiß, was zu tun ist.« Und damit war er auf den Korridor verschwunden.

»Die Hunde?«, fragte Rhean.

»Müssen hier bleiben«, antwortete Evie. »Es ist ein zu großes Risiko, sie zu holen. Tomas wird sich gut um sie kümmern.«

Sie warteten mehrere Minuten, bevor sie Carlton folgten. Der Flur war verlassen, und sie schlichen den Gang hinab zum Treppenhaus. Der Aufzug war zu riskant. Bei einer Entdeckung hätten sie in der Falle gesessen. Sie schlichen sich eine Etage um die nächste tiefer, bis sie im Kellergeschoss der Tiefgarage angekommen waren.

Evie legte das Ohr an die Tür und lauschte. »Es sind ein paar Leute zu hören.« Sie öffnete die Türe einen Spalt und schaute hinaus. »Vier Wachen am Haupttor. Ich werde sie ablenken müssen. Ein Feuergefecht ist zu riskant.«

»Woran hast du gedacht?«

»Ich gehe zum Aufzug und mache sie auf mich aufmerksam. Warten Sie dort unter der Treppe.« Sie deutete auf eine Höhle unter der Betontreppe. »Bis sie auf dem Weg sind. Dann laufen Sie zum Wagen.« Sie warf Rhean den Schlüssel zu.

»Woher weiß ich, dass sie dir alle folgen? Sie könnten jemand am Tor lassen.«

Evie zuckte die Achseln. »Uns bleibt kaum eine Wahl.«

Rhean duckte sich unter die Treppe, und Evie vergewisserte sich, dass das Versteck ausreichte. Sie nickte, dann ging sie zurück zur Tür. »Ich komme nach, entweder bevor Sie abheben oder auf Terra.« Sie grinste. »Es war mir eine Ehre.« Damit schob sie sich in die Garage.

Ein, zwei Minuten herrschte Stille, dann schrie eine Männerstimme und Schüsse hallten. Rhean hörte Kugeln in den Stahlbeton schlagen und Steinsplitter davonschleudern.

»Sie ist im Lift, sie ist im Lift«, rief eine Stimme, dann flog mit einem lauten Krachen die Garagentür auf. Stiefel polterten vorbei. Ein paar, zwei, drei. Was war mit dem vierten Mann? Wartete er noch? Rhean duckte sich aus ihrem Versteck. Niemand ragte über ihr auf. Vorsichtig, um kein Geräusch zu machen, schlich sie zu der halboffenen Türe. Sie lugte hinaus. Nichts. Sie glitt in die riesige Halle und auf den Parkplatz zu, den Carlton genannt hatte. Ein riesiger Geländewagen stand für sie bereit.

Sie schaute um den wuchtigen Wagen. Es war niemand zu sehen. Vielleicht hatte der letzte Posten den Aufzug genommen. Oder sie hatte sich verzählt. Es blieb keine Zeit, sich deswegen den Kopf zu zerbrechen.

Rhean wedelte mit dem Schlüssel über den Sicherheitssensor und öffnete die Fahrertür, sobald er blinkte. Sie ließ sich in die Polster fallen und betrachtete die Armaturen. Es war kein Modell, das sie in letzter Zeit gefahren hatte – überhaupt hatte sie schon seit Jahren kaum noch selbst gefahren –, aber sie würde es schaffen. Mit einem schnellen Knopfdruck betätigte sie die Zündung und erwartete halb, dass ein Soldat ihr in den Weg sprang. Aber nur der Motor brummte auf.

Sie legte einen Gang ein, löste die Handbremse und trat auf das Gaspedal. Der Wagen rollte ruhig aus der Parkbucht. Ein paar schnelle Einschläge des Steuers, und sie näherte sich der Ausfahrt. Ein schweres Tor versperrte den Weg. Und Evie hatte ihren Passierschein. Sie musterte das Tor. Brauchte sie dafür einen Passierschein? Es sollte Eindringlinge fernhalten, nicht ein Verlassen des Gebäudes verhindern. Sie ließ den Wagen ein Stück weiter vorrollen, und wie durch Zauberei schwang das Tor auf. Dreißig Sekunden später war der Weg frei, und sie beschleunigte die Rampe hinauf zur Straße.

»Scheiße.« Als sie sich dem Ausgang näherte, fluchte sie. Ein Schlagbaum blockierte ihr den Weg, und aus einer Kabine schaute ein Uniformierter herab. Sie konnte sich keine Debatte leisten. Eine Chance für Verhandlungen gab es nicht. Rhean trat das Gas durch, und der Wagen schoss vorwärts. *Und auch keine Chance, unbemerkt zu bleiben!*

Ein kleineres Fahrzeug hätte der Schlagbaum vielleicht aufhalten können, aber Carlton hatte eine gute Wahl getroffen. Der Wagen zertrümmerte die Barriere und donnerte in einem Funkenregen auf die Straße. Die Reifen quietschten, als sie den schweren Wagen herumriss.

Sie jagte vom Palast weg und in das Labyrinth der Nebenstraßen. Dann wurde sie langsamer, um keine unnötige Aufmerksamkeit zu erregen. Sie wusste nur zu gut, dass die Jagd auf sie eröffnet war. Möglicherweise wussten die Verschwörer noch nicht, wer aus der Tiefgarage ausgebrochen war, zumindest, falls Evies Verkleidung funktioniert hatte, aber dass jemand geflohen war, war deutlich genug.

Nach zwanzig Minuten entspannte sie. Die Nacht war angebrochen, und sie fuhr langsam aus der Stadt, durch Industriegebiete und offenes Feld. Noch fünf Kilometer bis zum Treffpunkt, dann würde sie auf Evie warten. Sie hatte zwei Stunden Zeit, bevor sie zum Landungsschiff aufbrechen musste. Ihre Blicke suchten nach den Geländemarken, die Evie erwähnt hatte. Als sie langsamer wurde, weil sie sich ihrem Ziel näherte, bemerkte sie aus dem

Augenwinkel eine Bewegung. Ein AgroMech? Sie drehte sich um, um es besser sehen zu können.

Ein Schuss traf das Heck des Geländewagens und riss ihn herum. Karosseriefragmente flogen über die Fahrbahn. Der Wagen bockte. Rhean kämpfte um die Kontrolle, als der Wagen unter dem Einschlag wegrutschte. Während sie sich drehte, sah sie einen *Griffin*, der den Geschützarm auf sie richtete. Die humanoide Kampfmaschine kam einen Schritt näher, dann schwankte sie leicht, als MG-Feuer von ihrer Schulter abprallte. Ein avoider *Locust* stürmte mit Höchstgeschwindigkeit auf den Mech zu und feuerte wild. Aber die schwerere Maschine ignorierte den leichten Gegner. An der Schulter des Mechs zuckten Flammen auf, als die Raketenlafette feuerte, dann glühte der unverwechselbare elektrisch blaue Nimbus der aufladenden PPK auf. Rhean riss das Steuer herum, um auszuweichen, doch es war zu spät.

Das Universum explodierte in einem blendend grellen Lichtblitz.

* * *

»Ja!«, stieß Lambert hervor und pumpte den linken Arm auf und ab. Mit der Rechten hielt er ein Kommgerät ans Ohr.

Narinder Selaj betrachtete ihn nüchtern. »Sie haben es bestätigt?«

»DNS-Analyse der Trümmer«, grinste Lambert. »Auch wenn sie nicht allzu viel Material hatten.«

»Und der Mech, der sich eingemischt hat?«

»Eine loyalistische Leibwächterin, die ein unrühmliches Ende genommen hat. Sie hatte nie eine Chance.«

Ein dünnes Lächeln trat auf die Züge des Prinzen von Regulus. »Die hat der Junge auch nicht.«

* * *

Pressemitteilung der Familie Marik

Mit großer Trauer geben wir das Folgende bekannt:

Um 23 Uhr 47 TNZ Atreus ist Generalhauptmännin Rhean Marik in Folge von Komplikationen ihres langen Kampfes gegen eine Krebserkrankung friedlich entschlafen. Ihr Neffe Tomas war an ihrer Seite. Weitere Mitglieder der Familie wurden unterrichtet.

Das Amt des Generalhauptmanns wird unbesetzt bleiben, bis das Parlament die Nachfolge bestätigt. Tomas Marik, Sohn von Quentin Marik und offizieller Nachfolger der Generalhauptmännin, wird aller Voraussicht nach entsprechend den Regelungen des Gesetzes von 2310 die Amtsnachfolge antreten.

* * *

»Sie wollten mich sprechen, *Generalhauptmann?*« Narinder Selajs Stimme klang ölig, und seine Miene war … amüsiert. Seine Blicke wanderten im Büro umher. Die Haltung deutete Respekt an. Seine Handlungen nicht.

Tomas stand hinter dem Schreibtisch und stützte sich mit den Knöcheln auf die Holzplatte. »Was ist mit meiner Tante geschehen? Sie sollte ins Exil gehen.«

Der Prinz betrachtete ihn nüchtern, und das Lächeln verschwand von seinem Gesicht. »Sie und ihre Helfer haben mehrere meiner Leute getötet und sind aus der Schutzverwahrung geflohen. Sie wurden auf der Flucht erschossen.«

»Dazu hatten Sie kein Recht«, spie Tomas.

Die Augen des alten Mannes glitzerten, aber ob das Belustigung oder Beleidigung ausdrückte, war nicht klar zu erkennen. »Ich führe das Militär der Freien Welten, Generalhauptmann. Ich treffe ständig Entscheidungen, ohne meinen Oberbefehlshaber mit jeder Kleinigkeit zu behelligen. Ihre Vorgänger haben darauf verzichtet, sich einzumischen. Aber ich kann dafür sorgen, dass sämtliche Soldanträge und Nachschubanforderungen auf Ihrem Schreibtisch landen, wenn Sie das möchten, *Generalhauptmann.* Falls Sie Wert darauf legen, jede Entscheidung zu überprüfen.«

Der junge Mann zischte. »Aus meinen Augen, Narinder.« Tomas kehrte Selaj den Rücken zu und schaute hinaus auf die Stadt. Er beobachtete in der Spiegelung der Fensterscheibe, wie der Regulaner umdrehte und zur Tür ging. Kurz vorher hielt Selaj an.

»Falls Sie die Bemerkung gestatten.« Er wartete nicht auf eine Erlaubnis. »Die Fürsten sind für die Liga unverzichtbar, aber sie ist schon früher ohne Generalhauptmann ausgekommen.«

»Trotz all ihrer Drohungen, Selaj, bin ich immer noch Herzog von Atreus.«

»Das ist wahr. Freut mich, dass Sie sich daran erinnern.« Damit ging er.

»Ich bin tot und liege auf Atreus neben meinem Vater begraben. Offiziell bin ich an Komplikationen meiner Erkrankung verstorben, was zu einer gewaltigen Welle der Sympathie für das Herrscherhaus geführt hat, eine Entwicklung, die mein Neffe Tomas und seine Ratgeber in seinen ersten Monaten der Amtsführung auszunutzen wussten. Doch eine kleine Gruppe an der Spitze der Freien Welten weiß, dass das eine Lüge ist, und glaubt, ihr Putsch hätte mich aus dem Amt getrieben und ins Grab gebracht. Sie müssen sich schwarz ärgern, dass jetzt die ganze Liga stolz auf die ›Würde und Stärke‹ der Generalhauptmännin während ihrer fünfjährigen Krankheit ist, erst recht, nachdem sie überzeugt sind, mich in einem lodernden Fahrzeugwrack auf der Raumhafenstraße eingeäschert zu haben.

Die tatsächliche Wahrheit ist natürlich komplizierter und nur einer noch kleineren Gruppe von Personen in der Liga Freier Welten und sehr vereinzelt darüber hinaus bekannt. Tomas weiß es inzwischen, ebenso wie Nicholas Cameron – schließlich halte ich mich auf seinem Gebiet versteckt –, aber ich habe mich geweigert, die anderen Hausfürsten einzuweihen.

In gewisser Weise verstehe ich, was sie getan haben. Mein Kind war eine Gefahr für das Gleichgewicht der Mächte und die Souveränität der Liga Freier Welten, und mich aus dem Weg zu räumen war ein Akt von fehlgeleitetem Patriotismus. Das bedeutet jedoch keineswegs, dass ich ihnen vergebe. Auch nicht die Morde an meiner Tante Therese und meinem Bruder Albrecht. Hatte Carlton Recht mit seiner Behauptung über die Verantwortung für den Anschlag auf Therese? Wer weiß. Meine Urgroßmutter konnte sehr hart sein und war bereit, alles zu tun, was für die Liga nötig war, aber ich bezweifle, dass das so weit ging, ihre eigenen Enkel zu töten. Aber möglich wäre es schon.

All die Jahre, in denen Evangeline mein Schatten war, erscheinen mir jetzt überdeutlich. Ich weiß nicht, wer den Plan in Gang gesetzt hat, oder ob sie die Geschehnisse in jenem Frühjahr so vorausgesehen hatten, aber ohne meine Pseudoschwester läge ich jetzt vermutlich wirklich im Grab. Es war Kevins Bemerkung in der Sternenkammer vor all den Jahren, die mich dazu gebracht haben, darüber nachzudenken, auch wenn mir ihre Bedeutung damals nicht bewusst war. Ich hätte mich schon früher fragen sollen, warum sie trotz ihrer anderen Verpflichtungen immer loyal zu mir zurückkehrte.

Ich bin auch froh über Annelise. Es war ihr Eingreifen auf der dunklen Straße, das mir die Haut gerettet hat und den Griffin *lange genug aufhielt, damit ich aus dem Wagen springen konnte, bevor er in Flammen aufging. Die Verschwörer haben alle Hinweise auf ein Mechgefecht am Stadtrand unter den Teppich gekehrt, nachdem sie sich vergewissert hatten, dass das ausgebrannte Geländewagenwrack mein letzter Ruheplatz war. Ich kann froh sein, dass nach mehreren PPK- und Raketentreffern nicht mehr genug von einem Menschen übrig ist, um ausgedehntere Gentests zu ermöglichen. Evie kam vorbei und warf eine Ampulle Blut in das Feuer, um die DNS-Analyse zu täuschen. Ich gehe davon aus, dass es funktioniert hat, denn es sind keine Attentäter aufgetaucht.*

Was sie mit Annas Leiche gemacht haben, weiß ich nicht. Ihr Locust *hatte nie eine Chance gegen den* Griffin. *Tomas konnte auch nichts herausfinden. Ich kann nur hoffen, dass sie ein würdiges Begräbnis erhalten hat. Falls ich je nach Atreus zurückkehre – nachdem Lambert und Selaj erledigt sind –, werde ich versuchen, das zu klären. Aber auf jeden Fall wird sie für alle Zeiten in meinem Herzen weiterleben, in Ehren für ihre Loyalität und ihr Opfer.*

Was Evie betrifft – ich habe nie die ganze Geschichte darüber gehört, was geschehen ist, nachdem wir uns im Palast getrennt haben. Es war wohl ein Katz-und-Maus-Spiel, teilweise in ihrer Rhean-Verkleidung und teilweise als sie selbst. Im einen Moment war sie der Köder für die Jäger, im nächsten kehrten sich die Rollen um. Ich will gar nicht wissen, wie viele Leute sie bei der Flucht umgebracht hat. Sie waren allesamt unschuldige Opfer, nichts als Marionetten der Fürsten. Aber ich bin froh, dass sie es überlebt hat. Ohne sie hätte ich es möglicherweise nicht bis ins All geschafft, und ihre Kontakte in der Hegemonie haben mir geholfen, mich auf Terra einzuleben. Offiziell ist Evie im Ruhestand, schließlich war sie über dreißig Jahre meine Leibwächterin, und ist mit ihrem Mann nach Terra gezogen. Inoffiziell arbeitet sie für ihre alte Freundin Frieda Moran.

Ja, ich weiß. Aber der Name gefällt mir. Lambert kennt ihn zwar, aber er hat keinen Anlass, eine Schweizerin mit diesem Namen in irgendeine Verbindung zu seiner Widersacherin damals in Princefield zu bringen.«

— Tagebucheintrag

Epilog

Troistorrents, Kanton Wallis,
Region Schweiz, Terra
Terranische Hegemonie

9. April 2617

Es klopfte, und Briseris, Andromaches jüngste Tochter und ein Geschenk Madeleines, knurrte in ihrem Körbchen. Rhean legte den Stift beiseite und schaute von ihrem Tagebuch auf. Evie erschien an der Tür der Bibliothek, die Waffe bereits im Anschlag, und winkte Rhean ins Hinterzimmer.

Sie lief leise hinüber und schaute auf das schlummernde Bündel in der Wiege. Vorsichtig hob sie es heraus, falls sie fliehen mussten.

»Bleib da«, flüsterte die ältere Frau. Evie schlich zur Eingangstür und schaute durch den Spion. Sie entspannte sich etwas und steckte die Pistole in den Hosenbund. Dann zog sie die Bluse über die Waffe. Sie schloss die Tür auf und öffnete sie.

»Sind Sie Miss Moran?«, fragte ein junges Mädchen, vielleicht dreizehn oder vierzehn Jahre alt. Sie wirkte vertraut.

»Nein«, antwortete Evie. »Aber ich kann ihr eine Nachricht zukommen lassen.«

Das Mädchen runzelte die Stirn und versuchte, um die Agentin herum zu schauen. Evie blockierte ihr mühelos die Sicht. Die Kleine schürzte die Lippen, trat einen Schritt zurück und zog ein Blatt Papier aus der Tasche. »Daddy sagte, ich soll ihr das geben.« Sie reichte es Evie.

»Ich werde dafür sorgen, dass sie es bekommt.«

»Danke.« Das Mädchen drehte sich enttäuscht um.

Evie schloss die Tür und reichte der wartenden Rhean den Zettel. Das Baby noch immer an der Schulter, öffnete die frühere Generalhauptmännin mit einer schnellen Bewegung des Handgelenks das Blatt Papier und überflog den Inhalt.

»Schitt.« Sie drückte der überraschten Evie das Kind in die Arme und quetschte sich an ihr vorbei, riss die Türe auf und rannte ins Freie. »Zane?!«

Er stand am Wagen, einen Arm um Sarahs Schultern. Ihre Blicke trafen sich, und Rhean rannte los. Ihre Schritte knirschten im Schneematsch. Zane traf sie auf halber Strecke und nahm sie in die Arme. Sie hielten einander eine Ewigkeit fest.

»Ich dachte, ich hätte dich verloren«, flüsterte er ihr ins Ohr. »Es hieß, du wärst tot.«

»So leicht bin ich nicht umzubringen. Erinnerst du dich an Robinson?«

Er löste die Umarmung und trat einen Schritt zurück, um sie anzusehen. »Du siehst … großartig aus.«

Rhean sah Evie im Türrahmen stehen. »Die frische Bergluft. Und kein Regierungsstress.«

»Tomas hat mir erzählt, was auf Atreus passiert ist. Warum du untergetaucht bist.«

Rhean hing zurück zum Haus und kehrte mit dem kleinen Bündel zurück.

»Mein Sohn?«, flüsterte Zane.

Rhean nickte und senkte den Arm, damit Zane seinen sieben Monate alten Sohn sehen konnte. »Er heißt Albert. Albert Alexander Marik.«

»Albert Alexander Marik-Davion«, korrigierte Zane sie. »Sarah, komm her.«

»Was interessiert mich, was du mit der hast«, schniefte das Mädchen. »Ich wollte gar nicht kommen.«

Zane schaute Rhean an und zog eine Augenbraue hoch.

Rhean drehte sich, um das Mädchen besser zu sehen. Vielleicht war es die Bewegung oder die kalte Luft, jedenfalls weinte Albert. Das Geräusch faszinierte Sarah. »Ist das Ihr Baby?«, fragte sie Rhean.

Rhean nickte. »Dein Bruder«, sagte sie leise.

Sarah war wie gebannt. Sie hatte schon zwei Vollbrüder, aber jetzt war sie zum ersten Mal alt genug, um die biologische Bedeutung zu erfassen. Sie streckte die Hand aus und berührte die Stirn des Babys. Albert verstummte und grabschte nach den Fingern seiner Schwester. Sarah lächelte. »Darf ich ihn mal halten?«

Rhean reichte ihren Sohn seiner Halbschwester und beobachtete die beiden genau, bis sie sicher war, dass das Mädchen wusste, wie man ein Baby hielt.

»Es geschehen noch Zeichen und Wunder«, bemerkte Zane beim Anblick seiner plötzlich stillen Tochter.

Rhean beugte sich vor und küsste ihn, legte den Arm um Zanes Taille und zog Sarah und Albert mit dem anderen an sich.

Das Kind hatte sie alles gekostet, ihr Lebenswerk. Und trotzdem war sie zufrieden.

Glossar und Abkürzungen

ADK: Admiralität des Draconis-Kombinats. Sammelbegriff für die Raumflotte des Kuritamilitärs.

ARTEMIS-IV-FEUERLEITSYSTEM (FLS): Das Artemis-IV-Feuerleitsystem erhöht die Zielgenauigkeit von normalen Raketenlafetten. Das in einer Kuppel seitlich der Lafette montierte System erfasst ein Ziel, markiert es mit einem Infrarotstrahl und feuert eine Raketensalve ab. Entsprechend den durch die Infrarotmarkierung errechneten Daten wird der Flug der Raketen konstant über eine Mikrowellenrichtstrahlverbindung korrigiert, so dass eine größere Anzahl Raketen das Ziel trifft. Wenn das einer Lafette zugewiesene Artemis-System zerstört ist, kann diese immer noch als gewöhnliche Raketenlafette abgefeuert werden. Artemis-IV-Einheiten können an alle normalen Langstreckenraketen- oder Kurzstreckenraketen-Lafetten angeschlossen werden.

AUTOKANONE: Autokanonen sind Schnellfeuergeschütze, die ganze Salven von Panzer brechenden Granaten abfeuern. Das Kaliber leichter Autokanonen reicht von 30 bis 90 mm, schwere Autokanonen können ein Kaliber von 80 bis 120 mm oder noch größer besitzen. Die vier Gewichtsklassen (leicht, mittelschwer, schwer und überschwer) werden auch als AK/2, AK/5, AK/10 und AK/20 gekennzeichnet. Jeder ›Schuss‹ einer Autokanone besteht aus einer Granatensalve, die ein komplettes Magazin leert. In jüngerer Zeit existiert auch eine fortschrittliche LB-X Version der Autokanone.

AUTOKANONENMUNITION: Die Standardmunition einer Autokanone besteht aus Explosivgranaten mit einer gehärteten Spitze aus abgereichertem Uran. Während Ultra-AKs nur Munition dieses Typs abfeuern können, stehen für LB-X-AKs ein weiterer Munitionstyp zur Verfügung.

Die nur in LB-X-Autokanonen einsetzbare Bündelmunition lässt sich mit Schrotmunition im BattleMechformat vergleichen. Nach Verlassen des Laufs zerfällt eine Bündelgranate in kleinere Geschosse. Dadurch wird die Chance auf einen Glückstreffer erhöht, gleichzeitig jedoch der erzielte Schaden über das gesamte Zielgebiet verteilt statt auf einen Punkt konzentriert Schaden anzurichten (verringerte Durchschlagskraft).

BATAILLON: Ein Bataillon ist eine militärische Organisationseinheit, die in der Regel aus drei Kompanien besteht.

BATTLEMECH: BattleMechs sind die gewaltigsten Kriegsmaschinen, die je von Menschen erbaut wurden. Diese riesigen humanoiden Panzerfahrzeuge wurden ursprünglich von terranischen Wissenschaftlern und Technikern entwickelt. Sie sind schneller und in jedem Gelände manövrierfähiger, besser gepanzert und schwerer bewaffnet als jeder Panzer des 21. Jahrhunderts. Sie ragen zehn bis zwölf Meter hoch auf und sind bestückt mit Partikelprojektorkanonen, Lasergeschützen, Schnellfeuer-Autokanonen und Raketenlafetten. Ihre Feuerkraft reicht aus, jeden Gegner mit Ausnahme eines anderen BattleMechs niederzumachen. Ein kleiner Fusionsreaktor liefert ihnen nahezu unbegrenzt Energie. BattleMechs können auf Umweltbedingungen so verschieden wie glühende Wüstenei und arktische Eiswüsten eingestellt werden.

BEAGLE-SONDE: Die Beagle-Sonde ist eine wertvolle Systemerweiterung für Aufklärungseinheiten. Sie ist in der Lage, sogar stillgelegte und getarnte Einheiten auf Distanzen zu entdecken und zu identifizieren, die weit größer sind als die der herkömmlichen elektronischen Spürgeräte. In einem BattleMech-Gefecht entdeckt die Beagle-Sonde jeden versteckten BattleMech beziehungsweise jedes versteckte Fahrzeug (jedoch keine Infanterie), wenn die verborgene Einheit innerhalb des Operationsradius der Sonde liegt. Eine Beagle-Sonde kann keine unter Wasser versteckten Einheiten entdecken.

CASE (ZELLULARES MUNITIONSLAGER): Das zellulare CASE-Munitionslager ist eine Schadenskontrollvorrichtung, mit deren Hilfe die Auswirkungen interner Munitionsexplosionen begrenzt werden. Kommt es in einem mit CASE geschützten Teil eines BattleMechs oder Fahrzeugs zu einer Munitionsexplosion, wird die Hauptkraft der Explosion von den lebenswichtigen Bauteilen wie Reaktor und Cockpit abgeführt und durch spezielle Sollbruchstellen des Lagergehäuses nach außen geleitet. Mechs können mit CASE ausgerüstet werden, allerdings nur im Torsobereich. Ein zellulares Munitionslager wiegt eine Tonne.

DEST: Draconischer Elite SturmTrupp. DEST-Teams sind eine Kommandoeinheit der ISA. Sie bestehen aus einem Dutzend handverlesener Soldaten, sind mit neuester Technologie ausgerüstet und ausgebildet in allen Arten von bewaffnetem und unbewaffnetem Kampf. DEST-Teams werden normalerweise zu Infiltrations-, Zersetzungs- oder Terroroperationen eingesetzt, um den Feind zu schwächen, bevor man ihn angreift.

DIENSTGRADE: Eine Auflistung der Dienstgrade der Sternenbund-Verteidigungsstreitkräfte (SBVS), der Vereinigten Soldaten des Draconis-Kombinats (VSDK) und der Armee der Vereingten Sonnen (AVS) im Vergleich:

SBVS	VSDK	AVS
Commanding General	Tai-shu	Field Marshal
		Marshal
General	Tai-sho	General
Major General		Major General
Lieutenant General	Sho-sho	
Colonel	Tai-sa	Colonel
	Chu-sa	Leftenant Colonel
Major	Sho-sa	Major
Captain	Tai-i	Captain
Lieutenant	Chu-i	Leftenant
		Subaltern
	Sergeant Major	Sergeant-Major

Master Sergeant	Master Sergeant	
Sergeant	Sergeant	Sergeant
Corporal	Corporal	Corporal
Private	Private	Private
Recruit	Recruit	

Für die Raumflotte gibt es unterschiedliche Dienstgrade. Hier der Vergleich zwischen SBVS und AVS

SBVS	AVS
Commanding Admiral	Field Marshal
	Marshal
Admiral	Admiral
Vice Admiral	Vice Admiral
Rear Admiral	Rear Admiral
	Commodore
Commodore	Captain
	Commander
Major	Leftenant Commander
Captain	Leftenant
Lieutenant	Sub-Leftenant
	Warrant Officer First Class
Master Sergeant	Warrant Officer Second Class
	Chief Petty Officer
Sergeant	Petty Officer
Corporal	Leading Rate
Private	Able Rate
Recruit	

DOPPELTER WÄRMETAUSCHER: Doppelte Wärmetauscher leiten Wärme durch eine spezielle Kühltechnikdoppelt so schnell ab, wie Standardwärmetauscher und kühlen einen BattleMech erheblich effektiver ab. Sie haben dasselbe Gewicht, wie Standardwärmetauscher, sind aber erheblich wuchtiger gebaut und beanspruchen dadurch mehr Platz im Inneren eines BattleMechs. Auf Grund dieser sperrigen Bauweise können doppelte Wärmetauscher nicht wie Standardwärmetauscher in den Beinen eines Mechs montiert werden.

FERROFIBRIT-PANZERUNG: Ferrofibrit-Panzerung ist eine verbesserte Version der gewöhnlichen BattleMech- und Fahrzeugpanzerung, bei der gewebte Fasern aus Stahl und Titanstahl benutzt werden, um die spätere gesamte Verwindungssteifheit des Materials drastisch zu erhöhen. Genau wie ein Endostahlskelett ist Ferrofibrit-Panzerung sperriger als normale Panzerplatten von gleichem Gewicht. Einheiten, die Ferrofibrit-Panzerung benutzen, tragen mehr Panzerplatten beim selben für Panzerung aufgewendeten Gewicht.

FLAMMER: Wenn sie auch kaum physikalischen Schaden an BattleMechs anrichten, gehören Flammer trotzdem zu den gefürchtetsten Waffen. Sie können die ohnehin ständig problematische Innentemperatur eines BattleMechs oder Fahrzeuges drastisch erhöhen und so die Effektivität des Zieles deutlich herabsetzen oder es gar zum Ausfall bringen. Allein schon durch den psychologischen Effekt auf den Gegner gehören Flammer außerdem zu der Art taktischer Waffen, deren Effekt über die reine Destruktivwirkung gewöhnlicher Waffen hinausgeht.

GAUSSGESCHÜTZ: Ein Gaussgeschütz benutzt eine Reihe von Elektromagneten, um ein Projektil durch den Geschützlauf in Richtung des Ziels bis auf Überschallgeschwindigkeit zu beschleunigen. Obwohl sein Einsatz mit enormem Energieaufwand verbunden ist, erzeugt das Gaussgeschütz nur sehr wenig Abwärme. Die erreichbare Mündungsgeschwindigkeit liegt doppelt so hoch wie bei einer konventionellen Kanone.

Gaussgeschütz-Munition besteht aus massiven Geschossen aus Nickeleisen. Daher kann es nicht zu einer Munitionsexplosion kommen, wenn feindliche Schüsse in ein Gaussmunitionslager durchschlagen. Der Treffer zerstört jedoch in der Regel den Lademechanismus. Ein Treffer an einem Gaussgeschütz selbst kann die Kondensatoren zerstören, mit deren Hilfe die Nickeleisenkugel beschleunigt wird. Die abrupt dabei freiwerdende gespeicherte Energie zeigt allerdings Folgen, die der einer Munitionsexplosion vergleichbar sind. Die explosive Entladung schlägt durch die Steuerleitungen bis in den Neurohelm des Piloten durch.

INFERNO-KSR: Infernos sind Brandraketen, die entwickelt wurden, um die Innentemperatur feindlicher BattleMechs dramatisch zu steigern. Statt wie normale Raketen im Ziel einzuschlagen, wird eine Inferno-Rakete durch einen Näherungszünder kurz vor dem Einschlag zur Detonation gebracht. Dadurch wird ein hoch entzündliches Gel (ähnlich der Brandchemikalie Napalm) freisetzt und über den Zielbereich verteilt, der daraufhin in Flammen aufgeht. Da das Brandgel an der äußeren Panzerung des Zieles klebt, hält dieser Effekt ca. 30 Sekunden an. Im Falle eines BattleMechs erscheint diese Zeitspanne dem Piloten der betreffenden Maschine allerdings wie eine Ewigkeit. Zusätzliche Inferno-Raketen, die denselben BattleMech treffen, verlängern den Brandeffekt.

Natürlich sind Infernos ideal geeignet, Brände zu legen. Mit KSR ausgerüstete Infanterie und jedes Fahrzeug mit einer doppelrohrigen KSR-Lafette kann Inferno-Munition mitführen. BattleMechs, die einen Infernotreffer einstecken müssen, können den Hitzeaufbau stoppen, indem sie in ein Gewässer eintauchen. Dies wäscht das flammende Gel von der Maschine, allerdings brennt dieses dann auf der Wasseroberfläche weiter. Da Inferno-Munition durch einen internen Hitzestau noch leichter zur Explosion gebracht werden kann als normale Munition, wird sie von BattleMechs nur sehr selten eingesetzt.

INNERE SPHÄRE: Mit dem Begriff ›Innere Sphäre‹ werden die Sternenreiche bezeichnet, die sich im 26. Jahrhundert zum Sternenbund zusammenschlossen. Diese Staaten bestehen aus derzeit sechs Herrscherhäusern: Haus Kurita (Draconis-Kombinat), Haus Aris (Konföderation Capella), Haus Dinesen (Lyranisches Commonwealth), Haus Davion (Vereinigte Sonnen), Haus Marik (Liga Freier Welten) und Haus Cameron (Terranische Hegemonie).

Haus Cameron und die Terranische Hegemonie nehmen unter den sechs Staaten eine besondere Position der Vorherrschaft in wirtschaftlicher, technologischer und politischer Sicht ein. Die Terranische Hegemonie ist den anderen fünf Staaten technologisch weit überlegen und kann dadurch seine Vorherrschaft, obwohl territorial kleiner, festigen. Während alle anderen Hausfürsten (Kurita, Aris, Dinesen, Davion und Marik) im Hohen Rat des Sternenbundes gleichberechtigt sind, stehen die Mitglieder von Haus Cameron als Erster Lord bzw. Erste Lady über allen anderen und sind damit faktisch die mächtigsten Herrscher im gesamten besiedelten Weltraum.

ISA: Interne SicherheitsAgentur. Der Geheimdienst des Draconis-Kombinats.

JAPANISCH: Die offizielle Amtssprache des Draconis-Kombinat. Hier eine Liste von gebräuchlichen Ausdrücken:

Hai	Ja
Iie	Nein
Domo arigato gozaimasu	Vielen Dank (sehr höflich)
Sumimasen	Entschuldigung
Do-itashimashite	Macht nichts/Kein Problem
Konnichi-wa	Guten Tag
Komban-wa	Guten Abend
Ohayou	Guten Morgen
Sayonara	Auf Wiedersehen
Ninjo	Herz
Giri	Pflicht
Wakarimasu-ka?	(Haben Sie) verstanden?
Wakarimas	(Ich habe) verstanden
Shigata ga nai	Es ist nicht zu ändern
Sensei	Lehrmeister
So ka	Ach, wirklich? Wie interessant
Shoji	Traditionelle Papiertür
Seppuku	Ritueller Suizid
Bushido	Weg des Kriegers
Bushi	Krieger
Kooan no Kanrei	Direktor für Sicherheitsfragen
Gaijin	Nicht-Draconier (abfällig)
-san	Herr/Frau
-tono	Herr (ehrerbietig)

-sama	Anrede einem höhergestellten gegenüber
-jokan	Edle Dame (ehrerbietig)
Mattsu!	Ach du Scheiße!
Shimatta!	Verdammt!
Damare!	Sei still!
Ama	Schlampe

KOMPANIE: Eine Kompanie ist eine militärische Organisationseinheit, die aus drei BattleMech-Lanzen oder – bei Infanteriekompanien – aus drei Zügen mit insgesamt 50 bis 100 Mann besteht.

KURZSTRECKENRAKETEN (KSR): KSR sind ungelenkte Raketen mit hochexplosiven oder Panzer brechenden Sprengköpfen. Sie sind nur auf kurze Reichweiten wirklich treffsicher, haben durch den größeren Gefechtskopf aber eine stärkere Sprengkraft als Langstreckenraketen. KSR-Lafetten sind in Ausführungen mit zwei (leicht), vier (mittelschwer) und sechs (schwer) Abschussrohren verfügbar und feuern beim Einsatz eine Salve aus allen Rohren ab. Durch ihre gegenüber LSR größere Streuwirkung sind sie vor allem bei Angriffen gegen Ziele wirkungsvoll, die bereits an mehreren Stellen ihren Panzerschutz eingebüßt haben. Fahrzeuge sind für Angriffe durch KSR besonders empfindlich, da die Chance, dass eine einzige Rakete ausreicht, um das Fahrzeug auszuschalten, vergleichsweise groß ist.

LANDUNGSSCHIFFE: Da Sprungschiffe die inneren Bereiche eines Sonnensystems generell meiden müssen und sich dadurch in erheblicher Entfernung von den bewohnten Planeten einer Sonne aufhalten, werden für interplanetare Flüge Landungsschiffe eingesetzt. Diese werden während des Sprunges an die Antriebsspindel des Sprungschiffes angekoppelt. Landungsschiffe besitzen selbst keinen Überlichtantrieb, sind jedoch sehr beweglich, gut bewaffnet und aerodynamisch genug, um auf Planeten mit einer Atmosphäre aufzusetzen bzw. von dort aus zu starten. Die Reise vom Sprungpunkt zu den bewohnten Planeten eines Systems erfordert je nach Spektralklasse der Sonne eine Reise von mehreren Tagen oder Wochen.

LANGSTRECKENRAKETEN (LSR): Langstreckenraketen sind zum indirekten Beschuss entwickelte Raketen mit hochexplosiven Gefechtsköpfen. LSR-Lafetten sind in Ausführungen mit fünf (leicht), zehn (mittelschwer), fünfzehn (schwer) und zwanzig (überschwer) Abschussrohren verfügbar und feuern beim Einsatz eine Salve aus allen Rohren ab.

LANZE: Ein Lanze ist eine militärische Organisationseinheit, die in der Regel aus vier BattleMechs besteht.

LASER: Ein Akronym für ›Light Amplification through Stimulated Emission of Radiation‹ Lichtverstärkung durch stimulierte Strahlungsemission. Als Waffe funktioniert ein Laser, indem er Lichtenergie bündelt und als extreme Hitze auf einen minimalen Bereich konzentriert. BattleMechlaser existieren in drei Größenklassen: leicht, mittelschwer und schwer. Laser sind auch als tragbare Infanteriewaffen verfügbar, die über einen als Tornister getragenen Energiespeicher betrieben werden. Manche Entfernungsmessgeräte und Zielerfassungssensoren bedienen sich ebenfalls schwacher Laserstrahlen. KommLaser ermöglichen eine abhörsichere Verständigung zwischen Einheiten in direkter Sichtlinie zueinander.

LB-X-AUTOKANONE: Die LB-X (›Large Bore-Extended‹, Großkaliber-erweiterte Reichweite) Autokanone ist eine verbesserte Version der gewöhnlichen Autokanone, bei der durch den Einsatz leichter, Wärme ableitender Legierungen Gewicht und Wärmeentwicklung reduziert worden sind. Die eingesetzten Materialien machen die Waffe teurer als eine gewöhnliche Autokanone, aber die Vorteile wiegen die höheren Kosten auf. Zusätzlich zu Standardgranaten kann die LB-X Bündelmunition abfeuern, eine nur für diesen Waffentyp verfügbare Spezialform der Autokanonenmunition.

MASCHINENGEWEHR (MG): Obwohl sie selten gegen BattleMechs eingesetzt werden, sind Maschinengewehre durch ihre hohe Feuergeschwindigkeit exzellente Infanterie-Abwehrwaffen. Außerdem ist ihre Hitzeentwicklung im Vergleich zu allen anderen Waffen, die von BattleMechs ins Feld geführt werden verschwindend gering.

MGUO: Ministerium für Geheime Untersuchungen und Operationen. Der zivile Arm des crucischen Geheimdienstes. Der militärische Arm ist das DMI, das ›Department of Military Intelligence‹.

MILITÄR-LINGO: Liste von gebräuchlichen Begriffen:

ASAP	As Soon As Possible: Sobald wie möglich.
CAG	Commander, Air Group: Kommandeur der gesamten Jägerstaffeln eines Trägerschiffes.
CAP	Combat Air Patrol: Defensivmission für eine Jägerstaffel, um einen bestimmten Bereich oder ein bestimmtes Objekt zu beschützen.
ETA/ETD	Expected Time of Arrival/Departure: Vorraussichtlichen Ankunfts- und Abflugszeiten.
RTB	Return To Base: Befehl, zur Basis zurückzukehren.

NARC-RAKETENBOJEN: Das NARC-Raketenbojensystem, kurz auch einfach als NARC-Boje bezeichnet, ist eine weitgehend umgebaute Raketenlafette, die NARC-Module abfeuert. Diese verfügen über einen hinter einem Magnetkopf untergebrachten leistungsstarken Funksender. Trifft die Rakete ihr Ziel, beginnt dieser Sender ein Peilsignal für Raketen auszustrahlen, die auf das NARC-Signal eingepegelt sind. Wie das Artemis-IV-Raketenartilleriesystem erhöht auch die NARC-Boje die Zahl von Raketentreffern. Das NARC-System ist dem Artemis IV insofern überlegen als eine einmal erfasste Zielpeilung nicht mehr verloren gehen kann.

NARC-Bojen können zur Unterstützung von Kurzstreckenraketen- und Langstreckenraketen-Salven benutzt werden, nicht jedoch in Verbindung mit einem Artemis-IV-Feuerleitsystem. Raketen, die auf eine NARC-Boje reagieren können, kosten wegen ihrer Suchsprengköpfe doppelt so viel wie normale Raketen. NARC-Bojen fremder Einheiten im Zielbereich stören NARC-geleitete Raketen nicht, da das NARC-System die Peildaten individuell verschlüsselt. Aufgrund der notwendigen Peilstrahlung können NARC-Bojen nicht aus oder innerhalb von Gebäuden abgefeuert werden.

PARTIKELPROJEKTORKANONE (PPK): Die Partikelprojektorkanone ist ein magnetischer Teilchenbeschleuniger in Waffenform, der hoch energiegeladene Protonen- oder Ionenblitze verschießt, die durch Aufschlagskraft und hohe Temperatur Schaden anrichten. Als ›künstlichen Version eines Blitzschlags‹ gehört die PPK zu den effektivsten Energiewaffen, die eine BattleMech tragen kann.

PERIPHERIE: Jenseits der Grenzen der Inneren Sphäre liegt die Peripherie, das weite Reich bekannter und unbekannter Systeme, das sich bis in die interstellare Nacht erstreckt. Die einstigen terranischen Kolonien sammeln sich in vier kleineren Sternenreichen, die manchmal, genauso wie die großen Häuser, über die Herrscherfamilien identifiziert werden: Centrella (Magistrat Canopus), Avellar (Außenweltallianz), Amaris (Republik der Randwelten) und Calderon (Tauruskonkordat).

Nach den Vereinigungskriegen sind alle Peripheriestaaten als nicht stimmberechtigte ›Territorialstaaten‹ in den Sternenbund aufgenommen bzw. eingegliedert worden.

REGIMENT: Ein Regiment ist eine militärische Organisationseinheit und besteht aus zwei bis vier Bataillonen von jeweils drei oder vier Kompanien.

SBGK: Sternenbund-Geheimdienstkommando. Der Geheimdienst des Sternenbundes.

SBVS: Die Sternenbund-Verteidigungsstreitkräfte sind der größte Militärapparat aller Zeiten. Die Reguläre Armee umfasst fast 15.000 Regimenter, die Raumflotte ebenso viele Kriegsschiffe und Transporter. Die SBVS sind die unangefochtene Macht hinter den Gesetzen des Sternenbundes.

SPRUNGPUNKT: Hyperraumsprünge werden überwiegend von einem der beiden Hauptsprungpunkte eines Sonnensystems aus durchgeführt. Diese befinden sich im Zenit und Nadir des Systems, wobei die Berechnungsachse senkrecht zur Ekliptik des Systems steht und durch dessen Schwerpunkt verläuft. Diese Sprungpunkte sind statisch und befinden sich in gleich bleibendem Abstand von allen Planeten auf der Systemekliptik. Andere Sprungpunkte innerhalb eines Systems existieren zwar, werden jedoch selten genutzt.

An den Sprungpunkten wichtiger Welten und bedeutender Handelsrouten befinden sich Raumstationen, an denen Landungsschiffe andocken oder in Umlaufbahn gehen können, während sie die Vorbereitung für den nächsten Sprung treffen, sofern ihr Eigner über kein eigenes Sprungschiff verfügt, oder sich die Zeit vertreiben, bis ihr Sprungschiff fertig aufgeladen ist.

SPRUNGSCHIFFE: Interstellare Reisen erfolgen mittels so genannter Sprungschiffe, deren Antrieb im 22. Jahrhundert entwickelt wurde. Der Name dieser Schiffe rührt von ihrer Fähigkeit her, ohne Zeitverlust in ein weit entferntes Sonnensystem zu ›springen‹. Es handelt sich um ziemlich unbewegliche Raumfahrzeuge aus einer langen, schlanken Antriebsspindel, in dessen Mitte sich der Kearny-Fuchida-Sprungantrieb durch das gesamte Schiff zieht und einem enormen Solarsegel, das an einen gigantischen Sonnenschirm erinnert. Das gewaltige Segel besteht aus einem Spezialmaterial, das gewaltige Mengen elektromagnetischer Energie aus dem Sonnenwind des jeweiligen Zentralgestirns zieht und langsam an den Antriebskern abgibt, der daraus ein Kraftfeld aufbaut, durch das ein Riss im Raum-Zeit-Gefüge entsteht. Nach einem Sprung kann das Schiff erst weiterreisen, wenn es durch Aufnahme von Sonnenenergie seinen Antrieb wieder aufgeladen hat.

Sprungschiffe reisen mithilfe ihres K-F-Antriebs in Nullzeit über riesige interstellare Entfernungen. Das Triebwerk baut ein Raum-Zeit-Feld um das Sprungschiff auf und öffnet ein Loch in den Hyperraum. Einen Sekundenbruchteil später materialisiert das Schiff am Zielsprungpunkt, der bis zu 30 Lichtjahre weit entfernt sein kann.

Sprungschiffe landen niemals auf einem Planeten und reisen nur sehr selten in die inneren Bereiche eines Systems. Interplanetarische Flüge werden von Landungsschiffen ausgeführt, Raumschiffe, die bis zum Erreichen des Zielpunktes an das Sprungschiff gekoppelt bleiben.

STERNENBUND: Der Zusammenschluss der sechs großen Häuser zu einem einzigen Sternenreich. Siehe auch ›Innere Sphäre‹.

VSDK: Vereinigte Soldaten des Draconis-Kombinats. Sammelbegriff für das Kuritamilitär ohne die ADK (siehe dort).

XL-(EXTRALEICHT-)REAKTOR: Fortschritte in der Abschirmungstechnologie für Fusionsreaktoren haben es möglich gemacht, Standardreaktoren nachträglich mit neuen, leichteren Abschirmungen zu versehen, die das Reaktorgewicht erheblich verringern. Allerdings sind diese extraleichten Reaktoren weit sperriger als die kompakter gebauten Standardmodelle und dadurch bei einem Bruch der Torsopanzerung anfälliger für Beschädigungen.

ZUG: Ein Zug ist eine militärische Organisationseinheit, die typischerweise aus etwa achtundzwanzig Mann besteht. Ein Zug kann in zwei Abteilungen aufgeteilt werden.

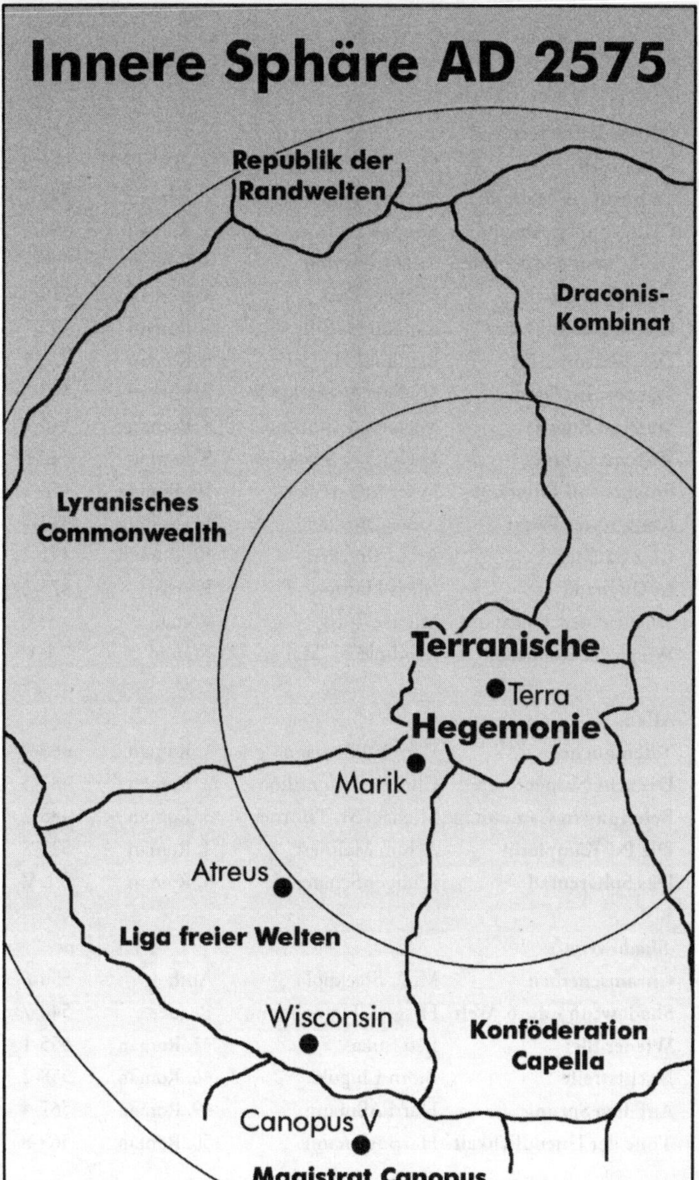
Innere Sphäre AD 2575
Republik der Randwelten
Draconis-Kombinat
Lyranisches Commonwealth
Terranische
Terra
Hegemonie
Marik
Atreus
Liga freier Welten
Wisconsin
Konföderation Capella
Canopus V
Magistrat Canopus

Bei Fanpro erschienen bzw. erscheinen folgende Titel:

ISBN 978-3-89064-

Classic BattleTech			
Schrapnell	Hrsg. M. Immig	Anth.	551-3
Wahnsinn & Methode	Michael Diel	1. Roman	592-2
Clangründer: Abkehr	Randall N. Bills	2. Roman	596-4
Das Schwert und der Dolch	Ardath Mayhar	3. Roman	425-7
Über dem Gesetz	Michael Diel	4. Roman	517-9
Clangründer: Traum	Randall N. Bills	5. Roman	597-1
Die Albatros-Akte	Reinhold H. Mai	6. Roman	526-1
Warrior: En Garde	Michael A. Stackpole	7. Roman	545-2
Warrior: Riposte	Michael A. Stackpole	8. Roman	546-9
Warrior: Coupé	Michael A. Stackpole	9. Roman	547-6
Früchte voll Bitterkeit	Ritter &Schreiber	10. Roman	458-5
Katze unter Bären	Arous Brocken	11. Roman	490-5
Clanwächter	Arous Brocken	12. Roman	491-2
In Ungnade	Chris Hartford	Roman	475-2
Schattenkrieg: En Passant	Michael Diel	Roman	i. V.
Wiege der Basilisken	Reinhold H. Mai	Roman	i. V.
Atlan			
Totentaucher	Wim Vandemaan	1. Roman	486-8
Die acht Namenlosen	Christian Montillon	2. Roman	487-5
Befreiung in Camouflage	Michael M. Thurner	3. Roman	488-2
Die Psi-Kämpferin	Achim Mehnert	4. Roman	527-8
Das Sphärenrad	Rüdiger Schäfer	5. Roman	i. V.
Shadowrun			
Chromscherben	M. A. Stackpole	Anth.	550-6
Shadowrun - die 6. Welt	Hrsg. T. Hamelmann	Reader	540-7
Wiener Blei	Leo Lukas	41. Roman	555-1
Nachtstreife	Björn Lippold	46. Roman	558-2
Auf dem Sprung	Harri Aßmann	49. Roman	567-4
Töne der Unendlichkeit	Harri Aßmann	50. Roman	569-8

Elementares Wissen	Harri Aßmann	52. Roman	570-4
Die Anfänger	Ivan Nedic	54. Roman	572-8
ASH	Lara Möller	57. Roman	574-2
Pesadillas	Maike Hallmann	58. Roman	575-9
Vertigo	Maike Hallmann	59. Roman	581-0
Hand am Hort	Sebastian Schaefer	60. Roman	583-4
Flynns Weg	Lara Möller	61. Roman	585-8
Shelley	André Wiesler	62. Roman	580-3
Matrixfeuer	Hrsg. Beck / Hallmann	63. Anth.	587-2
Born to Run	Stephen Kenson	64. Roman	564-3
Im Namen des Herrn	André Wiesler	65. Roman	594-0
Quickshot	Lara Möller	66. Roman	595-7
Giftmischer	Stephen Kenson	67. Roman	565-0
Wiedergänger	Maike Hallmann	68. Roman	593-3
Feuerzauber	André Wiesler	69. Roman	519-3
Im Fadenkreuz	Petra Prinz	70. Roman	543-8
Kettenhund	Alexander Wichert	71. Roman	548-3
Fallen Angels	Stephen Kenson	72. Roman	549-0
GmbH	Christian Riesslegger	73. Roman	463-9
Machtgelüste	Jason M. Hardy	74. Roman	484-4
Cash Flow	Christian Riesslegger	75. Roman	483-7
Böses Erwachen	André Wiesler	76. Roman	473-8
Der Schattenlehrling	Boris Koch	77. Roman	482-0
Aftershocks	J. Raabe / J. Helfers	77. Roman	485-1

Dies ist eine Bibliographie und kein Verzeichnis lieferbarer Titel. Es ist leider nicht möglich, alle Titel vorrätig zu halten.

Sollten Sie Fragen haben, kontaktieren Sie uns bitte unter

Fantasy Productions GmbH
Postfach 1517
40675 Erkrath
www.fanpro.com